# LA INTÉRPRETE DE CUERPOS

# ANNE FRASIER

# LA INTÉRPRETE DE CUERPOS

TRADUCCIÓN DE DAVID LEÓN

Título original: *The Body Reader*
Publicado originalmente por Thomas & Mercer, Estados Unidos, 2016

Edición en español publicada por:
Amazon Crossing, Amazon Media EU Sàrl
38, avenue John F. Kennedy, L-1855 Luxembourg
Junio, 2020

Impreso por: Ver última página

Primera edición digital 2020

ISBN Edición tapa blanda: 9782919805372

www.apub.com

# SOBRE LA AUTORA

Anne Frasier es una de las autoras más vendidas en las listas del *New York Times* y el *USA Today*. Sus libros, merecedores de diversos galardones, abarcan géneros como el policíaco y el suspense, la ciencia ficción y las memorias. Ha recibido un premio RITA de intriga romántica, así como el Daphne du Maurier de novela romántica paranormal. Sus obras de misterio se han distinguido en clubes de lectores como el Mistery Guild, el Literary Guild y el Book of the Month. Su autobiografía, *The Orchard*, estuvo destacada en *O: The Oprah Magazine; One Book, One Community; Entertainment Weekly* y entre los Librarians' Best Books de 2011. Anne Frasier reparte su tiempo entre la ciudad de Saint Paul (Minnesota) y el entorno rural de Winsconsin, donde tiene su estudio.

En los rostros de los cadáveres siguen rondando historias.

# Capítulo 1

Un buen día dejó de gritar.

Fue el mismo día que dejó de pensar en el mundo que se extendía más allá de su celda sin ventanas. En el mundo que había dejado de existir, al menos para ella. Ya todo se reducía a las bandejas de alimento que llegaban a intervalos irregulares y de cuyo contenido daba cuenta a oscuras, despojada de referencias visuales y sin que sus papilas gustativas fuesen capaces de discernir lo que entraba en su boca.

Su vida se había reducido a esperar la llegada de los pasos de él por las escaleras, escucharlos arrastrarse por el suelo de cemento, aguardar a oír su voz cuando hablaba. ¡Por Dios! Si hasta había llegado a rezar con ansia por oír su voz, recibir sus visitas. Cualquier cosa era preferible al silencio que reinaba en su cabeza.

También había veces que él la sacaba de la oscuridad de aquel cuarto construido dentro de otro cuarto. Ella parpadeaba ante el brillo cegador de la bombilla que pendía solitaria del techo del sótano. Si hacía por hablar, con esa voz áspera y vacía que ya no reconocía como suya, él le cruzaba la cara de una bofetada.

Y todos tan contentos.

Ese día la llevó a un desagüe situado en un rincón del sótano, abrió un grifo y dirigió la boquilla de la manguera a su cuerpo desnudo para empaparla con agua helada.

Anne Frasier

Ni siquiera así logró hacerla gritar. Ya no le quedaba nada que gritar.

—Das asco.

Supuso que debía de ser cierto. Puede que fuera ese el motivo por el que él había dejado de tocarla. Dar asco era bueno.

Tras regarla, cortó el chorro y la dejó tiritando con violencia por el frío, acometida por un temblor que ella consideró curioso con desapego.

—Vamos. A la celda otra vez.

Al principio intentó conservar la percepción de su propio ser. Durante un tiempo había tratado de no olvidar quién era. Había hecho lo posible por recordar el color de su propio pelo y la forma de su cara, pero al final lo había abandonado todo. Su vida se había reducido a aquello y su pelo y su cara habían dejado de tener la menor importancia. Era más fácil sobrevivir cuando no se deseaba nada. Cuando se aceptaba el destino, la existencia se volvía tolerable, porque cada día dejaba de ser un nuevo comienzo de una pesadilla sin final.

En la celda, se hizo un ovillo en el suelo con las rodillas pegadas al cuerpo y sin dejar de tiritar.

Lo siguiente que haría él sería cerrar la puerta.

—¿No puedes quedarte un rato? —preguntó ella con un hilo finísimo de voz—. ¿Y hablar conmigo?

Él la miró fijamente, la barba sin recortar, los ojos crueles pero distraídos y el cabello castaño enmarañado. No estaba pensando en ella. Aquella mujer se había convertido en un quehacer molesto, en el perro que ojalá no hubiese recogido nunca y al que, pese a todo, tenía que seguir dando de comer. Cuando se acordaba de darle de comer.

La bombilla que tenía él a sus espaldas parpadeó antes de apagarse. Toda la casa se sumió en el silencio. Él murmuró una maldición envuelto en tinieblas.

La más negra oscuridad, pero la oscuridad era su amiga. En un mundo despojado de visión, se le había agudizado el oído. Se había habituado a mirar más allá de la negrura para visualizar mentalmente cuanto la rodeaba e imaginar la distancia que la separaba de las paredes y la altura del techo.

Instantes después de apagarse la luz sintió algo extraño, algo que llevaba mucho tiempo sin sentir.

Esperanza.

Sabía cuánto espacio ocupaba él, cuánto medía y cuánto pesaba. Conocía los callos de sus manos y la cicatriz larga y ancha que tenía en el vientre. Conocía la circunferencia de sus bíceps y el olor a cigarrillos y a cerveza de su aliento.

Qué extraño, pensar de pronto en escapar cuando hacía tanto que había renunciado a semejante idea. A lo mejor había estado todo aquel tiempo hibernando, aguardando de forma inconsciente el momento adecuado, el instante en que el universo inclinara la balanza en su favor, el segundo en que le brindase una mínima ventaja.

Empezaba a ver en la oscuridad, no de un modo sobrenatural, sino más bien como una rata topo lampiña, que desarrolla toda su existencia en las tinieblas. Tras un tiempo, la oscuridad había dejado de ser un obstáculo.

El hombre llevaba una Taser a la altura de la cadera izquierda. Aunque se trataba de un modelo poco común, las muchas veces que lo había usado contra ella le habían enseñado cuanto necesitaba saber. En la oscuridad, en la más oscura de todas, su cerebro calculó la distancia y su cuerpo se lanzó al suelo abalanzándose contra él. Su mano desabrochó la pistolera y liberó la Taser.

Pulsó el botón de encendido y la pistola eléctrica cobró vida con un zumbido. Sintió una ráfaga de aire que le golpeaba la cara cuando él intentó asirla de un manotazo.

Ella apuntó adonde esperaba que estuviese el pecho de él como quien asesta una estocada. La Taser hizo contacto y la garganta del hombre emitió un gargarismo involuntario mientras se desplomaba convulso a sus pies.

Pasó con cuidado a su lado, avanzando torpemente hasta dar con la barandilla y los escalones de madera que llevaban a la planta baja.

Llevaba días, meses escuchándolo recorrer el suelo que se extendía sobre su cabeza mientras se quitaba la pistolera y oyendo el sonido que producía el arma al dar en la mesa.

Con los brazos extendidos, subió las escaleras trastabillando a ciegas y, al llegar a la cocina, buscó con los dedos la mesa y encontró lo que estaba buscando.

Dejó la Taser y desabrochó la pistolera para sacar el arma. Por el peso y la forma, daba la impresión de ser una Smith & Wesson de diez milímetros como la que solía usar la policía.

Tras ella oyó pasos que subían pesadamente los escalones.

No había tiempo que perder en comprobar el cargador. Sostuvo el arma con las dos manos, se concentró en el sonido del movimiento que venía de abajo, lo oyó arrastrar los pies al caminar de medio lado y percibió su respiración irregular. Sintió su rabia al acercarse.

Disparó. Tres veces. Cada vez que accionaba el gatillo creaba un chispazo en la oscuridad y sentía los casquillos calientes rebotar al lado de sus pies desnudos mientras invadía sus orificios nasales el olor a pólvora.

El hombre dejó escapar un gruñido y su cuerpo se desmoronó escaleras abajo.

«Ahora puedo irme a casa».

Se dio la vuelta, buscó a tientas la puerta trasera y la abrió.

Era invierno.

No había esperado topar con el invierno y el frío le cortó el aliento.

Su cabeza le gritaba: «¡Corre!». Aun así, se obligó a volver a la cocina. Rebuscando en el perchero que había al lado de la puerta encontró una chaqueta pesada de lona. Se envolvió con ella el cuerpo desnudo y se abrochó la cremallera desde las rodillas hasta el cuello antes de sacar un gorro de lana de uno de sus amplios bolsillos y cubrirse con él el pelo húmedo.

Todo aquello olía al hombre y en ese instante la asaltó una oleada inesperada de melancolía. ¿Había hecho bien matándolo?

Metió los pies en un par de botas demasiado grandes, guardó la pistola en el bolsillo y se alejó corriendo de aquel lugar sin mirar atrás en ningún momento.

«A casa».

A un hombre distinto, cuyo nombre ni siquiera lograba recordar, aunque sí su cara. Se acordaba de su cara, su tacto y su sonrisa.

Las viviendas por las que pasó estaban a oscuras y hasta las farolas estaban apagadas. No había estrellas. No había luna. «Un apagón». Una explicación procedente de su antigua vida.

Iba arrastrando los pies para no perder las botas, sin importarle que el frío le hubiera entumecido las piernas. La sensación resultaba muy agradable.

En ese momento iluminaron la calle delimitada por dos bancos de nieve los faros de un vehículo que se aproximaba a ella desde atrás. Se arrebujó en el abrigo y siguió caminando.

El coche se detuvo al llegar al cruce y pudo ver que era un taxi.

Corrió, lo alcanzó, abrió la puerta de atrás y se metió en él.

Su mente dio entonces un traspié. Había cosas de su vida anterior que seguía entendiendo. Sabía que debía, como fuera, ponerse en contacto con la policía. Pensó en contarle al hombre que iba al volante que acababa de escaparse y, sin embargo, sentía cierta renuencia a iniciar una conversación, a compartir nada de sí misma. No podía pensar sino en llegar a casa.

El conductor emitió un sonido ahogado de repulsión, la miró por encima del hombro y le espetó:

—¡No, joder! Fuera. Fuera de aquí. En mi taxi no entran vagabundos.

Lo último que estaba dispuesta a hacer ella era salir de aquel coche. Ni muerta pensaba volver a la calle.

—Pero es que yo tengo casa. Ahí es donde voy.

La voz le sonaba extraña en el interior del vehículo. Muy diferente de como había sonado en el sótano, en su celda, cuando hablaba consigo misma. Si aquella voz le había parecido hueca, en el taxi casi alcanzaba a ver las ondas sonoras rebotando en la tapicería y detectaba un eco que le otorgaba resonancia pese al tono rasposo y ronco. El cuartucho en el que había vivido estaba insonorizado y en aquel interior, en cambio, no parecía haber nada que embotara ninguno de sus sentidos. Si se paraba a reflexionar, desde luego, se le hacía insoportable. ¿Cómo podía sufrirlo la gente? Las vibraciones del mundo, sus olores… El tacto del asiento en el reverso de sus piernas le resultaba húmedo, pegajoso, como cabía esperar de algo que habían tocado demasiadas personas. El ambientador que pendía del espejo retrovisor le quemaba los pulmones y hacía que le llorasen los ojos.

Sacó la pistola de la chaqueta y apuntó con ella a aquel hombre.

—Arranque. —Le dio la dirección. Se había acordado de pronto. Había acudido a su cabeza como si la hubiera usado la víspera.

Él arrancó.

Cuando vio el adosado se le saltaron las lágrimas y volvió a sentir que le ardía la garganta, aunque esta vez fue de felicidad, de alivio, al pensar en que él estaría allí para envolverla con sus brazos y atraerla hacia sí. Quizá se echaría a llorar y ella tendría que decirle que se encontraba bien. Y pasarían un buen rato sin hacer otra cosa que abrazarse. Entonces él le prepararía algo de comer con la mirada siempre puesta en ella con gesto dichoso, enamorado.

Si podía invocar con facilidad ese sueño era porque lo había hecho muchísimas veces ya. Lo había reproducido casi a diario en su cabeza como una película, con diversas variaciones, aunque idéntico en sus rasgos básicos.

El taxista se detuvo al llegar a la mitad de la calle. Dado que en la pantalla de su cerebro nunca había aparecido un taxi, no estaba segura de lo que debía ocurrir a continuación. Se apeó con la intención de pedirle al hombre que le enviase la factura, pero él salió como una bala, haciendo rechinar las ruedas, y al segundo siguiente había dejado de existir para ella.

De pie en su calle, contempló las dos casas adosadas que se alzaban ante ella como una forma oscura en medio de una hilera de viviendas.

«Mi casa».

Qué extraño resultaba caminar por la misma acera que había recorrido tantas veces, subir los escalones que tan bien conocía y que daban a un porche tan familiar. Tentó el picaporte y llamó. La puerta se abrió y la luz de las velas iluminó los rostros de un hombre y una mujer.

Entonces recordó su nombre.

«Eric».

Esperó a que él la reconociese, a que se desarrollara la escena que tantas veces se había representado en su cabeza. Pero él no dijo nada. Permaneció allí de pie con gesto intrigado.

—Soy yo —articuló ella al fin como si aquello bastara para explicarlo todo. Tenía que bastar para explicarlo todo.

Su voz sonaba hasta extraña a cielo abierto, como si el aire frío pudiera llevarse sus palabras. Debía de ser así como se sentiría un alienígena al pisar la Tierra por primera vez.

Él la miró fijamente un tiempo que a ella se le hizo eterno y luego cambió gradualmente de expresión, pasando de una emoción a otra hasta quedar anclada en la estupefacción.

Ella, con gesto cohibido, se tocó uno de los largos mechones del pelo mojado y se preguntó por vez primera en varios meses qué aspecto debería de tener.

—¿Jude? —El tono de él denotaba incredulidad.

Jude, así la había llamado todo el mundo. Se le había olvidado. Qué tonta. Mira que olvidarlo…

Las letras de su nombre quedaron suspendidas en el aire, llevando consigo un susurro de los días a los que se había aferrado, los días que la habían empujado a sobrevivir. Días de sol y cafés con leche compartidos las mañanas de domingo después de un revoltijo de sábanas y sexo.

—He vuelto a casa —dijo por explicar algo que no tendría por qué explicar: se había ido y en ese momento volvía.

Miró a la mujer que había junto a él.

A lo largo de las semanas, de los meses, había aprendido a leer al hombre del sótano. Cuando sus visitas eran su único estímulo, se había vuelto sencillo distinguir señales en cada parpadeo, cada respiración, cada movimiento de cabeza. Y en ese momento hizo lo mismo con el hombre que tenía delante. No solo su expresión, sino algo más, algo que hacían patente sus células mismas. Y entendió que la película que se había representado en la cabeza durante tanto tiempo no iba a hacerse realidad.

«Son pareja».

Esa mujer estaba durmiendo probablemente en la cama de Jude y quizá hasta se estaba poniendo su ropa.

—No has tardado en encontrar a otra. —Eso fue lo que dijo, aunque lo cierto es que, de haberlo sabido, podría haber dado con un diálogo algo mejor.

Él abrió y cerró la boca hasta que, al fin, pudo responder casi sin aliento:

—Llevas fuera tres años.

Ella pestañeó y viajó con la mente hasta su celda. Habría dicho que había pasado meses, no años, en su interior. Le estaba mintiendo. Se había buscado una novia nueva y estaba intentando buscar un subterfugio a su traición.

—No. —Agitó la cabeza con un movimiento roto y aquella única palabra tembló de rechazo mientras en el fondo del corazón supo que él tenía razón y ella estaba equivocada.

Los ojos de él adoptaron un gesto triste a la luz de la vela. «Lágrimas».

—Sí.

Había sido siempre un hombre bueno, sensible. Eso sí lo recordaba.

—¿Cuánto tiempo estuviste esperándome?

A su rostro asomó entonces un gesto avergonzado. Daba la impresión de que fuera a romper a sollozar sin freno, cosa que Jude no tenía ningún deseo de ver.

—Un año —repuso él.

Ella, incapaz de manejar la tristeza de él, buscó palabras de consuelo.

—Tranquilo —dijo antes de añadir sin ambages—: De todos modos, no quiero que vuelva a tocarme un hombre.

Lo que implicaban esas palabras lo agitó aún más.

—Lo siento, Jude.

En ese instante vio en su rostro algo más que tristeza. El hombre que en otro tiempo la había contemplado con amor la estaba mirando con lástima y repulsión.

Lo primero podía soportarlo, pero lo segundo no.

—Esta noche he matado a un hombre —anunció—. He matado a un hombre para volver a tu lado. —Dicho esto, se dio la vuelta y echó a correr.

El novio cuyo nombre acababa de recordar la llamó, pero ella no se detuvo. Se internó de nuevo en la negrura. Y por Dios que, por un instante brevísimo, pensó en regresar al sótano, a la celda, al hombre sin vida al que casi deseó no haber matado.

Solo había un lugar al que acudir, un único lugar aparte de su casa en el que pudiera sentirse como en ella. Ajustándose a un patrón predeterminado, dobló la esquina y puso rumbo al centro, a la comisaría de la policía de Mineápolis.

# Capítulo 2

—En la puerta hay una mujer que insiste en que trabaja aquí. —La agente Myra Nettles se hallaba de pie en el umbral de la división de homicidios de la comisaría central de la policía de Mineápolis—. Quería pasar del mostrador de la entrada.

El inspector Uriah Ashby no podía atender a una chiflada en ese momento. Fuera se había desatado todo un apocalipsis y, aunque él no solía delegar ninguna de sus labores, la jefa Vivian Ortega lo había dejado al mando mientras todos los agentes disponibles se encontraban sirviendo en las calles.

—De eso puedes encargarte tú, ¿verdad? —respondió a Nettles.

Había saltado la luz de emergencia igual que las otras veces en las que la ciudad había vivido un apagón. Aquellas interrupciones del suministro eléctrico habían empezado hacía un año al estallar e incendiarse una de las subestaciones más importantes, lo que los había dejado con una fuente menos de energía. Aquello había tenido consecuencias graves. La sobrecarga del resto de estaciones había hecho que se sucediesen los cortes de luz, que se habían convertido en invitaciones abiertas a saqueos y destrozos. Se trataba de la misma conducta que se había verificado desde hacía años en todo el país, aunque ningún caso había sido peor que los apagones que se habían dado en Nueva York en 1977. Más recientes habían sido los sufridos por Nueva Orleans tras el Katrina. La oscuridad incitaba al oportunismo criminal. En Mineápolis, la situación estaba aún lejos de resolverse, porque quedaban al menos seis meses para que echase a andar la nueva subestación.

—Dice que se llama Jude Fontaine.

Eso sí que llamó la atención del inspector.

—¿Fontaine? ¿Estás segura?

Nettles se encogió de hombros.

—Yo solo soy la mensajera.

—Tráela a mi mesa.

Myra volvió con la mujer caminando tras ella y anunció:

—Iba armada con una Smith & Wesson.

Uriah no conocía personalmente a Fontaine, pero había visto fotos y noticias de sobra para saber que la persona que tenía delante no era la compañera desaparecida que todos daban por muerta.

—Esta no es la inspectora Fontaine —aseveró Uriah.

Jude Fontaine debía de tener más o menos su misma edad, unos treinta y cinco años, y aquella mujer parecía mucho mayor, porque tenía el pelo blanco, no castaño.

Dio por sentado que se trataba de una vagabunda, una mujer que debía de padecer algún desequilibrio mental y que, además, había intentado acceder armada al edificio.

—Llévala a una celda —dispuso en consecuencia—. Dale comida y una manta, que luego me ocuparé de ella.

Iba a tener que interrogarla para determinar si debía meterla en la cárcel, pero el centro penitenciario estatal de Hennepin estaba hasta los topes, situación que no había conocido nunca la ciudad y que experimentaba en aquel momento a consecuencia de los apagones. Dios sabía que más de la mitad de los que estaban allí recluidos necesitaban, en realidad, un tratamiento psiquiátrico más que una temporada en prisión, pero el cierre, hacía años, de las instituciones mentales estatales descartaba esa opción.

Myra le puso a la mujer las manos a la espalda y le ligó las muñecas con las esposas. Ella, como ajena a este hecho, miró fijamente a Uriah y preguntó:

—¿Tú eres quien me ha sustituido?

Uriah hizo girar un dedo para ordenar a la agente que se le llevara de allí. Ya tenía bastantes lunáticos delirantes en la calle con los que lidiar. No dejaban de llegar informes sobre incendios, que se sucedían en un número mucho mayor que el que era capaz de afrontar el cuerpo de bomberos. Tanto era así que a esas alturas todo se había reducido a decidir cuántas viviendas podían dejar que consumiesen las llamas. Aquella situación se había vuelto demasiado frecuente.

—Espera. —Todo el mundo sabía que las víctimas de secuestro podían cambiar de forma drástica. Al volver a la civilización no parecían las mismas y a veces ni siquiera lograban identificarlas sus familiares—. Tráela aquí.

Myra la hizo girar sobre sus pies y la llevó de nuevo hasta él.

—¿Cuál era tu mesa? —le preguntó Uriah—. Enséñamelo.

La mujer pasó a su lado dando grandes zancadas con los pies metidos en botas que arrastraba de forma sonora.

El despacho de la jefa era privado, tanto como puede llegar a serlo un despacho de cristal, y el resto de la comisaría consistía en un conjunto de escritorios distribuidos por la sala, un espacio abierto sin delimitaciones. Los días de sol, la luz entraba a raudales por la hilera de ventanas que daban a la calle. De haber entre ellos alguien con talento para la jardinería, podrían haber prosperado allí las plantas. Había incluso un par de agentes que cultivaban alguna que otra especie al lado de la clásica colección de retratos enmarcados.

Señaló con el mentón una mesa diminuta sin fotos ni retratos en marcos y dijo:

—Grant Vang, mi compañero. —Haciendo el mismo gesto, pero en sentido contrario, añadió—: Jenny Carlisle. —Siguió adelante y se detuvo—. Este.

La mesa pertenecía a la inspectora Caroline McIntosh, una madre soltera de reciente incorporación a la comisaría y a la que, de hecho, probablemente no habrían fichado de no ser por el estado de desesperación en que se hallaban. Después de la jubilación del compañero de Uriah, la jefa había propuesto sustituirlo por Caroline, pero Uriah había declinado la oferta. Esa mujer no tenía la cabeza donde debía tenerla. No dejaba de salir con hombres, lo que la llevaba con frecuencia a llegar tarde al trabajo, y él no soportaba que fuese tan poco de fiar. A veces sospechaba que coqueteaba con él, cosa que tampoco soportaba.

—¿Has conocido ya a otra mujer? —preguntaba su madre cada vez que hablaban por teléfono. Sin embargo, lo último que se le pasaba a él por la cabeza era una relación.

Una sintecho que viviera en la calle no habría sabido señalar el escritorio de Fontaine. Uriah miró con atención a la mujer que tenía delante y su mente se figuró una explicación distinta mientras reparaba en el abrigo y las botas enormes que llevaba puestas y en el hedor que desprendía. Dios, sí que olía. El suyo era el tufo agridulce de una persona que llevara sin bañarse… años enteros.

Los ojos. Hundidos, derrotados. «Aislada. Muerta por dentro».

—Quítale las esposas.

La mujer lo miró sorprendida y él tuvo la impresión de que había captado el asomo de turbación que delataba su voz, aunque concluyó que tal cosa sería absurda, porque él no era precisamente manco a la hora de dominar sus emociones. Llevaba, de hecho, mucho tiempo haciéndolo.

Una vez liberadas las muñecas de la mujer, Uriah sacó el teléfono y activó uno de sus programas.

—Extienda una mano.

Tenía las uñas partidas y cada línea de la palma perfilada de suciedad. Los huesos de la muñeca estaban cubiertos por una capa delgadísima de piel transparente y la escasa carne que quedaba mostraba rastros patentes de maltrato: marcados cortes rojos, hinchazón y signos de infección. Cuando volvió a alzar la mirada, se encontró contemplando el rostro mismo del hambre.

Presionó con el dedo la pantalla para capturar su huella dactilar, pulsó unos cuantos botones y antes de un minuto obtuvo una coincidencia. Entre el pavor y la fascinación, observó la fotografía de una mujer atractiva de cabello oscuro. Desde luego, no era la típica foto de expediente de comisaría: la persona que había aparecido en pantalla parecía traviesa y llena de vida. La inspectora Jude Fontaine.

Conocía su historia. Una tarde había salido de casa para ir a correr y no había regresado nunca. Un equipo de inspectores, muchos de los cuales ya no estaban en el cuerpo, había fracasado en la resolución del caso.

Volvió a mirar las mejillas demacradas de aquella mujer, sus labios llenos de grietas y su piel, del color del engrudo.

Ella, entornando los ojos como si le dolieran las débiles luces de emergencia, preguntó:

—¿Qué te ha dicho eso? —Su voz era pastosa, sin aliento, como si le doliera respirar, hablar.

Tomó nota del aspecto macilento de su mandíbula y, al observar de nuevo su mano, advirtió que tenía varios dedos ligeramente torcidos, posiblemente por antiguas fracturas. Indicios de tortura. Tragó saliva.

—No —susurró ella.

Había vuelto a leerle el rostro. Por supuesto, esta vez la reacción de él habría sido evidente para el más ciego. «No me tengas pena».

El inspector había sigo testigo de actos de brutalidad inenarrables en su profesión y la mujer que tenía delante no era nada nuevo en lo que a víctimas se refería. De hecho, le había ido mejor que a muchas por el simple hecho de que estaba viva.

Tal vez era por ser ella uno de los suyos, por ser policía. Por eso quizá verla de ese modo le resultaba tan molesto. Puede que por eso sintiera algo cuando llevaba tanto tiempo prohibiéndose sentir.

Le había preguntado si la había sustituido y lo cierto es que aquello no se alejaba mucho de la verdad, porque le habían dado el puesto unos meses después de su desaparición. Aunque el encargado del caso había sido Grant Vang, Uriah había recibido informes al respecto, los suficientes como para saber que apenas había más pistas que la de un testigo que aseguraba haber visto meter en una furgoneta a una mujer que encajaba con la descripción de Fontaine. De ahí no habían podido sacar gran cosa. Las líneas telefónicas de información tampoco habían ofrecido mucho más que mentiras, pero siempre se había barajado la del secuestro como la hipótesis más probable. Uriah había dado por sentado que debía de estar muerta. Todos habían dado por sentado que debía de estar muerta. Todo apuntaba a que había sido obra de un profesional, de modo que se había llegado a la conclusión de que la habían matado la noche misma de su secuestro y se habían deshecho de su cadáver. Tal vez había sido una venganza, algo que, por desgracia, no resultaba insólito en aquella profesión.

—¿Cómo ha llegado hasta aquí?

—Se ha ido la luz y he conseguido escapar. He venido andando.

Él tenía un millón de preguntas más. Quién, cómo, por qué. Pero no era el momento. Lo primero que necesitaba ella era asistencia médica y no un interrogatorio.

—Voy a hacer que la acompañe la agente Nettles al centro médico del condado. Más tarde me pasaré por allí para charlar con usted. ¿Le parece bien?

—¿Voy a poder tumbarme en una cama?

La del hospital, algo que temía la mayor parte de sus congéneres, le parecía una opción atractiva por el simple hecho de ser una cama. El inspector volvió a sentir tensa la garganta.

—Sí —respondió sin levantar la voz.

# Capítulo 3

—¿Qué daños tiene? —preguntó Uriah—. Aparte de los evidentes, claro.

En el pasillo del hospital, la doctora metió las manos hasta el fondo de los bolsillos de su bata.

—Ni siquiera sé por dónde empezar.

Habían pasado seis horas desde la aparición de Jude Fontaine en comisaría. Ya había vuelto la luz y se había impuesto la calma en las calles. La habían examinado y lavado, amén de asignarle una habitación para ella sola. Uriah había pasado por casa el tiempo justo para dormir unas horas y darse una ducha. Y se había puesto en contacto con la jefa Ortega, que lo había puesto al frente del caso de Jude por considerar que a Fontaine podría resultarle más fácil tratar con alguien a quien no conocía. Él había aceptado.

La noticia de la huida había supuesto un duro golpe para Ortega y, de hecho, a toda la comisaría le iba a ser muy difícil hacer frente al sentimiento de culpa. Era cierto que habían pasado años desde la desaparición de Jude Fontaine, pero eso no cambiaba en nada el hecho de que hubiesen tirado la toalla en la búsqueda de uno de los suyos.

—Tiene fracturas óseas que probablemente no lleguen nunca a sanar como deberían, traumatismos, cicatrices en buena parte de la espalda y el pecho... Menos graves, aunque necesitan atención inmediata, son los daños que presenta en algunos dientes. De eso se encargará un dentista en cuanto se estabilice. Los análisis de sangre han dado toda clase de alteraciones y presenta carencias en casi todo, como puede esperarse de alguien a quien han estado matando de hambre. ¿Ha dicho que escapó por su propio pie? ¿Y que llegó andando a la comisaría?

—Eso parece.

—Sinceramente, no sé cómo lo hizo. —Pausa—. Puede entrar, pero intente no alterarla.

Uriah asintió con un movimiento de cabeza.

—Tengo que averiguar dónde ha estado retenida. Necesito saber qué ha ocurrido, porque puede que siga en peligro.

—Lo único que digo es que la trate con cuidado y que no la presione si no quiere hablar de momento. Podría ser que se viniera abajo y lo dejara con las manos vacías.

—Lo entiendo.

La doctora se alejó y Uriah llamó suavemente a la puerta abierta de la habitación antes de entrar.

Lavada y vestida con un pijama de hospital presentaba un aspecto aún peor, si cabía, que con aquel abrigo pesado. Se apreciaban los cardenales antiguos y nuevos de sus brazos desnudos y las cicatrices y lesiones de sus muñecas esqueléticas. Daba la impresión de que hubieran intentado asearle el pelo y a continuación lo hubiesen dado por imposible. Sintió el impulso de buscar unas tijeras y cortarle las marañas.

—Hola. —Arrastró una silla para situarla al lado de la cama—. ¿Te acuerdas de mí?

Jude apretó un botón de los mandos de la cama para subir varios centímetros la cabecera.

—Mi sustituto.

—No exactamente.

—El inspector Ashby, ¿no?

—Sí. —Le sorprendió que lo recordase—. Tengo que hacerte unas preguntas.

La luz frágil de la mañana le iluminaba el rostro y revelaba unos ojos de color azul intenso con una mirada que hacía que se sintiera incómodo. Las cejas, en claro contraste con el cabello, tenían un tono tan oscuro que parecían casi negras. El recién llegado atravesó la habitación para correr las cortinas.

—No.

Él se detuvo con un brazo ya en el aire.

—Déjalas abiertas.

—Te está dando el sol en los ojos.

—Es que quiero que me dé.

Dejó que él asimilara todo lo que comportaba aquella afirmación. «Claro que sí». A juzgar por su palidez, debía de haber estado mucho tiempo sin ver la luz del cielo.

Se sentó a su lado y quedó desconcertado por el aplomo y la actitud vigilante de ella. Debía tener presente que no estaba tratando con una persona que hubiese estado en cautividad poco tiempo. Por el contrario, aquella mujer había tenido años para acallar sus emociones, para reorganizar su cerebro a fin de aceptar cualquier cosa que se presentara. Incluida la libertad.

—Que no te pese —dijo ella.

¿Tanto se le notaba? Uriah se preciaba de saber mantenerse inalterable, al menos de puertas afuera. No con frialdad, sino de un modo controlado. Aquella actitud le había ayudado a afrontar un buen número de situaciones difíciles, incluida la del año anterior. Su infierno personal era diferente del horror que había sufrido Fontaine, pero tal vez no fuera tan distinto a la hora de superarlo.

—Que no te pese tener que hacerme las preguntas que hagan falta. Ni lo que he soportado. Hablar del tema no va a empeorar las cosas. No es que ya lo haya olvidado y contarlo vaya a hacer que lo recuerde todo.

—Pues… Sí, eso era precisamente lo que estaba pensando —confesó él.

—Te lo voy a poner fácil. Te puedo decir que no sé dónde está la casa.

—Pero era una casa. —Aserción—. No un edificio abandonado ni un almacén. Nada de eso, ¿no?

—Una casa. En un barrio.

Entonces llegaron a su huida, a cómo había matado al hombre que la había retenido durante tres años.

—¿Con la pistola que llevabas cuando te presentaste en comisaría?

—Sí.

Habían limado el número de serie. El arma se había enviado con el abrigo y las botas al laboratorio de criminalística. Uriah tenía la esperanza de encontrar en ellos huellas o muestras de ADN que casaran con las que se recogían en sus bases de datos.

—¿Seguro que está muerto?

—Sí. —Sin embargo, cruzó su mirada una sombra de duda—. Estaba oscuro.

Uriah sintió de nuevo la necesidad de cerrar las cortinas. El sol era demasiado intenso. Revelaba demasiado, desde los marcados huesos del pecho de ella hasta su piel transparente y la calva que presentaba en un lado de la cabeza por haberse arrancado el pelo ella o por habérselo arrancado otra persona.

Podía no estar en lo cierto sobre la muerte de su secuestrador. Había tenido que ser un momento de gran tensión que probablemente ni siquiera le hubiese parecido real. Ella debía de estar aterrada y concentrada por entero en su intención de huir.

—¿Reconocerías la casa si la vieras?

Jude dejó de mirarlo para centrar la atención en el interior de su cabeza. Para escarbar en ella. Para tratar de recordar.

—No, nunca llegué a verla por fuera. No tengo ni idea de cómo es.

—Y fuiste directa a la comisaría.

Ella vaciló. Siempre había un momento en la declaración en el que vacilaban. Ahí estaba. Una mentira. Llevaba mucho tiempo interrogando a gente para no verla venir. Sin embargo, y eso la honraba, la vio apartar la idea en favor de lo que esperaba que fuese la verdad.

—Fui a casa.

—A casa. —Él frunció el ceño tratando de entender lo que eso significaba y rellenando las lagunas con lo que conocía de su biografía. Soltera, pero con novio en el momento de su desaparición—. ¿Y qué pasó cuando llegaste?

Jude tragó saliva.

—Prefiero no hablar de eso ahora mismo.

—Está bien, lo dejaremos para más tarde. —Recordó la advertencia que le había hecho la médica sobre el peligro que comportaba presionarla demasiado siendo aún tan pronto—. ¿Y si empezamos por el principio, por el día que desapareciste?

Aquello sí parecía un tema sobre el que estaba dispuesta a hablar.

—No recuerdo el momento en que me secuestraron —dijo.

Era comprensible. Aparte del trauma emocional, podía ser que alguna de las conmociones cerebrales que había sufrido fuese de aquel día.

—No tengo conciencia de nada de lo que ocurrió hasta que recobré el sentido en el suelo de un sótano, en un cuartucho sin ventanas. Ni siquiera tenía espacio para tumbarme. Tenía que dormir hecha un ovillo. En ningún momento vi a nadie más que al hombre al que maté anoche. A él tampoco lo había visto antes de la primera vez que abrió la puerta de mi celda hace tres años.

Ella se detuvo y él pudo ver que habían llegado a otro punto de la historia que no quería visitar. Sin embargo, en un momento u otro iba a tener que obtener una declaración detallada de lo ocurrido en aquel sótano si querían llevar ante la justicia al hombre que la había retenido contra su voluntad en caso de que siguiera con vida.

—Voy a traerte a un dibujante para que haga un retrato robot. ¿Te parece bien?

—Sí.

Era dura, pero aquella breve visita la había dejado extenuada. Obtendría más información cuando hubiera descansado.

—Seguiremos mañana.

Mientras, hablaría con el exnovio y enviaría a una serie de agentes a recorrer puerta por puerta las zonas por las que podía haber pasado ella, por pocas que fuesen las probabilidades de que la hubiese visto alguien teniendo en cuenta el apagón. Haría llegar la información relativa al caso a todo el cuerpo de policía de Mineápolis. Tal vez algún vecino había oído disparos. Con un poco de suerte, el dibujante les ofrecería también algo a lo que aferrarse.

Acabado el interrogatorio, al menos por el momento, el cuerpo de Jude se relajó.

—Si prefieres hablar de los detalles de tu calvario con una inspectora, puedo arreglarlo.

—De todos modos, tú vas a ver mi declaración oficial, ¿no?

—En efecto.

—¿Y vas a llevar el caso?

—Sí.

—Entonces, prefiero hablar contigo.

Retiró la silla y ya se estaba dando la vuelta para irse cuando llamaron con energía a la puerta.

A Uriah le sorprendió ver a un hombre al que conocía de las noticias locales. Adam Schilling. Chaqueta cara de cuero, pantalón de vestir de los que costaban el salario suyo de un mes, piel brillante y una estudiada barba de medio día combinada con cejas primorosamente depiladas. Era todo un don juan y uno de los solteros más codiciados de la ciudad. Entonces cayó en un detalle de todo aquel asunto que había olvidado por completo: Jude Fontaine era la hija del gobernador Phillip Schilling y aquel tipo era su hermano.

Uriah no era de las Ciudades Gemelas ni estaba al tanto de los chismorreos de los famosos, aunque sí recordaba que Fontaine se había emancipado a los dieciséis años. Al parecer, no quería tener nada que ver con los Schilling y, de hecho, hasta había adoptado un apellido nuevo. A juzgar por la expresión de horror de su rostro, los sentimientos que profesaba a los suyos no habían cambiado mucho con el tiempo.

—¿Qué leche estás haciendo aquí? —preguntó.

Schilling arrugó el entrecejo.

—Quería verte. Ortega se ha puesto en contacto con nosotros para anunciarnos tu aparición y papá me ha mandado a comprobar que estabas bien. —Tragó saliva y los ojos se le llenaron de lágrimas mientras la contemplaba—. Por Dios bendito, si te han dejado hecha una piltrafa.

—Vete —susurró ella.

Cualquier molestia podía ser perjudicial para la investigación.

—Es mejor que le haga caso —intervino Uriah.

Schilling levantó las manos en señal de rendición.

—Vale, vale. —Dio un paso atrás, se volvió y desapareció por la puerta.

Jude buscó el mando de la cama y, al no encontrarlo, se dio por vencida y cerró los ojos con los brazos inertes a ambos lados del cuerpo y el rostro ceniciento.

Temiendo que se desmayara, Uriah tomó el mando, pulsó el botón e hizo descender la cabecera del lecho.

—La cortina —musitó ella sin aliento.

Él cubrió la ventana con la tela y dejó a oscuras la estancia.

—¿Estás bien? —preguntó. Menuda pregunta.

Como si temiera vomitar, ella respondió afirmativamente con un movimiento de cabeza casi imperceptible.

—¿Quieres agua?

—No.

Había que entender con ello que quería quedarse sola. El inspector había estado allí demasiado tiempo.

—Volveré mañana.

En el pasillo encontró a Schilling. Estaba apoyado en la pared y se irguió al oír los pasos de Uriah. Él se presentó y le enseñó la placa.

—Parece otra persona —dijo el hermano, que no hizo nada por disimular la turbación que le había provocado lo que acababa de ver—. O sea, sabía que tendría mala pinta, pero… —Meneó la cabeza—. ¡Uf!

—¿Puedo invitarlo a un café? —preguntó Uriah en un gesto de educación destinado a romper el hielo.

Cinco minutos después se hallaban ocupando una mesa de uno de los rincones de la cafetería y tenían entre ambos sendas tazas blancas.

—En realidad, no hay gran cosa que pueda contarle. —Schilling se sirvió dos cucharadas de azúcar y las removió de forma sonora haciendo chocar el acero inoxidable contra la cerámica—. No he vuelto a tener contacto con Jude desde que cumplió los dieciséis. Ninguno. Supongo que he hecho una estupidez viniendo. Pensaba que le alegraría ver a alguien de la familia, que tal vez necesitara tener a alguien a su lado.

—A usted no, desde luego.

Schilling le lanzó una mirada irritada y acto seguido se zambulló en una explicación de la situación familiar.

—De niña le diagnosticaron problemas mentales. Para serle sincero, si no llego a encontrarla hoy con esa pinta, habría dicho que estos tres últimos años han sido una farsa, algo urdido por ella. Su desaparición, quiero decir. —Se encogió de hombros—. Por desquitarse de cualquier cosa que imagine que le hemos hecho. Sin

24

embargo, al verla así… supongo que estábamos equivocados. Y me siento mal por no haber hecho más por encontrarla.

Era la primera noticia que tenía Uriah de la inestabilidad mental de Fontaine. Para entrar en el cuerpo tenía que haber aprobado una evaluación psicotécnica. Schilling, además, la había conocido de niña, de adolescente, no de adulta, y los adolescentes son volubles.

—¿Hay algún familiar con el que sí se relacione, alguien que pueda ayudarla a superar esto?

Schilling negó con la cabeza.

—Que yo sepa, no. Cuando la raptaron vivía con un tipo, pero estoy seguro de que ha pasado página, porque lo he visto con otra. Es comprensible, claro.

A Uriah lo asaltó un pensamiento inquietante.

—¿El tipo con el que estaba antes sigue viviendo en la casa que compartían?

—Ni idea.

Tenía que ser perturbador salir del lugar en el que la han retenido a una tres años para volver a casa y encontrarse con que la está ocupando otra mujer.

—No olvide —dijo Schilling— que ya era inestable antes de que ocurriera todo esto. Ya la ha visto ahí dentro. Esa no era la reacción de una persona racional.

Cualquier inspector decente sabía que no había que confiar en la versión de una historia que pudiera dar una sola persona.

—¿Es usted mayor o menor que ella? ¿Tienen más hermanos?

—Somos solo los dos. Yo tengo cuatro años más que ella. Nuestra madre murió en un accidente de caza cuando Jude tenía ocho años y yo, doce. Ella no lo vio, pero estaba allí, pasando unos días en la cabaña que tiene nuestra familia en el norte. Fue testigo de lo que ocurrió después. Todo el mundo estaba histérico. Mi padre, desquiciado. Seguro que ver a los adultos perder los estribos de esa manera y a tu padre desmoronarse tiene que ser duro cuando eres un chiquillo. Supongo que fue entonces cuando empezó a tener problemas. Es comprensible, ¿no? Poco después de eso se volvió paranoica. Empezó a delirar, a decir que a mi madre la había matado mi padre. No hubo manera de hacerla cambiar de idea.

La mención que hizo Adam Schilling de aquella pérdida trágica le recordó algo más: había sido él quien había disparado de forma accidental a su madre. Aquella omisión decía mucho de su carácter, aunque, de cualquier modo, se trataba de un episodio aciago de su vida del que no debía querer hablar y menos aún con un desconocido.

—Es verdad que a mí me van los chismes —dijo Schilling con una mirada seria que hacía pensar en una confesión sincera—, pero se trata de una historia personal que creo que usted debería saber para que sea consciente de a lo que se enfrenta.

—Cuanta más información, mejor.

—¿Ha podido decirle algo? Del día en que la secuestraron, dónde la han tenido, quién lo hizo, cómo ha conseguido escapar…

—Por el momento, no sabemos nada y, en caso de que supiera algo, no podría comentarlo con usted. —Uriah sacó una tarjeta y se la tendió deslizándola sobre el tablero de la mesa—. Si cae en algo que se le podría haber olvidado, por insignificante que le parezca, llámeme.

Schilling leyó la tarjeta y se la metió en un bolsillo.

—No la pierda de vista, ¿de acuerdo? Con independencia de lo que pueda pensar ella de mí, soy de los que creen en el deber de proteger a la familia. Y si puedo ayudar en algo, aunque sea de manera discreta, dígamelo. —Hizo un gesto vago—. Si mi hermana necesita dinero o cualquier otra cosa…

Jude Fontaine no parecía de las que estuvieran muy dispuestas a aceptar ayuda de nadie y menos aún de uno de los parientes con los que había decidido cortar lazos. Lo único que podía hacer Uriah era asegurarse de que encontraban, vivo o muerto, al hijo de perra que le había hecho aquello. Asegurarse de que el cuerpo no volvía a dejarla en la estacada.

# Capítulo 4

El inspector regresó a la habitación de hospital al día siguiente, esta vez con ropa.

—He oído que te dan el alta mañana —dijo— y me he imaginado que necesitarías algo que ponerte. No sé si habré acertado con la talla.

Mientras Jude lo miraba atentamente desde su lecho, Ashby colocó una bolsa blanca de plástico sobre una de las sillas que había alineadas contra la pared. Entonces se sentó a su lado y sacó papel y bolígrafo, así como una grabadora digital.

Iba de traje y corbata y llevaba el pelo, rizado y despeinado, más bien largo. Jude supuso que debía de quedarle poco para cumplir los cuarenta, aunque en aquella profesión no era fácil determinar la edad. No ignoraba, ni mucho menos, que el contacto con el crimen avejentaba a la gente. A lo mejor no pasaba de los doce.

Tres años de confinamiento en solitario podían haberle hecho mella en el cerebro, pero aún conservaba su sentido del humor.

—Huele todo muy fuerte —aseveró.

Él frunció el ceño mientras trataba de entenderla. Tenía las cejas gruesas y los ojos de color castaño intenso.

—Lo huelo todo —se explicó ella—. El tejido de tu chaqueta. El café que te has tomado. El plástico de las bolsas. La comida del otro lado del pasillo. Como si fuera la primera vez que lo huelo. ¿No es curioso? —Podría haber añadido, aunque no lo hizo, que tampoco había pasado por alto el alcohol que había tomado la noche de antes o aun aquella misma mañana, ni otra fragancia, quizá jabón, que no alcanzaba a identificar.

Él se frotó la boca con el envés de la mano.

—Es un efecto del aislamiento.

No se trataba solo de los olores. Le resultaba imposible dejar de mirarlo todo con atención extrema y no se disculpó por examinar visualmente cada poro del rostro de él ni cada cabello de su cabeza, así como cada curva de cada una de sus pestañas, por más que lo viera revolverse incómodo en su asiento.

La entrevista duró quizá una hora. No demasiado, teniendo en cuenta que en ese tiempo refirió los tres últimos años de su vida, aunque lo cierto es que el impacto que tuvo en ella el hecho de compartir cuanto le había ocurrido fue el mismo que habría tenido la recitación de la lista de la compra. En algún momento se había cerrado, se había cortado algo en su interior. De lo contrario, habría podido perder la cabeza. En cambio, aquel mecanismo había hecho de ella una persona capaz de contar atrocidades sin emoción. Cuando acabó, levantó la mirada y vio que Ashby tenía pálido el semblante. Y eso no era lo único…

—La mano —dijo ella.

Él bajó la vista, dejó escapar un sonido casi imperceptible de consternación y accionó el botón del bolígrafo, con lo que logró dominar el temblor.

A Jude no le gustó demasiado haber sido testigo de aquella reacción. No sabía cómo responder y, además, por extraño que resultara, contemplar la impresión que le había causado hizo que se sintiera sucia. Reparó en que la experiencia le había robado la humanidad, la había llevado a sentirse infrahumana. Puede que fuera ese el motivo que impedía a muchas mujeres presentar una denuncia cuando eran víctimas de abuso. Nada de miedo a represalias, al futuro o a la soledad ni de amor a su agresor. Una vez que veía la luz su experiencia, una vez que se aireaba a la vista de todos, los excesos sufridos despojaban a la víctima de su dignidad y la hacían padecer doblemente, a manos de su verdugo y a manos del mundo.

Ashby apagó la grabadora.

—¿Y mañana? —preguntó cerrando la libreta.

Seguro que cuando saliera de allí volvería a escuchar la declaración de ella. Jude no albergaba ninguna duda. De hecho, por un instante cruzó su mente la idea de arrebatarle la grabadora y estamparla contra el suelo.

—¿A qué te refieres? —preguntó.

—¿Tienes adónde ir?

—Ya buscaré algo.

—¿Y dinero? ¿Tienes dinero?

—Antes ha venido a verme la jefa Ortega con un cheque. Dice que son mis atrasos. —Jude, sin embargo, sospechaba que Ortega había ejercido su influencia para asegurarse de que tenía lo suficiente para vivir, al menos por el momento. Había asumido su cargo seis meses antes del secuestro de Jude, lo que no les había dado mucho tiempo para crear una relación laboral estrecha, aunque sí para que la inspectora tomara conciencia de su condición de superior preocupada por el bienestar de cuantos estaban a su cargo—. Además, he llamado al banco. Parece ser que todavía tengo activa la cuenta. Tenía algunos ahorros. —«Antes de morir». Un segundo. Eso no era así. No había muerto, aunque sí que había estado tres años como muerta y al final se había convertido en un fantasma que transitaba el terreno, conocido y extraño al mismo tiempo, de una vida nueva dotada de todo un elenco de personajes desconocidos. Sin casa, sin novio y sin trabajo—. No es gran cosa, pero me dará para arreglármelas durante un tiempo.

Ashby pareció alegrarse de ver que no estaba sin blanca.

—Si quieres, puedo recogerte y, si te encuentras con fuerzas, podemos dar una vuelta con el coche por si hay algo que te suena. A lo mejor ves el sitio en el que te retuvieron.

Jude asintió.

—Me parece bien. —Mentira.

—También puedo ayudarte a encontrar alojamiento, echarte una mano si quieres comprar un teléfono… Lo que necesites.

—No hace falta.

—Son órdenes de Ortega.

—Gracias.

La tarde fue agotadora. La dibujante llegó armada de carboncillo y de una tablilla con sujetapapeles. Cuando acabó, Jude se dejó caer sobre las almohadas con gesto aliviado. En dos días había hablado más que en tres años. Había estado mucho tiempo anhelando ver una cara distinta de la del hombre que acababan de dibujarle, pero en aquel instante solo deseaba que la dejasen sola. Solo un rato. Para aclimatarse solamente. Para poder disfrutar de su libertad.

Pese al cansancio, le resultó difícil descansar con el brillo de las luces, los olores extraños y todo el ruido. El edificio mismo manifestaba palpitaciones de motores, extractores, engranajes y poleas y hasta habría jurado que lo oía respirar. Cuando llamaron a la puerta, que seguía abierta, mantuvo cerrados los ojos. No quería más charlas ni preguntas. Pero entonces olió a café y no tuvo más remedio que mirar.

En el umbral se encontraba el inspector Grant Vang con una bolsa blanca de papel en una mano y un vaso de café para llevar en la otra.

—Espumoso con leche y vainilla y bollito de arándanos —anunció levantando la bolsa.

Grant medía casi un metro ochenta. Era esbelto y musculoso y llevaba un traje oscuro y la frente cubierta en parte por el pelo liso y negro. Más alarmante incluso que su visita inesperada resultaba lo poco que había cambiado. Era injusto, aunque ¿qué esperaba? A lo mejor una versión más vieja de Grant. Quizá unas cuantas canas y alguna que otra arruga. Su antiguo compañero era la prueba viviente de que tres años es una eternidad cuando te someten a tortura, pero no mucho cuando te limitas a vivir tu vida.

Se preguntó si estaría con alguien, si seguiría soltero. Se preguntó si todavía se sentiría atraído por ella y deseó que no, porque no había sido fácil trabajar con él después de que le confesara sus sentimientos y ella lo rechazase.

—Deberías ver el circo que tienen montado ahí fuera —dijo él entrando en la habitación—. Por lo menos hay un centenar de periodistas en la puerta esperando dar una primicia sobre ti.

«Demasiado pronto».

Ver a alguien de su antigua vida, sobre todo a alguien con quien había tenido una relación laboral tan estrecha en el pasado, amenazaba con bloquearle el cerebro. Se afanó en no perder la concentración mientras él dejaba el café y la bolsa en la mesilla y la acercaba a la cama. Luego la miró durante un rato demasiado largo y ella supo que estaba intentando casar la imagen de la criatura abominable que yacía ante él con la de la mujer medianamente atractiva que había conocido.

—Te busqué —dijo al fin con ojos suplicantes—. Quiero que lo sepas. Pasé meses buscándote.

Todo el mundo ansiaba el perdón. De nuevo se vio en el papel de consolar a otro por su secuestro. De nuevo era ella la que tenía que reconfortar y tranquilizar a otro.

—No pasa nada —respondió.

—He pedido que me asignen tu caso. —Tomó una silla y se sentó a su lado, con lo que fue a sumar una mezcla de fragancias al olor del tejido de algodón y comida de hospital—. Pero parece que Ortega opina que te será más cómodo hablar con Ashby.

—Eso es verdad —fue lo único que dijo. Lo único que tenía que decir.

Grant hizo un gesto mudo de asentimiento antes de mirarse las manos.

—¿Te acuerdas de algo? Algo del día que te secuestraron…

Jude se sintió atrapada, asfixiada por la habitación y la presencia de Grant y de todas las cosas que quería él de ella y que iban de una simple conversación a un vínculo emocional. Ni siquiera sabía cómo decirle que necesitaba que la dejasen en paz.

«Demasiado pronto».

—No, nada.

Volvió la cara hacia la pared y fingió estar dormida hasta que Grant salió de allí.

A la mañana siguiente se vistió. La ropa que le había llevado la víspera el inspector Ashby le venía bastante bien, lo que en gran medida se debía a que no era más que un par de pantalones negros de deporte de algodón, una sudadera con capucha y un plumífero azul que olía a los hipermercados Target, una sensación que tenía tan grabada en el cerebro que era capaz de recordarla aunque hiciera tres años que no la percibía. Se llevó la prenda a la nariz, cerró los ojos e inhaló hondo. Intentó imaginar al inspector haciéndole la compra a alguien a quien ni siquiera conocía.

Se puso el abrigo, metió las manos en los bolsillos y encontró un par de guantes y un gorro de lana, también de un tono azul nada feo. Todo estaba limpio y nuevo. Con el calzado, sin embargo, se agotó su suerte. Aquellos botines marrones de aspecto sufrido le estaban un poco justos, pero por el momento se apañaría con ellos.

—¿Ya está lista? —preguntó una enfermera que llevaba una tablilla con sujetapapeles en la mano.

—Sí.

—¿La va a recoger alguien?

—Tomaré un taxi.

—Solo tiene que firmar el parte de alta. —La enfermera le tendió el documento y Jude lo firmó.

Intentó no dar la impresión de tener mucha prisa, por ansiosa que estuviese por salir de allí antes de que se presentara el inspector Ashby. No quería ver el gesto de lástima que delataban sus ojos ni, sobre todo, leer la expresión de su rostro y saber que había vuelto a escuchar su declaración.

El ascensor la llevó a la planta baja, donde se encontraba la entrada de la calle Octava, y, tras cruzar las puertas automáticas, se vio en el amplio sendero peatonal de la zona de recepción de pacientes. El frío le escocía en los ojos y el cielo… El cielo era tan azul…

Los taxis aguardaban en fila a sus clientes. En una plaza de aparcamiento regulado había estacionada una furgoneta de la WCCO y, frente a ella, encorvados sobre vasos de café adquiridos en el Caribou, aguardaban grupos de personas que delataban a la legua su condición de periodistas dispuestos a dar cuenta de cualquier noticia que se cruzara en su camino. Los había visto desde la habitación del hospital, pero en ese momento, pese a estar a unos metros, nadie la reconoció. No era de extrañar, cuando ni siquiera ella se reconocía.

El televisor de la habitación privada de hospital que acababa de dejar no había dejado de hablar de ella, desde los canales tanto locales como nacionales, pero habían sacado su imagen de los archivos de la comisaría. Junto a aquella fotografía antigua, no dejaban de mostrar el retrato robot que había creado la dibujante.

¿Se parecía a él? Puede que sí. En lo superficial. Los ojos, la boca y la nariz. El pelo y la barba. Sin embargo, no había dibujo capaz de capturar su esencia, su verdadera esencia, la que le había revelado a ella a diario. En ese sentido, aquel ser no se parecía en nada al retrato. Aquel ser habría sido demasiado aterrador para que lo contemplase nadie y mucho menos desde la seguridad de una sala de estar.

Pero ya se había acabado todo.

Se llenó los pulmones del aire fresco del invierno, se metió las manos en los bolsillos de su plumífero del Target, se volvió en el sentido opuesto y echó a andar.

Nadie intentó detenerla. Pasó inadvertida por el simple hecho de no hacer nada.

No volvió a pensar en los periodistas. Tampoco le dio mucha importancia al rumbo que estaba tomando ni adónde iba a vivir, cómo iba a subsistir, si había matado al hombre al que había disparado o si encontraría en algún momento la casa en la que había pasado los tres últimos años. En aquel instante solo quería caminar envuelta por el frío y bajo un cielo azul. Azul.

# Capítulo 5

Llevaba recorridas dos manzanas de aquel paseo en libertad cuando vio el logo de su banco al lado de un reloj digital que marcaba, también, una temperatura de un grado bajo cero. Aquello no era frío en Minesota. Aunque nunca había visitado aquella sucursal concreta, supuso que tendrían registrada su huella digital.

Al final tampoco hizo falta, porque el empleado que la atendió reconoció su nombre por haberlo oído en las noticias. Aquello lo incomodó y lo deslumbró a partes iguales. Resultaba extraño pensar que el hecho de ser víctima de un secuestro pudiera transformar en celebridad a cualquier persona.

Jude ingresó el cheque de Ortega y retiró varios cientos de dólares en metálico, metió el sobre en un bolsillo de la chaqueta y echó de nuevo a andar hasta detenerse en una cafetería de la calle Diez Sur a la que había ido muchas veces. Dentro, su intención de pedir un café con leche se vio arruinada por la vitrina de los postres.

Se sentía más humana que hacía un par de días. La alimentación intravenosa y la comida del hospital podían hacer maravillas, pero sus sentidos seguían disparados. A veces tenía la impresión de tenerlos tan agudizados que hasta creía oír la melodía de la sangre que corría por sus venas. ¿Sería así como se presentaba el mundo a los animales, en particular a los perros? Percibía cuanto le rodeaba, desde las grietas oscuras que se abrían en el suelo de cemento pulimentado hasta los adornos del techo. Bajo el siseo de la máquina de café y un tema de Dylan oía el tictac de un reloj de pared y algunas frases aisladas que asomaban por entre el manto de una conversación.

El local tenía una temperatura agradable y olía a café y a chocolate, al frío que llevaban los clientes en su ropa, a tejido, a invierno y a piel joven y vieja.

—¿Qué es eso? —Señaló con el dedo.

El crío del otro lado del mostrador miró al interior de la vitrina.

—Un *brownie* de tarta de queso y caramelo. —Se irguió y observó con un gesto levemente curioso la bolsa de plástico blanco del hospital, llena casi hasta reventar.

Aunque llevaba la maraña de cabello apelmazado oculta bajo el gorro de lana, no podía hacer nada por disimular el estado de su cara. Se había mirado en el espejo y sabía que podía pasar perfectamente por una pordiosera. Sin embargo, las mejillas hundidas y las marcas oscuras que circundaban sus ojos no le habían resultado lo más alarmante. Nunca había sido presumida, pero lo cierto es que los demás siempre habían alabado su pelo. Su espesura, su brillo y su color intenso. Se acabaron los cumplidos.

Movió el índice hacia otro dulce:

—¿Y eso?

—Ron y coco.

—¿Y eso?

Ante el peligro de que no se decidiera nunca, el muchacho preguntó:

—¿Quiere que le diga cuál es el que más me gusta a mí? El de frambuesa y chocolate negro. Tiene un toque de cayena que...

—Eso suena muy bien. —Hizo caso a la sugerencia y pidió también el café con leche. Mientras esperaba, se hizo con un ejemplar de *City Pages*, el semanario gratuito de las Ciudades Gemelas, y aún no había llegado a los anuncios clasificados cuando avisaron desde un extremo de la barra de que su pedido estaba listo.

—¿Cómo lleva el día? —preguntó la camarera—. ¿Tiene planes importantes para hoy?

La pregunta formaba parte, sin duda, de su cursillo de formación, de modo que no podía decir que fuese culpa suya. Sin embargo, llevaba implícita la suposición preestablecida de que no había sufrimiento en el mundo. Tal vez era eso precisamente lo que se vendía en las cafeterías: la idea de que todo iba a pedir de boca, al menos allí y en aquel instante. Y lo cierto es que, en el fondo, funcionaba.

Jude tomó el vaso envuelto en su faja de cartón.

—El plan más ambicioso que tengo hoy es meterme entre pecho y espalda este café con leche y este *brownie*.

Por alguna razón, su respuesta provocó un parpadeo de interés en la muchacha antes de que se volviera para preparar el pedido siguiente y preguntar por sus planes al próximo cliente.

Jude encontró una mesa vacía cerca de una ventana decorada con plantas y abrió el periódico por las últimas páginas. El acto de cargar de bizcocho el tenedor y llevárselo a la boca fue acompañado de toda la majestuosidad de un despertar espiritual y, cuando el dulce hizo contacto con su lengua, sintió un aluvión de endorfinas.

¿Cómo era posible que ciertos platos llevasen a una persona a sentirse mejor de forma instantánea?

Mientras saboreaba el *brownie*, leyó con atención los alquileres en oferta y, tomando prestado un bolígrafo de al lado de la caja registradora, rodeó unos cuantos candidatos.

Como una persona normal y corriente. ¿Así de fácil era volver a la vida real?

Uno de los anuncios le llamó la atención: «No son necesarios certificado de antecedentes ni carta de recomendación». Estaba situado en Chicago Avenue South, a dos manzanas del parque de Powderhorn.

Devolvió el bolígrafo y preguntó dónde había una cabina de teléfonos. El joven de la caja la miró extrañado y respondió:

—Creo que una vez vi una en una película.

El comentario le arrancó una sonrisa perezosa, tal vez la primera desde su huida, tal vez la primera en años, y no tenía claro cómo sentirse al respecto.

Él reparó entonces en el *City Pages* que tenía en la mano, doblado por los anuncios que había señalado.

—Tome —dijo sacando su propio móvil—. Se lo presto.

Ella apoyó el periódico en la barra, hizo la llamada, concertó una cita y le devolvió el aparato con un:

—Gracias.

—¿No la conozco de algo?

Sabía que iba a tener que responder a aquello más de una vez durante un tiempo. Su cara había tenido que aparecer en todas partes durante su desaparición y, después de que las noticias locales y nacionales dieran noticia de su huida…

—Es posible —fue su única respuesta.

Él le acercó el periódico.

—¿Powderhorn? No creo que sea el mejor sitio.

—¿Por qué no? —Siempre le había gustado aquella zona. Era uno de esos barrios que llevaban años tratando de zafarse de la mala prensa que habían adquirido de forma a un tiempo justificada e inmerecida.

—Si aquello ya era peligroso antes de que aumentara la delincuencia, ahora los negocios han echado el cierre y hay un montón de casas vacías. Los vándalos lo han limpiado todo. No han dejado más que las paredes. Les han arrancado hasta los cables para vender el cobre. Debería buscar en Tangletown o quizá por el lago Harriet. Uptown también sigue estando bien.

Tanto Tangletown como la zona del lago superaban casi seguro su presupuesto y Uptown era demasiado refinado, demasiado ruidoso, demasiado claustrofóbico.

—Gracias por el consejo. Y gracias por el teléfono.

Unas manzanas más allá, tomó un autobús urbano a Powderhorn para llegar a la entrevista que había fijado con el encargado del edificio.

El chico de la cafetería tenía razón. A medida que el vehículo recorría calles que había conocido bien y rebasaba tiendas de discos, cafés y comercios de segunda mano, fue apreciando por todas partes muestras de abandono. Había ventanas cubiertas con planchas de contrachapado, pintadas y carteles de grupos y muchas de las viviendas daban la impresión de estar vacías. Hasta el bloque de ladrillo de cuatro plantas del apartamento, cuando lo encontró, le transmitió la sensación de un edificio desierto.

—En el sótano hay lavadora y secadora. —El encargado del edificio, un fulano llamado Will Sebastian, la observaba con sus musculosos brazos cruzados mientras ella examinaba el piso del anuncio. Llevaba el pelo largo recogido en una coleta, un chaleco de cuero, barba y gafas tintadas de aviador. Era grande y corpulento y lucía en el cuello y en los dedos tatuajes que parecían carcelarios. Olía a sudor viejo y a cigarrillos y su cuerpo había adoptado ese tufo marcado inherente al invierno.

Tal como afirmaba el anuncio, el apartamento estaba en la planta alta, de modo que no iba a tener a nadie bailándole encima de la cabeza. Era de un solo dormitorio y la cocina estaba separada del salón por una barra y tres taburetes. Por las ventanas entraba mucho sol y había persianas que podían bajarse por la noche. Radiadores, suelo de madera resistente y molduras de techo. El cuarto de baño tenía bañera con patas a la manera de garras y azulejos blancos biselados que debían de llevar allí desde el día de la inauguración. No resultaba difícil percibir los cien años de vida que se habían desarrollado allí y que iban de lo radiante y prometedor, siendo nueva la vivienda, a la dureza y el desgaste de las últimas décadas.

—Los inquilinos anteriores se fueron sin llevarse sus cosas —dijo Will—. Se largaron dejando tres meses de alquiler sin pagar. Así, sin más. Hasta los platos dejaron, aunque puedo quitarle de en medio lo que no quiera.

—Creo que me puede venir bien todo.

Un sofá clásico de color naranja con mesita ovalada y alfombra de retales trenzados. En la pared, un cartel del logo de la cerveza Grain Belt hecho por un artista local cuyo nombre se le escapaba.

—Y, ahora, lo mejor del edificio. —La sacó del apartamento y la llevó por un pasillo oscuro para subir después una angosta escalera metálica.

Jude habría mentido si hubiese dicho que no se sentía inquieta. Por lo estrecho de aquel espacio, la oscuridad y hasta el olor a construcción vieja y a humedad de ladrillo. Por un instante pensó en darse la vuelta y echar a correr. Hasta calculó cuánto espacio podía poner de por medio en caso de que él la persiguiera y se lanzase sobre ella como un león tras una gacela.

El estado en que se encontraba no le permitiría llegar muy lejos. Aún sentía la debilidad que le invadía aquellas piernas de las que apenas había hecho uso los últimos tres años.

Al llegar arriba, el encargado abrió una puerta.

Aunque el paso de la oscuridad a la brillante luz solar a punto estuvo de cegarla, no tuvo dificultades en seguirlo por la puerta hasta la azotea, cubierta de tela asfáltica negra y gravilla y rodeada por un pretil de ladrillo de poco más de medio metro de altura muy común entre los edificios antiguos. El suelo había retenido el calor del sol, de modo que no parecía que hiciese la temperatura bajo cero que había visto en el termómetro del banco. Sin embargo, aquello era mucho más que una azotea embreada. En uno de los rincones habían instalado una tarima de madera no muy extensa

con tumbonas baratas de plástico, una mesita de exterior con encimera de cristal y un cenicero en el centro que rebosaba de colillas.
Al acercarse lo suficiente, reconoció el mismo olor que empapaba la
ropa del casero y que Jude asociaba a gasolineras y carne grasienta.
Luego se dio cuenta de por qué le resultaba tan familiar: se trataba
de la misma marca que fumaba su secuestrador.

—¿Qué tabaco usas? —le preguntó.

—¿Cómo?

—La marca de tabaco.

Confundido, rebuscó en el chaleco de cuero y sacó un paquete
arrugado antes de tendérselo para que lo viera.

—Lo que esté de oferta. Estos son los que compro casi siempre.

Brand X. Así se llamaban: «Marca X».

Él lo agitó y, cuando asomaron las boquillas de unos cuantos, le
ofreció uno. Ella negó con la cabeza.

—No, gracias.

—¿Demasiado baratos?

—Es que no fumo.

Desconcertado, atrapó uno con los labios y lo prendió con
un encendedor de plástico de usar y tirar. Entonces, con un movimiento suave logrado tras años de experiencia, volvió a guardarse el
paquete y el encendedor en el bolsillo de la camisa.

—Tenemos una oferta especial —dijo haciendo subir y bajar el
cigarrillo—. Sin fianza y con un descuento de doscientos pavos el
primer mes del alquiler.

«Hay que estar muy desesperado».

Ya había visto la azotea, de modo que no hacía falta que le
hiciera más propaganda. Sin embargo, él siguió soltando el rollo
que debía de tener ensayado.

—El edificio es de 1930, si le van ese tipo de cosas. Ya no
los hacen como este. Por cien más tiene una plaza de garaje en el
sótano. Muy segura. Todo un lujo en este barrio, porque no tendrá

que dejar el coche en la calle. Además, al estar en la cuarta planta es de los sitios más seguros que puede encontrar en la ciudad.

—No tengo coche. Al menos por el momento.

—¿Acaba de salir de la cárcel? Tiene pinta de eso.

—Algo parecido.

—Tranquila, que yo lo entiendo. A mí también me tocó pasar allí un tiempo. Por drogas, aunque llevo limpio cinco años. Me gusta ser sincero con eso, porque no quiero que la gente se entere más tarde y se ponga histérica.

Aquel momento habría sido perfecto para compartir con él su historia, pero de pronto se sintió demasiado cansada para ponerse a hablar de ello y, además, supuso que él no iba a tardar mucho en enterarse.

—¿Sabes de alguien que venda un coche? No puedo permitirme gran cosa…

—Yo tengo una moto que quiero vender, pero ahora no es precisamente tiempo de ir sobre dos ruedas. Por el invierno lo digo. ¿Quién coño va a comprar una moto en Minesota en estas fechas?

Nunca había montado en motocicleta. En realidad, sí, pero nunca la había llevado ella.

—Eso me podría interesar, pero no sé conducir.

—No es tan difícil. Yo podría enseñarle, aunque también podría apuntarse a un curso de seguridad vial. Eso sería más recomendable. —Dio una calada al cigarrillo y exhaló una nube de humo—. A ver qué le parece el trato. Si me compra la moto y se muda aquí, yo me encargo de tenerla a punto.

Qué extraño, estar pensando en tener motocicleta cuando tres años antes ni se le habría pasado por la cabeza.

El vehículo en cuestión estaba abajo, en un garaje oscuro y húmedo con el suelo de cemento embarrado de sal blanca de las carreteras que había quedado adherida a las ruedas de los coches. La moto era preciosa. Amarilla y con un cromado reluciente.

—Es una Honda 550 de 1976 —dijo Will—. Por aquí no verá muchas en tan buen estado.

—¿Cuánto?

El encargado le dio un precio, que rebajó un tanto tras un breve regateo.

—Me la quedo —concluyó ella.

# Capítulo 6

—Ya no trabajas para el cuerpo. —Uriah no estaba sino poniendo de relieve algo que resultaba evidente.

Unos días después de dejarlo plantado en el hospital, Jude Fontaine se había presentado por las buenas exigiendo verlo, sin que mediaran disculpa ni explicación algunas por su marcha. Dadas sus circunstancias, no había querido ser duro con ella ni culparla. De hecho, ni siquiera estaba enfadado. Contrariado sí. De cualquier modo, aquella mujer había dejado el hospital por su propio pie, a todas luces sin miedo alguno, y para eso hacían falta redaños.

Los dos habían pasado la tarde tratando sin ningún éxito de ubicar la casa en la que la habían confinado. Llevaban una hora de búsqueda cuando Uriah llegó a la conclusión de que recorrer la ciudad con la esperanza de dar con algún elemento que le sonara era perder el tiempo. Jude no tenía la menor idea, lo cual era de esperar, dados la oscuridad y el estado físico y mental en que se encontraba el día de su huida. Él, desde luego, dudaba mucho que, en circunstancias similares, hubiese sido capaz de fijarse en los alrededores. En ese momento, la tenía sentada frente a su mesa mientras aguardaba impaciente a que sacara los casos en los que había estado trabajando la inspectora en el momento de su secuestro.

Desde la última vez que la había visto se había cercenado la larga maraña de pelo blanco. Aquel era el mejor modo de describir lo que había hecho, porque daba la impresión de que hubiese usado las tijeras para cortar todo lo que estuviera a un par de dedos del cuero cabelludo. Era precisamente lo que le habían entrado ganas de hacer a Uriah el primer día que fue a verla al hospital y lo cierto es que, pensándolo bien, podía ser eso mismo lo que se había hecho ella. Con todo, parecía uno de esos cortes por los que algunos habrían pagado un dineral. Tenía su gracia, pero casi podía pasar por heroinómana refinada.

—Quiero ver mis archivos antiguos —dijo—. No sé si mi secuestro tendrá algo que ver con ninguno de mis casos, pero parece el sitio más obvio por el que empezar.

—Ya lo hemos hecho. Cuando desapareciste y también ayer. Me temo que es terreno más que trillado. Además —repitió—, tú ya no trabajas aquí.

—Quiero verlos —insistió ella sin más expresión en el rostro que la de sus ojos azules, que lo observaban con esa intensidad exasperante que, sospechaba, no iban a perder nunca.

Le sostuvo la mirada, pero ganó ella. Aquella resolución, que supuso que había tenido que hacer de ella una inspectora excelente en otros tiempos, le estaba resultando insufrible en aquel instante. Saltaba a la vista que no iba a irse de allí hasta que lo obligara a ceder o a echarla de allí a patadas, aunque quizá pudiese contentarla con un término medio.

—Cuando te secuestraron estabas metida en tres casos de cierta envergadura. —Abrió un cajón, sacó una pila de carpetas y las dejó sobre la mesa—. Los tengo todos aquí delante. Uno de los más destacados de los que investigabas con el inspector Vang quedó resuelto. —Apartó el expediente con un golpe rápido de muñeca.

—Que se resolviera no descarta que estuviesen conectados.

—Lo entiendo, pero vas a tener que confiar en mí cuando te digo que lo hemos repasado todo a conciencia.

Clavó en ella la mirada y Jude se la sostuvo, tranquila y desafiante, mientras aguardaba otra respuesta. No cejaría hasta que él consiguiese mostrarle algo que garantizara su diligencia. Por si el cuerpo y él no la hubiesen defraudado lo suficiente, el hombre que se había apropiado de su puesto de trabajo le estaba diciendo que no podía ver sus propios archivos. Teniendo en cuenta todo esto, había que reconocer que no se lo había tomado tan mal. Tras tomar una decisión, Uriah apartó su asiento del escritorio y se puso en pie.

—Vamos abajo.

Los dos se dirigieron al ascensor y, una vez dentro, él pulsó el botón del sótano.

—Todo lo que había en tu mesa acabó en la sala de pruebas —anunció mientras descendía el aparato y los números que se mostraban sobre la puerta iban menguando hasta llegar al punto deseado con una sacudida—. Necesito ver las pruebas del caso Fontaine —dijo al guardia armado que había tras el mostrador.

Al agente se le iluminó el rostro en cuanto vio a Jude. En los años que llevaba sirviendo allí, nunca había dedicado siquiera una sonrisa a Uriah.

—¡Hola, inspectora Fontaine! ¡Cuánto me alegro de que haya vuelto!

—Gracias, Harold. —Ella le dedicó algo que bien podía pasar por una sonrisa, aunque no lo corrigió en lo tocante a su regreso. *Volver* podía querer decir muchas cosas (volver al mundo, por ejemplo), pero era evidente que Harold pensaba que se había reincorporado a la unidad de homicidios.

—Necesitamos las pruebas relativas a su secuestro —insistió Uriah.

Harold clavó los ojos en el monitor de su ordenador mientras tecleaba.

—Aquí me salen el contenido de su mesa, el ordenador y el disco duro, ropa y ADN.

—Vamos primero con la mesa —dijo el inspector.

Mientras Jude y él esperaban al otro lado del mostrador, Harold desapareció por entre las estanterías que guardaban las pruebas y volvió unos minutos después con una gran caja marrón con recortes en los lados a modo de asas. Uriah firmó la retirada de las pruebas y llevó la caja a una sala aparte. Bajo la luz de largos tubos fluorescentes, Jude y él se sentaron a uno y otro lado de lo que parecía una mesa de comedor.

—Esto es todo lo que había en tu escritorio en el momento del secuestro —aseveró mientras retiraba la tapa y la dejaba a un lado.

—¿Cuánto tiempo llevaba yo desaparecida cuando lo recogieron?

Uriah también había hecho esa pregunta.

—Lo guardaron todo de forma casi inmediata, gracias a la jefa Ortega.

Jude observó la etiqueta en la que se daba cuenta del uso que se había dado a la caja.

—La han sacado varias veces a lo largo de estos años.

—Como ves, tu caso no ha caído nunca en el olvido.

Si había resultado extraño revisar las pertenencias de una agente desaparecida, más lo era hacerlo teniéndola sentada delante. Sacó el material de costumbre de cualquier escritorio: bolígrafos, lápices, cuadernos, libretas y objetos más personales, como fotografías. Muchas. Algunas eran de ella, cuando aún tenía el pelo castaño, su expresión no era tan intensa y sonreía sin dificultad. También las había de ella con su novio, con quien Uriah había hablado hacía dos días para confirmar lo que había sospechado: él y su nueva pareja se encontraban en la casa cuando apareció Jude esperando una calurosa bienvenida. Aun así, además de corroborar la cronología de los hechos, su ex no pudo darle ninguna información que ayudara a completar el rompecabezas de lo que había ocurrido la noche de la huida.

Además, había instantáneas de Jude con otros agentes del cuerpo, conocidos y desconocidos para él. En su mayoría estaban tomadas durante los momentos de relajación en los que, acabada la jornada, se dirigían juntos a un bar cercano. Uriah también lo había hecho alguna que otra vez, aunque no muchas. No le entusiasmaba demasiado y, encima, solía terminar la jornada deseoso de volver a casa.

Ya no.

Extendió las fotos sobre la superficie del escritorio y les fue dando la vuelta para que estuvieran mirando hacia Jude. Sentía curiosidad por aquellas en las que aparecía con Vang. En algunas daban la impresión de ser pareja, aunque podía ser que posaran tan juntos por efecto del alcohol. Había quien se volvía más afectuoso tras unas copas.

—¿Ves algo digno de mención? —preguntó.

Jude ojeó las imágenes y negó con la cabeza.

—¿Qué me dices de esta? —No era de su incumbencia ni tenía relación con nada, pero preguntó de todos modos mientras señalaba una instantánea en la que Vang aparecía rodeándole la cintura con el brazo—. ¿Teníais una relación? Nadie me ha dicho nunca nada.

Jude arrugó el entrecejo y a continuación hizo un gesto de negación.

—Salimos juntos un par de veces.

—¿Y os acostabais?

Jude levantó la vista.

—Eso no tiene nada que ver.

—Podría. Siempre me ha parecido curioso que Vang no mencionase haber tenido ninguna relación contigo.

—Será porque no la tuvimos. De todos modos, eso no es de tu incumbencia.

«En efecto, se acostaban». Aquello no era nunca una buena idea en ningún trabajo, pero en el de policía… Malo.

Siguió sacando artículos de la caja hasta dejarla vacía y tenerlo todo sobre la mesa.

—Lo único que pareció extraño fue esto —dijo mientras le acercaba otra instantánea—. ¿Recuerdas algo de esta chica?

Jude tomó la fotografía, pequeña y cuadrada, y, tras examinarla, movió la cabeza en señal de negación.

—Se llama Octavia Germaine. No se trata de un homicidio, sino de una desaparición, de manera que no era un caso tuyo.

—A veces se sospecha de asesinato en los casos de personas desaparecidas. Supongo que me lo debió de dar alguien para que le echase un vistazo. Lo siento. —Le devolvió la foto sin levantarla de la mesa—. No la recuerdo. ¿Llegasteis a encontrarla?

—No.

—¿Qué me dices de mis cuadernos?

—No tienen nada que me haya llamado la atención. —Le tendió las libretas de espiral, iguales que las que usan los críos en la escuela, de distintos colores y pauta ancha. Apenas había una sola página que no estuviese llena de notas y garabatos. Harían falta horas enteras para leerlas de cabo a rabo, quizá días, si se quería hacer un trabajo decente. Uriah las había leído, no palabra por palabra, pero las había leído.

Jude hojeó una y luego otra y debió de llegar a la misma conclusión respecto del tiempo que iba a hacer falta.

—Si me los llevo a casa...

—Ni pensarlo. Ya lo sabes.

—¿Y si volviera a incorporarme a homicidios?

—No tiene sentido planteárselo, porque no va a pasar.

—¿En serio? ¿Y por qué no? ¿Por la experiencia que me ha tocado vivir? ¿Porque si hubiera sido más lista no me habría dejado secuestrar?

—Por nada de eso.

—¿Porque he salido muy perjudicada?

Clavó en Uriah aquella mirada exasperante suya y él supo en qué momento exacto había llegado ella a la conclusión de cuál era el motivo.

—Es por eso, ¿verdad? Te lo noto en la cara.

El inspector apiló las libretas y las metió en la caja antes de reunir las fotos sin dejar de sentir la mirada de ella puesta en él.

«No mires», se dijo.

—Entonces, ¿cuál es mi sitio? ¿Dónde me ve de aquí a un mes el inspector Ashby? ¿Y de aquí a seis meses o dos años? ¿Trabajando en un Starbucks? ¿Detrás del mostrador de un veinticuatro horas?

El tono desconocido que tiñó su voz hizo que se desmoronara la fuerza de voluntad de Uriah, que la miró. Estaba desquiciada. Quizá eso fuera preferible a la espeluznante falta de emoción que había hecho patente hasta ese momento.

—Aquí no —repuso él con voz tranquila y firme.

—¿Ah, no? Porque yo no me veo en ningún otro sitio. —Se reclinó en su asiento con los brazos cruzados—. ¿Y tú dónde me ves, que me gustaría saberlo?

—Disfrutando de la vida, yendo al cine, leyendo… Búscate un pasatiempo y, si eso te parece muy egoísta, colabora con una asociación de ayuda a la mujer o con un comedor social. O un refugio para animales. Yo qué sé. —Buscó entre las fotos hasta dar, por fin, con la que estaba buscando, una en la que aparecía ella con una sonrisa pícara. La tomó con dos dedos y le dio la vuelta para que la viese ella—. Y ya que estás, ¿por qué no intentas encontrar a esta chica?

Jude apenas la miró antes de responder:

—Esa chica ya no existe.

—Pero podría.

—No.

—Se diría que la odias.

—Puede que sí. —Levantó las cejas como sorprendida por sus propias palabras—. Y tienes toda la razón cuando la llamas *chica* en vez de *mujer*.

—No deberías ser tan dura contigo misma.

—La odio por haberme dejado tres años allí dentro. —Señaló con la barbilla la fotografía que seguía sosteniendo él—. No sé si lo sabes, pero yo era una joven divertida, muy divertida. Todo el mundo se reía conmigo.

—Eso he oído. —El inspector se detuvo mientras estudiaba sus siguientes palabras—. Puedes volver a serlo.

—Lo dudo. Dudo que pueda volver a ser mi antiguo yo.

—A lo mejor vuelve en algún momento. Puede que no del todo, pero algo al menos… —La miró a los ojos. Cada vez se le daba mejor—. ¿Quieres? ¿Te gustaría que volviera?

—Puede. No lo sé —respondió ella vacilante—. La antigua Jude era débil.

—Si hubiera sido tan débil como dices, no habría sobrevivido.

—Es verdad.

—Me pregunto por qué desdeñamos siempre a las personas que hemos sido —dijo Uriah—. Deberíamos estarles agradecidos. Tendríamos que sentir gratitud más que vergüenza.

Tras volver a colocarlo todo en la caja, le puso la tapa y, al levantarse, hizo que la silla chirriara sobre el suelo de cemento.

—Voy a devolver esto y te acompaño arriba. —Aunque no era su intención, el uso de aquel verbo sirvió de recordatorio de que allí no era ya más que una invitada y que le había hecho un favor al permitir que echara un vistazo a la caja de pruebas.

Jude dejó escapar un gruñido de indignación y se puso en pie.

—Estás muy confundido conmigo.

—No lo sé, pero sí te puedo decir que me pareces un poco siniestra. —Ya tendría tiempo de preguntarse si era el adjetivo más apropiado—. Mira, Jude —añadió mientras se apoyaba la caja en el estómago—, necesitas darte un tiempo para volver a hacerte a todo. Puede que a ti te parezcan semanas, pero solo llevas unos cuantos días fuera. Unos cuantos días. Eso no es nada. Eres como un soldado que vuelve de la guerra. Estás en periodo de transición. Necesitas orientación psicológica. Tienes que aprender a integrarte de nuevo en la sociedad. En eso deberías estar concentrándote ahora mismo. Si te he traído aquí abajo es porque quería que vieses que tengo esto. —Esperaba que aquellas palabras le dieran cierta tranquilidad—. Ahora, ve a casa a cuidarte.

Esperó. ¡Vaya por Dios! Otra vez lo estaba mirando de esa manera.

—¿Qué clase de jabón usas? —preguntó ella al fin.

—¿Cómo? —En un primer momento pensó que no la había entendido bien—. No sé. Compro lo primero que encuentro y rezo por que no apeste. —Frunció el ceño—. ¿Has escuchado algo de lo que te he dicho?

—Detecto un toque de algo dulce, almendra quizá.

Él necesitó unos segundos para entenderlo.

—Vaya. Sigues con los sentidos demasiado agudizados.

Jude asintió.

—Es rarísimo.

—Si no te ha convencido ninguna de mis propuestas, siempre puedes dedicarte al negocio de la perfumería. Un olfato desarrollado podría ser un don valiosísimo en ese ramo. —Se trataba de un chiste, aunque no estaba seguro de que ella fuese a responder a aquel conato suyo de humor. A fin de cuentas, el motivo de aquella hipersensibilidad no tenía ninguna gracia.

Jude negó con la cabeza y quizá hasta llegó a sonreír. Resultaba difícil precisarlo. Sin embargo, a su manera inexpresiva, dijo algo que lo mató. Lo mató.

—He estado mucho tiempo en una celda. No pretendas meterme en otra.

El inspector emitió un ruido ahogado con la garganta que bien pudo ser un gañido.

—No pienso quedarme en casa y dedicarme a hacer punto —aseveró ella—. Voy a ir al campo de tiro a practicar puntería, voy a hacer un cursillo de actualización de defensa personal y... —una pausa— voy a aprender a montar en moto.

Aunque él distaba mucho de ser machista, se dio cuenta de que había ofrecido la impresión contraria al decirle que buscase un pasatiempo.

—No quería dar a entender que tengas que encerrarte en tu casa y estarte calladita.

—¿En serio? —preguntó ella—. Porque eso es precisamente lo que me ha parecido. Pero no te preocupes, que en unos meses estaré de vuelta y no para darte la lata con los casos que dices que estás mirando, sino para recuperar mi puesto de trabajo.

# CAPÍTULO 7

Su niña.

Él la llamaba así.

Al segundo día de cautiverio, descubrió que era aficionada a escribir en su diario, conque le compró unos cuantos cuadernos en blanco. De los baratos que vendían en las tiendas de todo a un dólar. Los bolígrafos también eran malísimos. No tenían nada que ver con los de gel que le gustaban a ella. El hecho de sentir un buen boli de gel deslizarse sobre el papel formaba una parte importante de la experiencia.

Pero ¿qué más daba la tinta cuando estaba retenida en una prisión sin ventanas en la que nadie podía oír sus gritos de socorro?

El número de diarios en blanco que le había llevado él le había parecido alarmante, porque hacía pensar que tenía intención de retenerla durante mucho tiempo. Sin embargo, también era una buena señal, ya que podía significar que quizá no la matase, por lo menos mientras siguiese llevándole cuadernos y ella no dejara de rellenarlos.

Al principio no dejaba de escribir. Dejaba constancia del paso de los días y daba cuerda fielmente al reloj que había estado haciendo tictac en un rincón desde el primer día en que había recobrado la conciencia sobre el colchón. Cuando llegó el mes de su decimoséptimo cumpleaños, describió cómo lo celebraría si hubiese estado en casa.

Más tarde escribió incluso sobre el aborto y sobre las píldoras anticonceptivas que había empezado a darle él para que no volviese a ocurrir aquello. Se preguntaba qué habría hecho él con el feto. ¿Lo habría enterrado? Llegó a obsesionarse con ello y hasta jugó con distintas posibilidades en su imaginación.

También confió al papel todo aquello.

Cuando vivía en el mundo, había sido un poco ratoncillo de biblioteca. Le gustaban la poesía, la política y los animales. Durante el último año de instituto había conseguido recaudar mil dólares para Walk for the Animals y había participado en las marchas en favor de los matrimonios del mismo sexo. Sobre eso también escribió.

Un día se dio cuenta de que había desaparecido uno de sus diarios.

Él se los estaba llevando. Los estaba leyendo.

Sus reflexiones más profundas.

Durante un tiempo dejó de escribir, pero, al darse cuenta de que plasmar en el papel sus sentimientos era lo único que había impedido hasta entonces que se volviese loca, retomó la actividad, esta vez a sabiendas de que lo hacía para un público conformado por un solo lector.

Resuelta a jugar con él.

Aquel había sido su plan, su objetivo. Jugar con la cabeza de él, hacer que sintiera remordimientos por lo que le había hecho y por lo que estaba haciéndole, quizá hasta conseguir que lo angustiara la culpa lo suficiente como para dejarla en libertad.

Aquel era el sueño con el que fantaseaba.

Él tenía una voz bonita. Era extraño pensarlo, pero era la verdad. Y su cuerpo, si bien no era el de un adolescente, tampoco era desagradable. Siempre olía a limpio. De todos modos, no tenía modo alguno de saber cuál era su verdadero aspecto. Cuando le llevaba comida o iba a retirar el cubo donde orinaba, tenía puesto un pasamontañas negro.

Aunque nunca lo había visto, empezó a imaginarle un rostro bien parecido. También a obsesionarse con sus visitas, con cómo podía complacerle y con cómo hacer que se enamorase de ella.

Escribió de aquella adoración, de lo mucho que significaba él para ella y de cómo vivía para oír el sonido de la llave en la cerradura y el de su voz, para sentir en el cuerpo el tacto de sus manos. Sin embargo, fue ella quien picó el anzuelo que había tendido, porque empezó a creer en sus propias palabras. No tuvo que pasar mucho tiempo para que acabara por enamorarse ella de él.

Sobre eso también escribió.

Así como sobre lo mucho que la amaba él y sobre lo afligido que se sentía por lo del aborto. Escribió poemas sobre él e hizo dibujos de dos personas juntas. Dibujó páginas enteras de corazones.

Un día reunió el coraje suficiente para preguntarle cómo se llamaba.

—¿Cómo te gustaría que me llamase? —fue su respuesta.

—Harrison. —Reflexionó unos segundos—. No, Colin.

—Pues Colin.

Cuando hacían el amor —que así era como había empezado a llamarlo ella—, él apagaba la linterna y se quitaba el pasamontañas.

Ella entonces lo tocaba, porque él se lo permitía. Recorría con sus manos la piel y el vello de su rostro. No tenía el cabello demasiado largo, sus labios eran suaves y su cuerpo se mostraba firme y duro. Tenía una cicatriz en el bíceps derecho.

—¿Cómo te hiciste esto? —le preguntó un día mientras pasaba los dedos por la carne levantada.

—¿Cómo te gustaría que me lo hubiese hecho?

—En un tiroteo. En un atraco a un banco. En un accidente de coche del que solo saliste tú con vida.

—¿Y qué tal en un accidente de avión?

—Mejor.

También escribió de eso, de la catástrofe aérea y de cómo consiguió hacer aterrizar el Cessna en las montañas y salir de él por su propio pie. Estuvo días enteros caminando descalzo por la nieve sin nada que comer, pero su llegada a un pueblecito de la zona lo convirtió en una leyenda local.

Esas eran las historias que creaba para ellos, para ella misma, a fin de subsistir. Él era su héroe y ella lo amaba.

Él se llevaba los diarios, pero también los devolvía. No pasó mucho tiempo antes de que se convirtieran en el mejor indicador del paso del tiempo, porque hacía una eternidad que había perdido la pista del transcurso de los días concretos.

Los diarios no dejaban de crecer. Llegaron a cubrir el suelo y a amontonarse en las paredes de la habitación sin ventanas. Los rimeros llegaban tan alto que a veces se derrumbaban y tenía que volver a amontonarlos, con cuidado, ordenándolos por números, porque estaban todos numerados. En lugar de llevar un mes o un año en aquel cuarto, llevaba diez o veinte diarios. Hasta que la cuenta fue de doscientos diarios.

# CAPÍTULO 8

—¿Qué tienes en contra de trabajar con Fontaine?

La pregunta de la jefa de policía Vivian Ortega sacó a Uriah de su ensoñación, estado en el que se sumía con bastante frecuencia últimamente y del que salió con escaso convencimiento. Apartó la mirada de la ventana de la comisaría por la que había estado contemplando las calles que se extendían a sus pies. Las mesas que tenía a su espalda estaban vacías, pues el resto de inspectores había salido ya a trabajar. Ortega había dicho a Fontaine que llegase más tarde para hacer más llevadera y gradual su incorporación. Por lo mismo, había rechazado la idea de Vang de encargar una tarta de bienvenida.

Un día como los demás.

—He aceptado la idea de que trabaje aquí —respondió él—, pero ¿por qué no se le asigna un trabajo de oficina? No tengo muy claro que no vaya a desmoronarse ante una situación tensa. Ni tampoco ante una que no lo sea. Y, desde luego, tengo clarísimo que no la quiero de compañera. —Seguía sin saber por qué se empeñaba en buscarle las parejas más inverosímiles. Puede que Ortega pensara que de esa manera tendría vigilada a Fontaine, que era precisamente lo último que quería hacer él.

—La han declarado apta para el trabajo y necesitamos a todo el personal posible. Ha pasado todas las pruebas necesarias. Ha vuelto a adiestrarse en el uso de armas de fuego y en defensa personal y, por otro lado, la prensa ha tenido tiempo en cuatro meses de perder interés en ella y pasar a la siguiente noticia jugosa. —Puso los brazos en jarras.

Algunos creían que Ortega vestía de un modo demasiado sensual para trabajar en homicidios, con aquel pelo suelto, aquellas uñas largas, aquella falda ajustada y aquellos escotes pronunciados; pero Uriah tenía por digno de admiración que hiciera lo que le viniese en gana. Además, la consideraba todo un modelo en lo que se refería a mantener el equilibrio entre su vida personal y un trabajo que podía llegar a ser funesto hasta extremos implacables.

Pese a eso, era la personificación de la normalidad. Tenía una casa en un barrio precioso, dos niños listísimos, dos labradores torpones de pelaje amarillo y un marido que la adoraba. Hasta había quien la estaba instando a presentar su candidatura a la alcaldía. A Uriah, desde luego, no le parecía mala idea.

—No sé si te has dado cuenta, pero cada vez que te propongo un compañero te empeñas en rechazarlo. No pienso pedírtelo más veces. Aquí se tiene por norma que los inspectores trabajen por parejas.

—Pero ¿y Vang? ¿No se acaba de quedar sin compañero? Además, Fontaine y él trabajaban juntos. Ponerla con él sería lo más lógico.

—No voy a discutir mi decisión.

—Lo único que quiero es que considere mi situación. Me parece una mala idea. Llevo bregando con ella a trompicones desde su huida y todavía tiene la mirada perdida. —Por no hablar de que seguía examinándolo de aquella manera tan suya cada vez que mantenían una conversación, como si estuviera husmeando el perfume de su jabón y contando cada pelo que tenía en la cabeza.

Aunque llevaban meses sin sufrir un apagón, las calles seguían convertidas en un campo de batalla. El público no dejaba de comparar el aumento reciente de la delincuencia con el que se había dado en los ochenta, cuando la gente llamaba a la ciudad Crimenápolis.

En aquellos tiempos la criminalidad se había desbocado y apenas pasaba un día sin que hubiera varios tiroteos. La historia parecía estar dispuesta a repetirse y Uriah necesitaba a alguien en quien pudiera confiar, alguien dispuesto a guardarle las espaldas.

Y esa persona, por supuesto, no era Fontaine.

Sentía mucho que su investigación no hubiera dado resultados. Ni una coincidencia de ADN tras analizar la ropa del secuestrador, ni una sola huella dactilar completa y viable, ni un elemento en la pistola que permitiera rastrear su origen… Nadie había informado a la policía de haber oído disparos ni en ningún hospital habían recibido heridos por armas de fuego la noche de la huida. El taxista que la había llevado no había dado señales de vida, ni siquiera cuando la policía apeló a la colaboración ciudadana. Tras meses de pesquisas, se había visto obligado a seguir con otros casos y dejar de nuevo el de Jude Fontaine entre los que posiblemente estaban condenados a no resolverse nunca. Había vuelto a defraudarla.

Ortega lo miró pensativa.

—La mirada perdida. Ella. ¿Tú te has visto en el espejo?

—Yo estoy bien.

Su superior se encogió de hombros con gesto de desacuerdo y volvió a lo más acuciante.

—La ciudad está pasando un momento muy delicado y nos debemos a sus vecinos. Tenemos que dar lo mejor de nosotros mismos. Si todos hacemos lo que nos corresponde, puede que volvamos a recobrarnos.

La jefa pensaba que saldrían de aquella, que serían capaces de pulsar el botón de reinicio. Uriah, en cambio, estaba empezando a convencerse de lo contrario. La gente había llegado a un punto del que no había vuelta atrás y la ciudad ya no se sentía a salvo. ¿Cómo se recupera uno de eso? La población, incluidos algunos buenos policías, había empezado a mudarse y él no era quién para criticarlo. Lo que Ortega no había dicho y quizá estaba más cerca de la verdad era que tenían que aceptar toda ayuda que se les brindara, aunque eso significase trabajar con Fontaine.

Ortega cruzó con la mirada la planta diáfana de la unidad de homicidios.

—Ahí está. —Era un aviso: «Actúa con normalidad, como si no hubiésemos estado hablando de ella».

La altura de Fontaine siempre le había sorprendido. Era de constitución esbelta y llevaba ropa más propia de un agente infiltrado: vaqueros, una cazadora de cuero de motero clásico... y un casco negro en la mano. Todo apuntaba a que había tachado lo de aprender a montar en moto de su lista de tareas pendientes.

—Me gusta que me dé el viento en la cara —se explicó.

¿Le había leído el pensamiento o es que él se estaba volviendo demasiado transparente?

La recién llegada se metió el casco bajo el hombro y amplió la información:

—Me encanta sentir el sol y el aire.

Después de tres años tenía mucho que recuperar de ambos elementos.

Uriah había oído que estaba viviendo en lo que algunos llamaban con el dramático nombre de «la zona del crimen», un distrito situado al sureste del centro de la ciudad que, pese a haber experimentado cierta recuperación hacía un tiempo, se hallaba muy necesitado de sangre nueva y un buen impulso por obra de los apagones y el aumento de la delincuencia. El alcalde estaba intentando mejorar la situación, aunque sus promesas empezaban a sonar cada vez más huecas. Los ciudadanos honrados habían empezado a mudarse, mientras que los malhechores conservaban su residencia. Por otro lado estaban quienes, como Fontaine o él mismo, no debían de tener ningún sitio más adonde ir.

Ella, sin embargo, no iba a aguantar mucho tiempo allí. Le daba una semana. A lo sumo.

# Capítulo 9

Jude estrechó la mano a la jefa Ortega a la sombra del gesto de desaprobación de Uriah Ashby y le agradeció que le hubiese permitido regresar en periodo de prueba.

—Suerte en tu primer día —respondió ella—. Tómatelo con calma. Mantente en contacto conmigo y tenme informada. —De camino a su despacho, se detuvo para añadir—: Y recuerda que, aunque sois compañeros, es el inspector Ashby quien está al mando.

Tenerla como pareja iba a ser la peor pesadilla que pudiera imaginar Uriah. A la antigua Jude le habría resultado divertida la coyuntura, ya que nadie se había opuesto con tanto empeño como él a su reincorporación. En otros tiempos, se habría centrado de inmediato en hacer patente que estaba equivocado, pero lo cierto es que había aceptado la asignación sin sentir la necesidad de demostrar nada a nadie.

—Ponte ahí si quieres —dijo él señalando un escritorio gris de metal apartado en un rincón.

Aunque aquel lugar estaba destinado quizá a servir de castigo o de insulto, a ella no le habría hecho ninguna gracia recuperar su antigua mesa, situada en medio de un mar de gente. Había echado ya a andar hacia allí cuando él prosiguió:

—Acaban de decirme que han encontrado el cadáver de una mujer flotando en el lago de las Islas.

¡Y una mierda, «con calma»! La estaba poniendo a prueba. Un cadáver, cuando ni siquiera había tenido tiempo de poner una libreta o un clip en su escritorio.

—Está en una zona de alta criminalidad —añadió.

—No me asustan las zonas de alta criminalidad. —Algo le dijo que eso él ya se lo imaginaba. Puso el casco sobre la mesa y se colocó la placa en el cinturón antes de volverse hacia él—. Si vivo en una.

—¿No es un poco imprudente?

—En algún sitio tendré que meterme y lo de vivir en un pasaje de esos no está hecho para mí. —No se imaginaba metida en aquellas jaulas de hámsteres para humanos hechas de cristal, por útil que resultase el sistema de pasajes cubiertos que comunicaba la mayoría de los edificios del centro—. Los barrios residenciales tampoco son lo mío.

—De manera que prefieres vivir entre delincuentes.

—Sí. —Jude lo miró sin pestañear.

—Yo no vivo en un pasaje. El bloque en el que está mi piso está unido a un pasaje, que no es lo mismo. Es algo muy práctico que facilita mucho las cosas y, además, no me gusta nada el frío.

—Minesota no es la residencia ideal si no te gustan las temperaturas extremas.

—Yo vine aquí con un traslado.

—¿De dónde?

—Del sur del estado.

—¿Chico rural?

—Región rural.

—Allí también hace frío.

—No tanto como en Mineápolis.

Salieron de homicidios y caminaron codo a codo por el pasillo hacia los ascensores. Hacían una extraña pareja, él de traje y ella con vaqueros y cazadora de cuero.

—¿En serio? —preguntó Uriah volviendo al hilo de la conversación—. No me gusta tener que domar compañeros nuevos, lo que quiere decir que pretendo establecer una relación a largo plazo y eso es muy poco probable que ocurra si vives en una zona de alta criminalidad. ¿Qué necesidad tienes de meterte en la boca del lobo?

Jude tenía la impresión de que el sitio en el que quisiera vivir ella no era lo que más le molestaba a él. Esperaba verla fracasar, perderla de vista al cabo de unos cuantos días, y pensaba que, cuanto más la presionara, antes lo conseguiría.

—No tengo pensado morir pronto ni tampoco tengo que demostrarte nada. Como tú mismo has señalado, después de tres años de cautiverio, todavía conservaba los recursos suficientes para huir. Yo diría que no necesitas más currículo por mi parte. Además, el barrio no es tan peligroso como piensas.

—Sé perfectamente lo peligroso que es y también que cuatro meses son pocos para recuperarse. Hasta dudo que baste con un año.

Jude, para ser sinceros, también tenía sus dudas. Si la gente hubiera podido ver el interior de su cabeza, habría quien pensaría que no estaba cuerda. Quizá era ahí adonde quería llegar él. Una persona en su sano juicio no se iría a vivir al sitio que había escogido Jude.

—Sin embargo, he superado la evaluación psicológica.

Uriah sonrió ligeramente.

—Eso no es tan difícil.

Jude no era como Ashby. Hasta ahí llegaba. No solo por quién era, por lo que le había ocurrido y por el impacto que había supuesto a su yo más íntimo, algo llamado a envolverla, diluirla y cambiarla para siempre, sino también porque la misma subestación dañada que había provocado los apagones y la destrucción de diversas partes de la ciudad era la que había propiciado su libertad.

Ashby había hablado de su seguridad, pero lo cierto era que la mayoría de la gente solía dejarla tranquila. Como el demente que se ponía auriculares para aislarse de las voces, Jude emanaba algo que no gustaba a los demás, que les hacía ver que era distinta. Si se paraba a analizarlo con minuciosidad, podía ser que no tuviera ya nada que temer. Quizá era eso lo que la distinguía de los demás: su intrepidez, nacida de la ambivalencia, no de la valentía, porque había vivido algunas de las peores experiencias que pudiera conocer nadie.

Podía decir que estaba ya de vuelta de todo. «Tres años de tortura y lo único que he conseguido es esta birria de camiseta».

Con el rabillo del ojo captó el bulto impreciso de un cuerpo que se lanzaba sobre ella, la envolvía con sus brazos y la estrujaba. Su mente retrocedió asustada y a punto estuvo de desmoronarse. Echó mano al arma que llevaba a la cintura y se detuvo al darse cuenta de que los brazos pertenecían a alguien a quien conocía.

—Jude, por Dios bendito, qué alegría verte de vuelta —dijo Grant Vang—. He intentado llamarte y te he dejado varios mensajes.

—Los he recibido. —No hizo nada por explicar que lo había estado evitando desde la visita del hospital, que había perdido toda capacidad para mantener una conversación intrascendente y que hablar con él por teléfono le habría resultado incómodo, ya que podría haberse encontrado fingiendo para él, tratando de representar a la persona que había sido. Por él. Y no podía permitirlo.

Grant se apartó de ella sin soltarle los brazos mientras Ashby permanecía a un lado, observando el diálogo. Tenía razón al pensar que Vang y Jude se habían estado acostando. Un simple error, algo que había ocurrido antes de que Eric y ella empezaran a salir en serio.

—Me alegro mucho de que sigas en homicidios. Ashby me ha dicho que se está yendo un montón de gente.

Él sonrió.

—¿Y adónde quieres que vaya yo? Nací en Saint Paul. Soy urbanita por los cuatro costados. —Se enganchó los pulgares en el cinturón—. He intentado que Ortega nos pusiera de compañeros. Como antes estábamos juntos… Pero no ha habido manera de convencerla.

La culpa había sido de Jude, que había pedido trabajar con alguien que no la conociera ni, por tanto, la comparase con la Jude Fontaine de antaño. Lo que no había esperado era que esa persona fuese Uriah Ashby.

En ese momento sonó el timbre del ascensor y se abrieron las puertas. Jude recordó sus dotes sociales de otros tiempos y se las compuso para despedirse de Grant mientras su compañero nuevo y ella entraban para bajar al garaje.

# Capítulo 10

Subieron la rampa del aparcamiento dentro de un coche de la policía sin identificativos. Era agradable ver a los residentes caminar y montar en bici y, sin embargo, la ciudad parecía más oscura y triste que la que recordaba Jude. Costaba creer que una serie de cortes en el suministro eléctrico hubiese provocado semejante cambio. De todos modos, no tenía de qué sorprenderse después de su propia experiencia. «La gente se hace cosas horribles». La pregunta era si había perdido su fe en la humanidad.

No tardaron en llegar a su destino.

El lago de las Islas estaba en Mineápolis, al noroeste de Uptown. La zona rica que había sido en el pasado se había transformado en uno de los vecindarios más castigados por los incendios y el vandalismo. Sus majestuosas mansiones habían quedado reducidas a poco más que esqueletos carbonizados que se caían a pedazos. Si antes de los apagones la gente paseaba por la orilla de aquel lago de extraños contornos envidiando las residencias que daban al agua, en ese momento ya nadie sentía envidia.

—Yo venía aquí a andar —dijo Jude. En su otra vida. Con Eric. Como una pareja de revista. Como un sueño que solo recordaba a medias.

Uriah se detuvo tras el furgón del médico forense y apagó el motor. Detrás de la cinta amarilla que delimitaba el lugar de los hechos se había congregado una multitud de curiosos.

Tras el chasquido de los cinturones de seguridad, dos portazos.

Una de las primeras cosas que notó Jude fue una clara diferencia de actitud de los curiosos en comparación con hallazgos similares del pasado. ¿Adónde había ido el respeto que se profesaba a la víctima, el dolor que obligaba a guardar silencio? Aquello parecía... irreverente. La gente se daba empujones por conseguir una posición desde la que ver bien, en tanto que unos cuantos policías trataban nerviosos de contener al gentío que se agolpaba tras el perímetro que habían trazado.

Reconoció a la forense, una joven de cabello negro cortado a la altura de la barbilla. La visión de otro rostro conocido hizo que Jude diera un respingo. No le gustaba lo que le recordaba a su antigua vida.

Uno de los primeros agentes en llegar al lugar, un varón de unos cuarenta años, fue entonces a su encuentro.

—La han encontrado unos chiquillos que paseaban por aquí. Es una mujer joven y lo más seguro es que ocurriese anoche. Quienes andaban por los alrededores la sacaron antes de que pudiésemos encargarnos nosotros del cadáver, de modo que podría estar contaminado. Los de la científica están recogiendo pruebas en la orilla.

—¿Causa probable de la muerte? —preguntó Uriah.

—Yo no soy ningún experto, pero diría que ha sido un suicidio.

Uriah dejó escapar un leve ruidito de aflicción que Jude no logró entender.

El oficial señaló con el pulgar.

—Échenle un ojo.

La víctima era muy joven, tal vez menor de dieciocho. Llevaba puesto un camisón blanco, mojado y adherido al cuerpo desnudo que tenía debajo. Los labios, azules, y el pelo, del color de los dientes de león.

Al ver a los inspectores, los dos agentes de la científica dieron un paso atrás para que pudieran acercarse al cadáver y un miembro del equipo les tendió unos guantes negros de látex.

Jude se los colocó y se agachó al lado de la muchacha. El mundo se diluyó en el instante en que se concentró en el cuerpo. El agente tenía razón: no llevaba mucho tiempo en el agua ni mucho tiempo muerta. De no ser por los labios azules y el atisbo de amarillo que asomaba a sus ojos, podría haberse pensado que estaba dormida.

Llevaba un collar barato en torno al cuello. Jude le dio la vuelta al colgante, un corazón que llevaba grabado el nombre de Delilah.

—Parece de los que compras en máquinas de feria —supuso Uriah.

—Yo diría que sí. —Recordó haber usado una de aquellas máquinas en un punto turístico del norte de Minesota. Se echaba una moneda y se escribía un nombre en un teclado. Luego, a través de una ventanilla, era posible ver cómo se iba grabando. Una vez acabado, el abalorio caía a un receptáculo y solo había que recogerlo.

Jude hizo un examen visual rápido recorriendo con la mirada el cadáver de la joven de la coronilla hasta los pies. Dejándose llevar por un impulso, tocó con dulzura el dorso de la mano que tenía más cerca. Sintió un deseo abrumador de tomarla entre sus brazos y estrecharla con fuerza. En lugar de eso, se limitó a ceñir con mimo la mano entre sus dedos.

—¿Qué haces? —preguntó Ashby con un susurro elevado asomándose por encima del hombro de Jude. Ya no quedaba en él asomo alguno del pánico que había manifestado hacía poco.

—Darle la mano.

—¿Para qué?

Jude se encogió de hombros.

—Porque quiero.

—Joder —soltó él con una exhalación mientras se erguía y se apartaba de ella—. Ya vale. —Le indicó con un gesto que se acercara—. Arriba.

Jude no se movió.

—Deberíamos taparla con una manta.

—Está muerta. Ya no siente nada. No puede tener frío ni sentirse triste o sola.

Ella alzó la mirada hacia él.

—Ya sé que está muerta, pero me está diciendo algo.

Uriah cerró los ojos y apretó los párpados. Pasaron varios segundos. Una vez que logró dominarse, volvió a clavarlos en ella. El cielo que tenía el inspector a sus espaldas era azul como solo sabía serlo el de Minesota y a lo lejos cantaban los pájaros tan alegremente que Jude casi alcanzó a ver las notas flotando en el aire.

—Tendrías que alegrarte de que sea el único que ha oído lo que acaba de salir de tu boca —aseveró él.

La colaboración con aquella nueva compañera estaba teniendo un comienzo peliagudo.

—Dudo que haya sido un suicidio —dijo Jude.

—Mira. —Uriah se puso en cuclillas a su lado y, disimulando su impaciencia, apartó uno de los pliegues del camisón mojado para dejar ver uno de los bolsillos, que había quedado enredado alrededor del cuerpo. La muchacha podía haber sido una de las hermosas estatuas de mármol que poblaban el Instituto de Arte de Mineápolis—. Piedras. Tiene los bolsillos llenos de piedras.

Jude se centró en la joven y observó el lugar de los hechos desde el punto de vista de la persona en que se había convertido y no del de la policía que había sido antes. En los meses transcurridos desde su huida, se había afanado en hacer caso omiso de aquella percepción agudizada, aquel bombardeo de imágenes, sonidos y olores que interfería con su vida cotidiana; pero en ese instante reparó en que estaba percibiendo la información del mismo modo que lo había hecho con Uriah, del mismo modo que lo había hecho con su secuestrador. Aquella cría sin vida tenía mucho que contar y se lo estaba contando a ella.

—No es un homicidio —sentenció Uriah—. El caso no nos corresponde. —Se puso en pie y la rodeó para alejarse, pero acto seguido volvió—. Todas las muertes no son por asesinato. Se llenó los bolsillos de piedras y se metió en el lago. Piedras. Lago.

—Creo que querían que pareciera un suicidio. —Jude dijo esto mirándolo a él para evaluar su reacción.

—¿Y cómo has llegado a esa teoría después de un examen superficial de dos minutos?

—Me lo está diciendo ella.

—Por Dios santo. —La miró por encima del hombro—. ¿Quieres no decir esas burradas en voz alta? Está muerta. Muerta.

—Sí, pero lleva escrito en la cara y en los músculos lo que sintió antes de morir. Todavía puede verse. Yo lo veo. Soy capaz de *leerla*.

Uriah soltó un bufido.

—¿Y qué más te está contando?

Jude sintió deseos de acariciar el pelo a la muchacha para reconfortarla, pero se reprimió por miedo a alterar las pruebas.

—Tenía miedo. Estaba aterrada en el momento de la muerte. —Ella conocía y entendía aquella clase de terror y sabía que se trataba del terror que provocaba otra persona.

—Si te está diciendo tantas cosas, a lo mejor puedes preguntarle por el nombre completo y la dirección de su asesino.

Jude hizo caso omiso de su sarcasmo. Daba igual. Lo único que importaba era el cadáver. Volvió a colocar con cuidado la mano de la joven al costado de su cuerpo para después ponerse en pie y mirar a lo lejos, a una cola del lago en la que el sol dibujaba un motivo que se repetía sobre la superficie del agua, a las velas blancas que creaban con su movimiento una danza habilidosa. Hacía un día precioso y eso hacía de la muerte algo aún más triste.

—Tu nombre significa «luz» —dijo a Uriah. Con aquel comentario peregrino e intempestivo pretendía centrar su atención en algo diferente del enfado del momento y ofrecerle un lugar distinto en el que posar sus pensamientos. Se volvió hacia él—. ¿Te has parado alguna vez a pensarlo?

La expresión de él experimentó varias transformaciones hasta que hundió los hombros y dijo:

—Joder, Jude. —Hablaba con voz tranquila y moderada—. No puedo ni imaginarme lo que has sufrido, pero sí sé que todavía no estás preparada para esto. Puede que nunca lo estés. Deberías irte a casa. El cuerpo te ha ofrecido una indemnización por despido. ¿Por qué no la aceptas? ¿Por qué haces esto si no lo necesitas?

—¿Por qué lo haces tú?

El viento cobró fuerza y arrastró con él el olor a madera quemada. Él se quedó mirándola un buen rato.

—Porque es lo único que sé hacer.

—Igual que yo.

Estuvieron unos instantes evaluándose.

—No es tan descabellado como suena —explicó ella al fin, decidiendo compartir un poquito con él, aunque solo un poquito—. No le he leído la mente. No se trata de ninguna movida psíquica. Me he pasado tres años encerrada sin compañía. Sin libros, sin música, sin películas ni color. Lo único que tenía era la cara y el cuerpo de un hombre desalmado, de modo que toda mi vida se redujo a leerlo a él. Vivía para sus visitas, para el estímulo que me suponían. No tenía otra cosa que cada arruga, cada matiz, cada contracción muscular, cada parpadeo de su mente. Todo eso lo leía igual que ahora puedo leer a esta chica aunque esté muerta. Sé que suena raro, pero hay ecos de su experiencia que han quedado congelados en su cara y en sus músculos.

La explicación lo aplacó un tanto e hizo que ella misma percibiera también que lo que decía tenía más sentido.

—¿Puedes leer a los vivos? —preguntó él buscando confirmación a las opiniones que se había formado y a las que estaba por formarse—. ¿Puedes leerme a mí?

No le pareció prudente reconocer que lo había hecho hacía unos minutos, cuando el agente que había respondido al aviso había pronunciado la palabra *suicidio*. En ese instante había captado el estremecimiento que Uriah se había afanado en esconder de inmediato. Tampoco le dijo que lo había leído cada vez que se habían reunido en comisaría, ni que sabía que en aquel preciso momento volvía a sentir lástima al ver cómo iba calando en ella de forma lenta y constante todo el peso de su calvario. Quizá eso formase parte de su renuencia a tenerla cerca. Jude representaba un recordatorio constante de actos inefables y de un dolor indecible, a lo que había que sumar su propio fracaso a la hora de encontrarla o de cerrar el caso.

—Amabilidad —dijo ella—. Eso es lo que leo en ti.

—¿En serio? ¿Amabilidad? —Volvía a estar enfadado—. Yo diría que es un rasgo bastante inútil.

—¿Dirías que es poco acertado? Me gustaría saberlo. Durante mi estancia en aquel sótano se me reestructuró el cerebro y podría ser que lo que yo veo de una manera sea otra diferente.

—La amabilidad es una debilidad. Sobre todo hoy y más en un poli —dijo él sin responder a su pregunta.

Tenía razón. Si ella hubiese sido más dura, más fuerte…

—Pero es un rasgo que no podemos perder. —Jude arrugó el entrecejo mientras se concentraba—. Podría ser una de las partes más importantes del hecho de ser humano, quizá hasta más que el amor.

Con el ceño marcado, Uriah había vuelto a clavar en ella la mirada, como si estuviese intentando leerla a su vez.

—No me puedo creer que estemos aquí hablando de esto. Estás chiflada de verdad, ¿no?

# Capítulo 11

Aquella noche, como otras muchas, Jude recorrió en su motocicleta las calles por las que había transitado ya un centenar de veces en busca de la casa en la que había estado secuestrada, no por ganas de visitar un lugar que más bien prefería olvidar, sino porque necesitaba entrar por la puerta y ver el cuerpo de aquel hombre pudriéndose en el suelo del sótano.

Confirmar su muerte.

La noche del apagón habían acabado en el depósito de cadáveres los restos de cinco varones. Ninguno era él. Conque siguió tratando de localizar la casa, aumentando cada vez más el radio de su búsqueda. Nada. Aquello la llevó a pensar que el cadáver tenía que seguir al pie de las escaleras, a no ser que se hubieran deshecho de él en secreto.

O a no ser que siguiese con vida.

Quería un nombre. Quería antecedentes. Solo entonces podría empezar a averiguar por qué la había secuestrado, porque, muy en el fondo, tenía la impresión de que no se trataba de ninguna obsesión ni de ningún producto del azar.

La necesidad de comprobar que estaba muerto la llevó a imaginarse pegando carteles que dijesen: «¿Ha notado un olor insoportable salir de casa de su vecino?». Debajo pondría una serie de tiras con su número de teléfono. ¿Cuánto tardarían en arrancarlas todas?

¿Días? ¿Horas? Porque ¿quién no tiene a alguien de aspecto sospechoso en su vecindario?

Buscó un estilo arquitectónico particular, porque, con los años, había ido atribuyéndole en su cerebro un plano y un diseño concretos, aunque lo cierto es que podía estar hecha de madera, de ladrillo, de yeso o de paja. Podía tener una planta o dos. No guardaba recuerdo alguno de su llegada y había huido en plena oscuridad una noche sin estrellas con la mente hecha una maraña y el cuerpo tan débil que apenas podía poner un pie frente al otro. No le había parecido prioritario tomar nota de ningún punto de referencia. Huir, llegar a casa, sí. Sin embargo, en ese momento…

El no saber cómo era la casa no la detuvo. Casi todas las noches iba de calle en calle con la moto y volvía a casa para delimitar secciones del plano detallado de la ciudad que había fijado a la pared de su apartamento a medida que ampliaba metódicamente su búsqueda para incluir zonas aún sin explorar. Y todas las noches fracasaba en su intento por dar con nada que valiese la pena.

Pese a lo desesperado de su empresa, se veía alentada por lo que observaba al recorrer los barrios afectados por los apagones y sentía cierto orgullo ajeno ante los signos de recuperación cultural: los vendedores ambulantes y los puestecillos de comida, los cafés bohemios, las cafeterías, los bares y los jardines que plantaban los vecinos entre la acera y sus viviendas.

Al volver a casa aquella noche se topó con Will en el pasillo.

—¿Cómo va la moto? —preguntó él.

—Como la seda.

Después de vendérsela, Will la había ayudado a dar con unas clases y conseguir el permiso. También le había enseñado un par de cosas para hacerle el mantenimiento, pero ella no pasaba por alto que estaba usando todo aquello como un medio para interactuar con ella. Jude procuró ser educada, pero no quiso dar pie a un trato más familiar.

Una vez en el apartamento, sin quitarse siquiera la pistola del cinturón, comió sola *sushi* que había adquirido ya hecho en el supermercado y, cuando acabó y enjuagó el plato, se lavó la cara y los dientes. De nuevo en la cocina, buscó en el armario una lata de comida para el gato callejero al que llevaba un tiempo alimentando, se metió una almohada bajo el brazo, se enganchó en un dedo la correa de nailon del saco de dormir, guardado en su bolsa, y salió del piso para tomar la angosta escalera que daba a la azotea después de cerrar la puerta y guardar las llaves en el bolsillo.

Una vez fuera, desenrolló el saco, echó encima la almohada y se tendió bajo el cielo nocturno.

De la calle subían los sonidos del tráfico. A lo lejos se oían gritos. En la manzana habían abierto un restaurante y llegaba a ella el olor del extractor de humos de la parrilla. Allí arriba nunca se hacía por completo la oscuridad y eran raras las noches que alcanzaba a ver muchas estrellas. Demasiadas luces urbanas, cuyo número no dejaba de crecer en la lucha contra el vandalismo. Sin embargo, esa noche era visible la luna. Media al menos.

Sacó el arma de la pistolera y la colocó cerca del saco de dormir. Luego abrió la tapa de metal de la lata y, extendiendo el brazo, la dejó a unos palmos de donde estaba, se volvió hasta quedar de espaldas, clavó la vista en la luna y pensó en la chiquilla del lago.

# Capítulo 12

Protegidos con batas y máscaras de plástico, Uriah y su compañera nueva siguieron a la médica forense del condado de Hennepin a la sala de autopsias en la que aguardaba la joven bajo una sábana blanca.

Habían conseguido identificarla ya como Delilah Masters, hija de una familia acomodada y alumna de un centro privado.

El inspector hizo un ruido de ahogo bajo la máscara de plástico. La forense, una rubia grandullona de unos cincuenta años llamada Ingrid Stevenson, no pestañeó siquiera ante aquel hedor abrumador. Jude tampoco parecía notarlo, aunque también era cierto que no recordaba haberla visto reaccionar ante otra cosa que la visita de su hermano. La falta de respuesta ante aquel olor hacía pensar en un pasado oscuro de habituación al tormento. Quienes vivían en cautiverio aprendían el arte de no reaccionar a fin de eliminar la causa y el efecto de la tortura: el disfrute de su verdugo.

—Os pido perdón por la calidad del aire —dijo Ingrid—. El sistema de ventilación se ha puesto en huelga. Anoche, mi marido me obligó a quitarme la ropa en el garaje antes de entrar en casa. Después de ducharme seguía quejándose.

Uriah intentó respirar haciendo inhalaciones superficiales con la boca, lo que hizo que se sintiera mareado.

—Ya sé que es desagradable, pero no estaremos aquí mucho rato. Es solo que hay un par de cosas que creo que deberíais ver.

Avanzó hacia el centro de la sala y les hizo una señal para que la siguieran.

—Lo que quería enseñaros —dijo mientras retiraba la sábana y dejaba al descubierto a la chica del pelo de diente de león— son estos cortes. Se ha autolesionado. —Señaló el estómago de la joven, surcado de cicatrices.

—¿Son recientes? —preguntó Uriah.

—Algunos son bastante recientes, pero los hay de hace más tiempo.

—¿Cuánto?

—Años. Además de eso, he encontrado indicios de abusos sexuales. Contusiones y daños tisulares. Algunos han cicatrizado, pero otros son de hace poco. Puede que ni siquiera tuviesen veinticuatro horas.

Uriah miró a Jude y supo que estaba convencida de que a su teoría no le faltaba fundamento. Sin embargo, todo parecía apuntar al suicidio como la causa más probable. La pobre llevaba mucho tiempo sufriendo perturbaciones mentales. Si a eso se añadían las violaciones…

—Además, tenía los pulmones llenos de agua.

—Ahogamiento —dijo Uriah. Nada sorprendente.

—¿De agua del lago? —quiso saber Jude.

—Me alegra que lo preguntes. —Ingrid apartó la lámpara con la que iluminaba el cadáver—. La que hemos encontrado en sus pulmones tenía niveles elevados de cloro.

Eso no lo esperaban.

—Interesante. —Uriah iba a tener que descartar su teoría de suicidio. Además, no vio rastro alguno de regodeo en la expresión de Jude. Eso la honraba, tenía que reconocerlo. Por no hablar de su capacidad para leer el cadáver. Esto también debía reconocerlo. En aquel momento parecía ser el secreto que compartían ambos. La esperanza de que siguiera siendo así lo sorprendió, dada la opinión que había tenido sobre la idea de que se reincorporase. Si alguien se enteraba de su «don», supondría el fin de su presencia en la comisaría, pues Ortega lo consideraría una prueba de su desequilibrio—. O sea, que se ahogó, o la ahogaron, en una piscina probablemente.

—Correcto. No tiene agua sin tratar en los pulmones. Murió antes de que la metieran en el lago.

—¿Algo más? ¿Marcas de lucha?

—Bajo las uñas no tiene nada, aunque en los brazos presenta cardenales que podrían o no ser relevantes.

—¿Droga?

—Tampoco se ven marcas de pinchazos, aunque hemos mandado muestras al laboratorio de toxicología. —Ingrid volvió a tapar el cadáver—. Deberíamos tener los resultados de aquí a dos días.

—Gracias.

Uriah salió con prisa de allí, se quitó la máscara y tragó aire, cosa que lamentó de inmediato, ya que la antesala olía casi tan mal como la sala de autopsias. Jude lo siguió con paso sosegado.

—Tenías razón —reconoció él cuando subieron al coche sin identificativos para dirigirse a la casa de la muchacha con la intención de hablar con sus padres. Sin avisar. Nadie los esperaba.

—¿Qué crees? ¿Un familiar? ¿Su novio? —preguntó Jude—. La viola y luego, temiendo que lo cuente, la ahoga, le llena los bolsillos de piedras y la lanza al lago para que parezca un suicidio.

—Podría ser.

El GPS le pidió que girase y él obedeció.

—Entonces, ¿apruebas mi indumentaria?

Como la mayoría de lo que tenía que ver con ella, la pregunta le resultó inquietante. Aquella mañana lo había sorprendido al llegar a comisaría casi con elegancia: pantalones negros de vestir, camisa blanca y chaqueta negra entallada. Él no era muy aficionado a los trapitos, pero en su trabajo era importante llevar puesta la ropa adecuada y un traje imponía cierto grado de respeto al cargo.

—En ningún momento he dicho nada de cómo ibas ayer.

—No tenías por qué.

—Claro que no.

—Tenía planes de ver lo que había hecho mi novio con mi ropa, pero no dejaba de posponerlo. Hasta que me di cuenta de que no iba a haber nada que me estuviese bien.

—Siempre puedes hacer que te la arreglen. Conozco a un tío en Uptown que… No te lo vas a creer, pero este traje lo compré en una tienda de segunda mano y él le dio un toque moderno.

—Creo que será mejor empezar de cero. Mujer nueva, ropa nueva.

Uriah quiso decir que empezar de cero no siempre era la mejor respuesta, que empezar de cero era difícil, que empezar de cero no lo arreglaba todo en realidad, que empezar de cero no era más que una ilusión, pero optó por mantener la boca cerrada.

—¿Estás bien? —preguntó ella.

Otra vez leyéndolo. El asunto del suicidio lo había perturbado y saltaba a la vista que ella había notado que algo no iba bien. No sabía si mentir cuando Jude iba a darse cuenta de que mentía o si decir la verdad, algo demasiado personal. De todos modos, no tardaría en enterarse.

—No, no estoy bien —reconoció tras decidirse a ser sincero—, pero tampoco puedo hablar de ello.

Lo que Uriah no dijo fue que si no podía hablar era precisamente por lo que había sufrido ella. No era digno de su compasión. Ni mucho menos. Él lo sabía, pero… ¡Joder!

Jude había empezado a mirarlo ceñuda, como si hubiera percibido un cambio en su expresión.

—¿Es por algo que he dicho? ¿Por algo que he hecho?

—No.

—Tengo la impresión de que no me lo estás contando todo.

—Que seamos compañeros no quiere decir que tengamos que compartirlo todo. —Demasiado duro. Apenas había acabado de pronunciar estas palabras, ya se estaba arrepintiendo.

La víctima era de Tangletown, zona de Mineápolis de clase media alta con extensiones de césped bien cortado y viviendas de estilo Tudor o lo que Ellen había llamado «casas de brujas». La aldaba de latón con forma de rana hizo un ruido sordo al golpear la puerta de color bermellón. La abrió Genevieve Masters, la madre de Delilah. Su pelo no era del color del diente de león, sino que se lo había aclarado, tal como ponían de manifiesto sus raíces, de un tono rubio más oscuro, y se lo habían arreglado en alguna peluquería cara.

Uriah sacó la placa e hizo las presentaciones mientras Jude se encargaba de dar el pésame. Para él fue una sorpresa el empeño que puso su compañera en consolar a la mujer. Y no se detuvo ahí.

—¿Le importa que entremos?

La mujer los fulminó con la mirada hasta que, haciéndose cargo al fin de la pregunta de Jude, dio un paso atrás y abrió más la puerta.

—No lo entiendo —dijo—. Si Delilah se ha suicidado, ¿qué hacen aquí dos inspectores de homicidios?

De detrás de una esquina asomó entonces un crío.

—¿No nos íbamos? —preguntó con el pelo largo y un monopatín bajo el brazo.

—Espera un poco, cielo —respondió la madre—. La policía quiere hablar conmigo un momento.

—Pero si ya han hablado contigo.

—No pasa nada. Sal, que nos vamos de aquí a un ratito.

Cuando se fue, la señora Masters se volvió hacia ellos y dijo:

—No lo está llevando muy bien. Se me ha ocurrido que a lo mejor en casa de un amigo se le hace más llevadero. —Fue bajando la voz a medida que cuestionaba su propia decisión—. Por sacarlo de aquí...

—Está bien —dijo Uriah.

La mujer se dirigió al sofá sin gran determinación y se sentó. Jude y Uriah la siguieron y ocuparon dos sillones bien mullidos, separados de ella por una mesa ovalada.

La señora Masters, recordando entonces su deber de anfitriona, preguntó:

—¿Quieren beber algo? —Y bajó los hombros con gesto de alivio cuando los dos negaron con la cabeza.

—Antes de nada —dijo Jude—, sentimos muchísimo su pérdida. —Miró a Uriah, que le dedicó un lento parpadeo.

Era mejor que le diese ella la noticia. Hasta entonces, había hecho un buen trabajo y daba la impresión de que la señora Masters se iba a mostrar más receptiva si lo oía de labios de una mujer.

—Quería saber por qué estamos aquí. —Se inclinó hacia delante y apoyó los codos en las rodillas para mirar fijamente a aquella madre que acababa de perder a su hija—. Tenemos motivos para creer que la muerte de su hija no fue un suicidio.

El rostro de Genevieve Masters fue mudando lentamente de expresión a medida que repasaba cuanto había tenido que arrostrar las últimas veinticuatro horas y se afanaba en encontrar sentido a aquella nueva información.

—No lo entiendo. Ayer me dijeron que se había suicidado.

—Venimos de ver su autopsia y el examen preliminar hace pensar que puede que no muriese por su propia mano.

El salón se quedó sin aire y la señora Masters se echó las manos a la garganta y la miró horrorizada.

Por extraño que resultase, si hacía unos instantes el suicidio debía de haberle parecido insoportable, en aquel momento la muerte había pasado de ser algo que la madre de Delilah sentía que debería haber visto venir, algo a lo que una madre debería haber sido capaz de poner freno, a aquello, un elemento nuevo todavía menos admisible.

—¿Qué…? ¿Cómo…?

En realidad, no quería saberlo. Nunca querían saberlo.

Jude miró a Uriah y él vio en sus ojos un fugaz destello de falta de confianza en sí misma antes de que bajase la vista para fijarla en sus manos, que tenía unidas con fuerza, y recobrase la compostura. Porque lo que importaba allí no eran ellos. Su misión consistía en transmitir la información del modo más compasivo posible tratando de mantener cierta serenidad en aquel salón. Ojalá hubiese estado en casa el marido. Tenían que haber esperado. Volver luego. Dejarla que llevase al crío a casa de su amigo. ¿Qué importaban unas horas más? Con todo, Jude estaba haciendo lo que debía. Si hubieran esperado, podrían haberse enterado de la noticia por otra persona que quizá no habría tenido tanto tacto, como un periodista.

—No se ahogó en el lago —prosiguió— y eso nos lleva a pensar que pudo matarla alguien. —No dijo nada de la agresión sexual. Mejor. Había que darle tiempo a procesar aquel dato nuevo.

—¿Sabe de alguien que pudiera querer hacerle daño a su hija? —preguntó Uriah. Lo hizo de un modo demasiado abrupto, pero a veces una pregunta sin ambages resultaba de gran ayuda, pues daba al superviviente impactado algo en lo que pensar.

—No. —Arrugó el entrecejo y meneó la cabeza en gesto de protesta—. Todo el mundo la quería mucho. Mi hija era un ángel.

Lo que podía ser cierto o no.

—¿Tenía algún enemigo? —preguntó Jude—. En el instituto, quizá…

—Seguro que no se llevaba bien con todos, pero Delilah era muy popular. Tenía muchos amigos y caía bien. —Apartó la mirada de la inspectora para clavarla en Uriah, que pudo ver que empezaba a aclararse las ideas—. Tenía piedras en los bolsillos. —Suicidio.

—Lo sabemos —repuso Uriah con calma—. Creemos que se las metieron.

—¿Tiene hijos, inspector? ¿No? ¿Tiene hijos alguno de ustedes? No lo creo.

Aquella era una reacción frecuente. El ataque. Era normal. No pasaba nada. Sin embargo, Uriah empezaba a sentirse un tanto culpable por permitir que Jude cargara con todo el peso. El encargado de dar la noticia nunca salía indemne.

Hicieron a la señora Masters las preguntas de rigor y le pidieron el nombre y la dirección de las personas con las que su hija se hubiese relacionado.

—¿Estaba trabajando Delilah? —quiso saber Jude mientras doblaba la hoja en la que había escrito la lista de compañeros de clase.

—No, pero ayudaba de voluntaria.

—¿Dónde?

—En una residencia de ancianos.

Supieron que el marido se había ido de casa hacía poco tiempo y vivía en un bloque de apartamentos de Edina. Entonces pidieron ver el cuarto de Delilah. La señora Masters los llevó a la planta alta y recorrió con ellos un pasillo con una larga alfombra oriental antes de detenerse frente a una puerta blanca, que abrió para revelar la clásica habitación de adolescente.

Paralizada, quedó mirando al vacío antes de musitar:

—No puedo estar aquí. —Le temblaba la voz—. Tengo que irme. Intenten no cambiar nada de sitio. —Se retiró—. Quiero que se quede así.

Las madres de hijos difuntos eran las más proclives a convertir los dormitorios en santuarios, aunque Uriah también había verificado tal comportamiento entre familiares de víctimas adultas. La reacción opuesta consistía en apartar todo recuerdo de la vista y reformar la casa o mudarse.

—Tendremos cuidado —aseveró él.

Registraron la cómoda y la cama. Luego, Uriah pasó a examinar el portátil de Delilah mientras Jude leía su diario.

Todo eran lugares tan comunes que casi resultaban aburridos. La inspectora informó de que contenía lo que cabía esperar: entradas sobre amigos, sobre chicos y sobre clases y películas y música y grupos.

Quince minutos después, Uriah estaba a punto de declarar que la búsqueda había sido todo un fracaso cuando Jude lo llamó en un tono que llamó su atención. Apartó la vista del ordenador y la vio dar golpecitos en el diario con la cabeza gacha.

—No deja de referirse a alguien a quien no pone nombre. —Leyó algunos pasajes en voz alta—. «Lo hemos hecho por fin», dice aquí, y al final escribe: «Quiere que nos veamos otra vez. Anoche salí sin que me viera nadie. A Lola también le gusta, aunque creo que es solo porque es mayor y puede pedirle cerveza, por no hablar de otras cosas». Y una carita enfadada.

—¿Cerveza? O sea, que no es un compañero de clase.

Metieron en bolsas de pruebas etiquetadas el portátil y el diario. Al volver a la planta baja, pidieron el teléfono móvil de Delilah.

—No lo he visto —dijo Genevieve—. Ni había pensado en él. —Dio a Uriah el número de su hija y prometió buscar el aparato.

A continuación, le preguntaron por el pagacervezas. La señora Masters se mostró sorprendida y, por supuesto, no sabía nada. Fuera, mientras caminaban hacia el coche, Uriah llamó a la central y pidió al especialista en datos personales que averiguase el registro de llamadas de Delilah Masters y tratara de localizar el teléfono.

Con la relación de nombres que les había dado la señora Masters se dirigieron al instituto y fueron a dirección. Llevaron por turnos a las chicas de la lista a una sala para entrevistarlas. A todas menos a una llamada Lola Holt.

—Hoy no ha venido —explicó la directora.

—Tenemos que hablar con ella —dijo Jude.

En secretaría les dieron la dirección de una impresionante casa de estilo colonial situada en el acaudalado barrio de Bryn Mawr, a pocos minutos del centro de Mineápolis. Al principio no respondió nadie a la puerta, pero luego apareció una mujer que la abrió solo lo suficiente para que pudieran mostrarle sus placas y presentarse. El aire olía a césped recién cortado, astillas de madera y abono.

—Sé quiénes son y no quiero que se acerquen a mi hija —dijo la señora—. No quiere hablar con ustedes ni sabe nada.

—Tenemos entendido que era amiga de Delilah Masters.

—No eran amigas. Lola tenía prohibido salir con ella. Delilah era una mala influencia y llevaban meses sin juntarse.

—¿Y por qué era una mala influencia exactamente? —quiso saber Jude.

—Porque bebía, fumaba y tomaba drogas. Eso, que yo sepa. Ustedes son los inspectores, así que podrán averiguar el resto. —Y con eso cerró la puerta.

Ya en la acera, Jude echó un vistazo a la casa.

—Lola está dentro. Acabo de ver una cortina moverse en el piso de arriba.

—Estará aterrada —dijo Uriah—. Vamos a darle un tiempo antes de volver a intentarlo. Prefiero no tener que llevarla a comisaría para interrogarla. Nos dará mejor información si lo hace por voluntad propia.

Pasaron el resto del día siguiendo pistas desde comisaría, hasta que dieron la jornada por concluida mucho después de que hubiese vuelto a casa todo el mundo.

A casa.

No era un lugar al que estuviera deseando volver precisamente Uriah, porque ¿de verdad podía sentirse como en casa en un apartamento? No hacía mucho que se había mudado al centro y, por más que lo defendiese, se preguntaba en qué había estado pensando para hacerlo. Si lo examinaba desde el presente, se le hacía evidente que había adoptado la solución opuesta a la de convertir su hogar en un santuario. Lo había embalado todo, había vendido la casa y se había mudado con la esperanza de dejar atrás su dolor. Sin embargo, en ese momento sentía que había cometido un error que solo había servido para aumentar su pena y el sentimiento de pérdida.

# Capítulo 13

Siempre le había gustado Emerson Tower, un edificio del centro de la ciudad que había sido en tiempos el más alto de Mineápolis; pero nunca se había imaginado viviendo en él. Estilo modernista de decoración elaborada, mármol italiano, caoba, hierro forjado, pomos dorados y estructura inspirada en el monumento a Washington, de tal manera que las plantas disminuían de tamaño en cada piso.

Después de la avería de la subestación y el aumento desenfrenado de la delincuencia, habían transformado en apartamentos las habitaciones de hotel del Emerson. La conversión de los hoteles del centro en viviendas formaba parte de la campaña con la que el alcalde había querido frenar la emigración de la ciudad, basada en la teoría de que aquel distrito era más seguro por contar con un número mayor de patrullas de policía. Uriah estaba de acuerdo, aunque por el momento el plan no parecía estar funcionando en absoluto.

Aunque los precios eran asequibles, la mitad de los apartamentos del Emerson seguía sin ocupar.

Recordaba haber visitado aquella zona de niño. Sus padres le habían dicho que no se separara de ellos y lo habían llevado de la mano a todas partes. Aunque le habían transmitido su inquietud, él nunca había tenido miedo. Más bien había sentido agitación. Daba

igual de dónde procediera, si del fulano que hablaba consigo mismo
en una esquina, el que gateaba por la calzada gruñendo y ladrando,
la prostituta o los artistas callejeros. Todo aquel mundo desconocido le entusiasmaba. Era muy distinto de su ciudad natal, un lugar
que en la superficie parecía tan conservador y seguro que resultaba
aburrido. Por supuesto, había aprendido que no existía un lugar
seguro, pero de niño había tenido su ciudad por la típica versión de
la América de clase media.

Cuando iba a verlos algún familiar, sus padres se habían sentido
obligados a llevarlo de visita a la gran urbe, la tenebrosa, la de los
crímenes, la inmundicia, el sexo y las drogas. Y Prince.

Entonces reformaron la manzana E. Fue algo así como una erra-
dicación. Los desahuciados, las gentes de la calle, los yonquis, las
putas, los pordioseros, los músicos callejeros, los jipis, los punks...;
los echaron a todos para abrir un Target, un cine al que no iba nadie
y un aparcamiento en el que nadie estacionaba. De modo que aquella... aquella nueva Mineápolis era, en realidad, una vuelta atrás y
quizá hasta una corrección. Uriah no lo reconocería nunca en voz
alta, pero una parte de él se complacía en el regreso del verdadero
carácter de la ciudad. En la desgentrificación.

Al final, la había convertido en su hogar. Y el edificio gigantesco
que se había alzado imponente sobre su niñez había pasado a ser
su residencia. Resultaba a un tiempo extraño y reconfortante preguntarse si no habría sentido durante los viajes familiares de aquel
pasado tan lejano su propia presencia futura allí.

Dos horas después de haber visitado con Jude a Delilah Masters
en la sala de autopsias, entró en su edificio por la puerta giratoria de
un pasaje que lo llevó al entresuelo del bloque. El vestíbulo, situado
un piso más abajo, estaba desierto, lo cual no era ninguna sorpresa,
porque era tarde y los vendedores ambulantes y demás comerciantes
habían recogido sus carros para irse a casa.

El día había sido demencial y muy largo y volver a entrar en el edificio le provocó cierta sensación de sesgo temporal, como si hubiera estado ausente una semana.

Uriah hizo caso omiso del ascensor y optó por subir las escaleras hasta el piso decimoséptimo. Así llegaba antes.

Hasta el pasillo llegaba el olor a curri y a ajo que hablaba de la vida que se desarrollaba tras las puertas cerradas. Una vez llegado a su estrecho apartamento, colgó el traje y se puso unos vaqueros rasgados y una camiseta raída. Se hizo con una cerveza del frigorífico y con un recipiente de ruedas fritas de batata de un puestecillo callejero. Se sentó en el sofá y se encorvó sobre el portátil que tenía en la mesita mientras daba cuenta de la comida y la bebida. Abrió el sitio de Facebook y escribió el nombre de Delilah Masters en la ventana de búsqueda para acceder al perfil de la difunta.

Igual que otras muchas páginas de adolescentes, la suya estaba llena de fotos de ella misma y de sus amigas. A Uriah le interesaban sobre todo las de grupo. Los que aparecían en ellas estaban etiquetados en su mayoría, de modo que se colocó al lado una libreta.

Tenía casi trescientos amigos. El inspector se puso a mirar las páginas de cada uno de ellos, apuntando el nombre de los posibles candidatos a recibir una visita de la poli.

Los perfiles de algunos de sus compañeros de clase podían hacer pensar en ellos como propensos a la violencia. Anotó sus nombres. En el apartado de familia encontró a los padres de Delilah y a su hermano pequeño junto con otros parientes. La lista de películas y de música favoritas no era extraña para una muchacha de diecisiete años. Tenía un montón de fotos de animales, en su mayoría gatos, aunque también perros. Y, como cabía esperar, había mensajes de condolencia a su familia o comentarios dirigidos a ella misma.

Uriah los estudió también, centrándose sobre todo en los nombres que se repetían varias veces en un mismo hilo. El rostro que más se daba era el de la chica con la que no habían conseguido hablar ese mismo día, Lola Holt. Y, pese a la insistencia de la señora Holt en que ya no eran amigas, daba la impresión de que habían estado juntas no mucho antes de la muerte de Delilah.

Anotó que debía ponerse en contacto con Genevieve Masters para conseguir la clave de acceso de la página de Facebook de su hija a fin de leer sus mensajes privados. Si no podía dársela de inmediato, tendrían que lograr una orden judicial.

Acabada la búsqueda relativa a Delilah Masters, se dispuso a cerrar el portátil con la mano puesta ya en la tapa.

Uriah no tenía precisamente mucha afición a Facebook. No tenía tiempo ni tampoco interés por compartir su vida con viejos amigos ni con amigos nuevos o gente a la que conocía poco o nada. Además, dada su profesión, debía andarse con ojo.

Sin embargo, hacía ya años, Ellen le había abierto una cuenta pese a sus protestas. A la gente no le importaba un bledo lo que él hiciera o dejara de hacer, fue lo que había dicho entonces.

—Todo el mundo tendría que estar en Facebook —había contestado ella.

En ese instante, sin embargo, entró en su página. Debajo de una foto suya en la que aparecía sin camiseta sobre un muelle y sosteniendo un siluro se leía: «Comprometido». Su perfil parecía vacío en comparación con la mayoría de los de Facebook. Sin películas, sin música… Muy pocos amigos. En el lado izquierdo, pinchó en «Familia» para encontrar a los de siempre. Sus padres. Su hermano.

Ellen.

Pinchó en su nombre, lo que lo llevó a su página. Allí estaba, sonriéndole.

Tragó saliva. Miró con atención. Dio un trago a la cerveza. Dio otro trago a la cerveza. Con ese último acabó la botella sin dejar de mirar la pantalla hasta que al final se decidió a entrar en la pestaña dedicada a las fotografías para recorrer las que había colgadas, en su mayoría de ella, aunque en muchas aparecía también él. Vacaciones.

Celebraciones familiares. Momentos que habían compartido sin más. Una se había tomado en casa de los padres de él. Ellen estaba recostada en el regazo de Uriah y se reía sin dejar de mirarlo.

Habían hecho el amor poco después de aquello, en el cuarto en el que había dormido él de niño, riendo mientras intentaban no hacer ruido.

Ver aquellas fotos, recordar, resultaba doloroso, pero de un modo positivo... y, de pronto, entendió lo que pudo haber sentido Delilah Masters al pasarse una cuchilla por el vientre.

Estuvo un rato observando todas y cada una de las instantáneas. Una vez que empezó a menguar el dolor, una vez que volvió a sentir entumecido el corazón, leyó los comentarios que habían dejado otros. Aquella página era como la de Delilah Masters, llena de mensajes en segunda persona:

**Te echo de menos.**

**Te has ido demasiado pronto.**

**Echo de menos tu carita sonriente.**

La mayoría, de gente que él ni siquiera conocía.

Y nadie hablaba de suicidio. En ningún momento mencionaba nadie el suicidio. Tal vez eso daba igual. Quizá solo le importaba a él. El *porqué*.

Siempre había parecido una mujer feliz. Eso era lo que lo había destrozado.

La psicóloga del departamento intentó convencerlo de que no había sido culpa suya, de que Ellen era la responsable última de la elección que había tomado.

Lo que lo sacaba de quicio era no haberlo visto venir. Ni por asomo. Joder, ni por asomo. ¿Qué clase de marido no se daba cuenta de que su mujer estaba pasándolo mal? Un marido de mierda. Uno de los que solo tienen tiempo para su trabajo.

Se había sentido aliviado al oír que lo de aquella chiquilla no había sido suicidio. Se trataba de una reacción estúpida, porque un homicidio no era menos terrible, pero sus seres cercanos podrían afrontarlo de un modo distinto. Su alivio procedía del hecho de no tener que lidiar con un recordatorio de Ellen. Cuando estaban hablando con la señora Masters había estado a punto de decir: «Por lo menos no se ha suicidado», porque de ese modo la madre podría dirigir la culpa hacia fuera en lugar de hacia dentro. La responsabilidad no sería suya, sino de una sociedad incapaz de enmendarse. En realidad, la pérdida de un ser querido era un dolor que no cesaba nunca, con independencia de cómo ocurriese. Con independencia de quién estuviera detrás.

Leyó cuanto había en la página de Ellen, empezando por entradas muy anteriores a su muerte, ocurrida hacía un año, antes de que se mudaran del sur de Minesota a Mineápolis, antes de que ella se matriculase en la universidad. Todo estaba escrito como si estuviera sucediendo en ese preciso instante. Y las fotos… Las dichosas fotos…

Uriah y yo patinando en el Depot.

Primer día de clases en el Folwell Hall de la Universidad de Minesota.

Cuando llegó al día en que ella había empezado a escribir en Facebook, se vio incapaz de poner fin a su visita. No quería salir de la página ni verse metido de nuevo en el mundo en el que Ellen ya no estaba. A lo mejor había más. A lo mejor había material al que no podía acceder por no haber iniciado sesión en su cuenta.

Salió de la suya con la intención de entrar en la de ella. Probó con la contraseña favorita de Ellen. No funcionó. Entonces lo intentó con tres posibilidades más antes de darse por vencido.

«No lo vi venir».

Fue a por una botella de vodka y subió al mirador, otra de las maravillas del edificio. Tendió la vista a lo lejos a través del cristal curvo, al cielo y a las estrellas.

Echó veinticinco centavos en los binoculares.

«No lo vi venir».

Observó el firmamento que se extendía al otro lado de la barrera de cristal. Mientras pasaba el contador, miró las sartas de luces de los vehículos que serpenteaban por la ciudad. Volviendo ciento ochenta grados los binoculares, observó la luna que se reflejaba en el lago Harriet. Jude vivía por allí, en algún lugar al sur de Lake Street, por lo que había podido averiguar.

Giró el instrumento en el sentido opuesto, a la zona en la que las casas dejaban de estar dispuestas en cuadrícula para seguir el trazado de corrientes de agua y de lagos y las calles recibían nombres agradables como el de Pleasant Valley Circle, Maple Drive o Park Place.

Divisó la parte en la que habían vivido Ellen y él y se quedó mirando un largo rato, hasta que los binoculares dejaron de contar el tiempo y se oscureció la lente. Entonces, como había hecho tantas otras noches desde su llegada al Emerson, se sentó en una tumbona y se dispuso a emborracharse.

La psicóloga del departamento decía que beber no ayudaba. Se equivocaba. Beber era lo único que ayudaba.

# Capítulo 14

Sonó el teléfono y Jude lo buscó a tientas en la azotea en la que había extendido el saco de dormir, lo encontró, miró la pantalla, vio el número de Uriah, pulsó el botón de respuesta y dijo con un graznido:

—¿Sí?

—¿Es la inspectora Fontaine?

No era Uriah. La voz pertenecía a una joven. Jude se incorporó apoyándose en un hombro con gesto alarmado.

—Sí.

—Yo soy Leona Franklin. No tenía muy claro a quién llamar, pero tenemos un problema. —Silencio. Exhalación—. Mi marido y yo compramos hace un año una casa en Juniper Street.

Jude volvió a mirar la pantalla. «Uriah». ¿Qué hacía esa mujer con su teléfono? Pulsó el botón del altavoz y dijo:

—Creo que se ha equivocado de número.

—Deje que acabe, por favor. Le compramos la casa al inspector Ashby. ¿Lo conoce? Hemos encontrado su teléfono y hemos visto la palabra «inspectora» delante de su apellido, por eso la hemos llamado.

—Soy su compañera.

—Pues lo tenemos aquí, en nuestra casa. En la bodega. Como era policía, no se nos ocurrió cambiar las cerraduras. Ha tenido que entrar con su llave.

Despabilada ya por completo, Jude se puso en pie y recogió del suelo el saco y la pistola.

—¿Me dice su dirección? —preguntó mientras se dirigía a las escaleras.

La mujer le dio el número de la casa.

—Estaré ahí lo antes que pueda.

Dentro del apartamento, dejó el saco en el suelo, se puso los vaqueros y las botas, se colocó la pistolera en el cinturón, se metió el iPhone en el bolsillo trasero y se echó una chaqueta por encima. Con el casco bajo el brazo, salió a toda prisa y cerró con llave la puerta antes de bajar corriendo las escaleras hasta el garaje, donde se sentó en la moto, se abrochó el casco, arrancó el motor y pulsó el mando a distancia del llavero. La puerta electrónica del garaje giró sobre sus goznes.

En la calle, pasando bajo los semáforos y rebasando comercios apagados con letreros de neón, fue apretando el embrague con la mano mientras cambiaba de marcha con el pie para llegar cuanto antes a la dirección que le había dado la mujer del teléfono.

La zona en la que había vivido Uriah resultó ser la quintaesencia de Mineápolis, desde las calles arboladas hasta las casas de estuco. Al ver una vivienda con todas las luces encendidas supuso que había dado con la casa, lo que confirmó enseguida al acceder al camino de entrada y alumbrar con el haz inquieto del faro de la moto el número que había sobre la puerta principal.

Apagó el motor y puso el caballete. Después de quitarse el casco y colgarlo del manillar, se acercó a la casa y llamó a la puerta. Salió a abrir una pareja joven. La mujer, embarazada de muchos meses, llevaba un camisón de flores y el hombre, una camiseta y pantalón de pijama.

La casa, la mujer encinta... Todo eran signos de normalidad. Resultaba difícil, casi imposible, imaginar a Uriah ocupándose de tareas de aquel hogar un sábado, metido en labores cotidianas como pintar, hacer reparaciones, cortar el césped...

—No sé si lo sabe, pero su mujer se suicidó... —musitó la mujer.

Jude sintió un golpe en lo más hondo del estómago y lo entendió todo: la bebida, su reacción ante el cadáver del lago...

—Ya no podía soportar vivir aquí y por eso vendió la casa. Tenía que haberlo visto el día que firmamos los papeles. Estaba destrozado. Yo me tuve que salir porque me eché a llorar.

La inspectora cayó entonces en que Uriah y ella habían perdido sus respectivas identidades de dos formas algo distintas. Él había resultado ser un viudo desgarrado por la pena que en otra época había conocido una vida venturosa. En aquella casa.

La mujer la condujo por la sala de estar y la cocina hasta la puerta de un sótano gris.

Un sótano.

En el rellano superior de las escaleras empezó a sentir en los oídos el latido de su corazón. Todo aquello era verdad, ¿no? ¿No se habría dejado llevar a una trampa? Aquel matrimonio parecía sincero, pero ¿podía creer en la lectura que había hecho de la situación? ¿De verdad?

Con la mano apoyada en el arma que llevaba a la cintura, llamó a Uriah por su nombre y oyó su propia voz bajar los peldaños.

Uriah respondió desde lo más hondo de la bodega.

—¿Jude? ¿Eres tú?

Aliviada, aunque aún renuente a ir a buscarlo, preguntó:

—¿Qué estás haciendo ahí?

—Comprobando la selección de vinos.

Respiró hondo y bajó para encontrarlo en un rincón, sentado en el suelo con la espalda apoyada en la pared y una rodilla doblada.

Tenía a su lado una botella y una copa en la mano. Llevaba vaqueros y una camiseta. Era la primera vez que lo veía sin el traje.

—Yo diría que la de 2005 fue una añada excelente —sentenció.

No parecía tan bebido. De hecho, daba la impresión de estarlo mucho menos de lo necesario para meterse en semejante situación. Los borrachos profesionales solían ser los que parecían los más serenos de la reunión.

Jude se agachó para quedar a su altura. Uriah le ofreció la copa y ella aceptó y dio un sorbo.

—No está nada mal.

—¿A que no?

Estuvieron un rato bebiendo en silencio, compartiendo vaso, hasta que ella anunció:

—Hora de irse.

—Yo estoy a gusto aquí.

—Pero esta no es tu casa.

—¡Y una mierda, no es mi casa! —Tendió la mano para asir la copa y ella se la pasó.

—Ya no. La vendiste.

—¿En serio? Eso explica que haya gente arriba.

—Vámonos de aquí para que esta pareja encantadora con una criatura en camino pueda volver a dormir.

Aquello funcionó, porque lo único que sabía de su compañero era que era una persona compasiva. Apartó la copa y la botella y lo ayudó a levantarse. Una vez en pie, se balanceó hasta recobrar el equilibrio y señaló a las escaleras.

—Usted primero.

—Deberían cambiar las cerraduras —dijo Jude a los dueños cuando Uriah y ella se cruzaron con ellos en el pasillo.

—Mañana llamaré a primera hora —murmuró el marido con gesto aliviado.

Ya fuera, se detuvieron al llegar a la acera. A sus espaldas se apagó la luz del porche.

—¿Cómo has venido hasta aquí? —preguntó ella.

—No sé. —Pensó unos instantes—. Creo que en el tren ligero. O puede que en taxi.

Jude se montó en la moto y le dio la vuelta para ponerla mirando a la calle, lista para salir.

—Sube.

Uriah levantó una pierna y se colocó detrás de ella, agarrado a su cintura de forma impersonal.

Carburante, estárter, encendido. Arrancó la moto y le dio gas mientras metía primera y salía en dirección al centro. Diez minutos después redujo la velocidad para girar a la derecha en Marquette. El pesado vehículo se mostraba torpe y poco estable con el añadido del peso de Uriah. Al llegar a Emerson Tower, encontró aparcamiento frente al edificio y apagó el motor.

Después de apearse los dos, se quitó el casco.

Uriah dio media vuelta y echó a andar hacia la puerta doble.

—¡Gracias por el paseo! —gritó por encima del hombro.

Jude lo siguió para asegurarse de que llegaba bien a su apartamento. En el vestíbulo, lo observó mientras, con gesto solemne, se las ingeniaba para pulsar el botón de subida del ascensor. Se encendió una flecha verde con un tañido de campanita y, al abrirse las puertas, Uriah entró trastabillando y apoyó todo su peso contra la pared.

—Normalmente subo por las escaleras —confesó eligiendo con cuidado un número del panel de botones y apretándolo con la intensidad con que suelen hacerlo los niños más pequeños. La puerta se cerró convulsa y el cajón empezó a moverse—. Mi récord es de dos minutos y veintitrés segundos. —La miró un largo rato—. Un día tenemos que echar una carrera.

—Yo no es que sea muy atlética. Diría que soy más del tipo de los que juegan al cróquet, pero me parece bien. Te echaré una carrera cuando quieras. —De todos modos, por la mañana no se acordaría de nada.

Él asintió y, a continuación, más para sí que para ella, farfulló:

—Trato hecho.

El ascensor se detuvo en el piso decimoséptimo y abrió las puertas. Uriah recorrió el pasillo con cuidado y, de forma abrupta, se detuvo para apoyarse en la pared con los ojos cerrados. La hora y el alcohol habían podido con él. Jude registró sus bolsillos, encontró un llavero. Una de las llaves tenía un número. Buscó su apartamento y abrió la puerta mientras Uriah se apartaba de la pared con un golpe de hombro para seguirla al interior.

Hasta entonces, si Jude se hubiera molestado en preguntarse por él, habría asignado mentalmente a Uriah uno o dos entornos posibles. El primero, por encima de todo, habría sido un pisito de soltero ultramoderno y el segundo, un lugar dotado de lo estrictamente necesario. La cama sin hacer, posiblemente poco más que un colchón, una ducha y un hornillo. Ni más ni menos que un sitio en el que dormir entre largas horas de trabajo. Sí, pensándolo bien, aquella opción le habría parecido más probable que la del pisito de soltero. Mejor tachar la idea del pisito.

Y mejor tachar también la del lugar espartano.

Cerró la puerta y pulsó el interruptor. La recargada araña de cristal que se encendió sobre su cabeza no hizo gran cosa por iluminar el apartamento. Aquel piso oscuro olía a anticuario, a esa mezcla de papel viejo, madera añosa e historias de personas que habían vivido hacía mucho tiempo. Bajo sus pies tenía una alfombra oriental de tonos burdeos y verde follaje. Las ventanas estaban cubiertas con gruesas cortinas rojas. Sin embargo, la mayor sorpresa no fue esa, sino los libros que cubrían las paredes desde el suelo hasta el techo, muchos de ellos con la cubierta de piel y protegidos en su mayoría por fundas transparentes.

Todo era antiguo. Lámparas de época con pantallas oscuras. En un rincón, al lado de un sofá verde de los sesenta, había una serie de estantes llenos de discos de vinilo y un tocadiscos.

El apartamento no era muy grande, o quizá no lo parecía por todas las pertenencias que lo abarrotaban. Desde donde estaba, podía ver una cocina contigua y un pasillo que debía de llevar al dormitorio y al cuarto de baño. El desorden que imperaba en él resultaba a un tiempo abrumador y reconfortante. Un mundo dentro de otro. Se sorprendió al percibirlo más como una envoltura que brindaba seguridad que como una trampa, una celda.

Uriah caminaba con la determinación de los borrachos y cruzó la sala de estar. Jude lo siguió y lo encontró sentado en la cama, con la mirada perdida antes de caer hacia atrás con los ojos cerrados y los brazos extendidos.

Una persona normal le habría quitado las zapatillas de deporte y lo habría puesto de lado por si vomitaba, pero Jude ya no era una persona normal ni se sentía cómoda haciendo determinadas cosas después de haber visto traspasados todos sus límites. Con todo, no le hacía ninguna gracia dejarlo solo en semejantes condiciones.

Tomó una almohada de sobra que había en la cama, volvió a la sala de estar y la lanzó al sofá, aunque no se echó. En lugar de eso, sacó un libro de una de las estanterías y lo abrió por la página de derechos. Se trataba de una primera edición de *El club de lucha*. Lo guardó y sacó otro. Una primera edición de *Primavera silenciosa*.

Recordó lo que había sido sentir pasión por algo. Lloró la pérdida de aquella sensación y se maravilló al ver que un policía que trataba a diario con la muerte pudiera seguir tan comprometido con la vida.

Puso el libro en su sitio y cogió una fotografía enmarcada. La típica instantánea de una pareja tomada en un lugar típico para parejas frente a la escultura de *Puente de cuchara con cereza* del Walker Art Center. Creía recordar que Eric y ella habían estado también en aquel lugar y se habían hecho una foto casi idéntica. ¿Qué había sido de ella, de aquella prueba material de una vida que había dejado de existir pese a haber sido real en otro tiempo?

Se había dicho a sí misma que no quería nada de la casa que había compartido con él, pero era mentira, era solo un modo de protegerse y en ese momento empezó a preguntarse si habría sobrevivido algo o si Eric se habría deshecho de todos los recuerdos de ella después de que se fuera a vivir su otra novia con él.

¿Y si las cosas hubieran sido distintas? ¿Y si aquella noche fría del invierno pasado no hubiese estado a su lado ninguna novia nueva? ¿Y si la hubiese recibido del modo que había imaginado ella? ¿Cómo sería entonces su vida? Porque lo cierto era que le estaba costando mucho volver a adaptarse y que la mayor parte del tiempo tenía la sensación de estar detrás de un cristal grueso que la separaba del resto del mundo.

Volvió a poner la fotografía en el estante. Diez minutos después, volvió al dormitorio, donde permaneció el tiempo necesario para poner a Uriah de costado y colocarle una almohada tras la espalda que le impidiera darse la vuelta.

# Capítulo 15

Jude se despertó por el olor a comida. Se estiró en el sofá y deambuló con el cuerpo engarrotado hasta la cocina. Uriah estaba de pie frente a una modesta hornilla situada en la encimera, removiendo con una paleta huevos revueltos en una sartén.

—Me gusta —dijo sin mirarla y con un paño de cocina puesto con descuido sobre el hombro— esto de despertarme y hacer el desayuno para más de una persona.

Jude se cruzó de brazos y se apoyó en el marco de la puerta.

—Me sorprende verte de pie. Tienes que tener la cabeza a punto de estallar.

—No es para tanto, aunque, ¿quién sabe?, puede que esté todavía borracho.

Jude retiró una silla de estilo clásico, de metal con cojines rojos, y se sentó con una pierna levantada para estrechar la rodilla contra su pecho.

—¿Te acuerdas de algo de anoche?

—Por desgracia, sí.

Jude percibió el tono azorado de su voz.

—Van a cambiar las cerraduras.

—Buena idea.

En ningún momento apartó la mirada de la sartén que tenía delante. ¿Por vergüenza? Podía ser. Era muy probable.

—Platos. —Señaló el armario que había sobre el fregadero.

Jude se levantó, sacó dos de color azul, los puso en la angosta mesa y volvió a sentarse. Con la paleta rascó los huevos revueltos de la sartén para formar una montañita en cada plato. Entonces sacó dos tazas y las llenó de café de una cafetera de émbolo antes de sentarse frente a ella.

Uriah había creado sin pretenderlo un momento especial, una de esas cosas inexplicables de la vida, de la vida real, que lo hacían todo mejor. Se preguntó si podría existir una vida real para ella en aquel mundo nuevo.

Cogieron los tenedores y se pusieron a comer. Apenas llevaban unos bocados cuando Uriah rompió el silencio:

—No recuerdo mucho al matrimonio, pero sí que me acuerdo de haber montado en tu moto y, lo siguiente, de haberme despertado aquí.

—Eso es más o menos lo que pasó. —La comida, pese a ser sencilla, sabía sorprendentemente bien y a Jude le costó dejar de masticar el tiempo necesario para extender su respuesta—. Me he quedado a dormir porque no me pareció muy buena idea dejarte solo.

Uriah la miró al fin. La miró de verdad. Entonces, sin advertencia previa, tendió un brazo para tomar la mano libre de ella. No era más que una respuesta muy humana concebida como un gesto de agradecimiento, pero, cuando los dedos de él entraron en contacto con los de ella, Jude los apartó de golpe, un simple recordatorio de lo que le había ocurrido estando secuestrada y de lo que había quedado roto en su interior.

Uriah apartó enseguida la mirada para clavarla en la comida que tenía delante. Ella, sintiendo que le debía una explicación, dijo:

—No me gusta que me toquen.

—Lo apuntaré. —De cualquier modo, siguió sin mirarla.

Los dos volvieron a centrarse en el desayuno mientras trataban de superar aquel momento incómodo.

—Mi madre también coleccionaba libros —dijo ella al fin.

—Es una obsesión que tengo —confesó él—. La mayoría son primeras ediciones. —Contacto visual—. ¿Por qué me miras así? ¿Tan raro es?

—Sí.

—¿Por qué?

—No lo sé. Es solo que no me lo esperaba.

Bajó las cejas.

—Pues tenías que ver mi colección de animalitos de peluche Beanie Babies. —Al ver que no respondía, añadió—: Lo decía de broma.

—Ah.

—Dices que eres capaz de leer cadáveres, pero a veces pareces desorientada con los que aún respiran.

Tenía razón. Su error se debía a haber dado por sentadas algunas cosas en él.

—Me pregunto qué parte de una persona responde, sin más, a la invención de otros —dijo—. ¿Te das cuenta de que dos personas distintas no ven nunca del mismo modo a una tercera? Nosotros participamos en la ecuación, de modo que ningún individuo es de verdad un individuo.

—Espera, que puede que sea un pensamiento demasiado profundo para una resaca. ¿Me estás diciendo que, además de ser un producto de nuestro entorno, recibimos la forma que nos dan las observaciones, acertadas y equivocadas, de otros? Eso me da más dolor de cabeza todavía.

—Lo que sé es que antes de que me secuestraran me veía a través de los ojos de los demás, si es que eso tiene algún sentido. De los de todas las personas con las que me cruzaba a lo largo del día. Leía su reacción y veía lo que veían, de forma acertada o equivocada. Y eso no ha vuelto a pasarme desde que me escapé. No sé si este nuevo yo es normal o anormal, pero ese reflejo sesgado ha dejado de existir. Debería sentirme bien, pero me siento como cuando pierdes algo.

«Te conviertes en la persona que él ve».

En ese instante se dio cuenta de que era eso lo que le había ocurrido. Durante tres años. Sin nada más ni nadie más en quien ver su reflejo que un sádico. No había tenido otra opción real. Se había convertido en la persona que había estado viendo.

¿Cuánto tiempo había tardado él en someterla? ¿Días? ¿Semanas? ¿Meses? ¿Cuánto había pasado hasta que se había rendido y se había transformado en la persona dócil y complaciente que hacía cuanto él le decía y que, además, ansiaba recibir sus visitas?

Tal vez el tiempo que hubiera tardado era lo de menos. Lo importante era que ella había claudicado. Había dejado de luchar, de planear un modo de fugarse, de intentar vencerlo. De ahí procedía su vergüenza. Y no tenía claro que fuera a ser capaz de perdonarse nunca aquel hecho.

Acabado el desayuno, llevó el plato al fregadero y lo enjuagó bajo el grifo.

—He visto una lista de nombres en la mesita del sofá —dijo por encima del hombro—. ¿Qué son? ¿Los compañeros de Delilah Masters?

—Los saqué anoche de Facebook. Deberíamos volver hoy al instituto de Delilah para hablar con más alumnos y con algún que otro profesor. A lo mejor hoy sí está Lola Holt.

Se había emborrachado después de navegar por Facebook. La secuencia le pareció extraña hasta que pensó en que probablemente había visitado también la página de su mujer. Cerró el grifo y se dio la vuelta.

—Yo coleccionaba Beanie Babies —confesó.

—Eso sí que es bochornoso. —Uriah se levantó arrastrando la silla sobre el suelo de madera—. Yo tenía un osito Teddy Ruxpin que hablaba, pero será mejor que esa información no salga nunca de esta cocina.

# Capítulo 16

El cortejo fúnebre de Delilah Masters avanzó por Hennepin Avenue en dirección al cementerio de Lakewood. En el camino desde el tanatorio se habían distribuido por las aceras decenas de personas, algunas en silencio, otras llorosas y otras que estaban allí solo porque el asesinato de la joven había protagonizado las noticias de los últimos días. Esa clase de atención mediática era un reclamo para las masas. Y para los activistas. La víspera, un grupo de padres preocupados había organizado una vigilia en la que habían lanzado cientos de barquitos de papel con velas a la superficie del lago de las Islas. Un acto de gran atractivo visual e interés mediático, sobre todo si se combinaba con la inquietud de los padres por la seguridad de sus hijos.

La muerte, siempre triste, se volvía dolorosamente trágica cuando afectaba a una chiquilla preciosa en el umbral de la edad adulta. Su condición de asesinato disfrazado de suicidio la había convertido en la noticia más relevante de la ciudad. Añadir a Jude Fontaine a la mezcla había atraído también a la prensa nacional y había resucitado la fascinación que provocaba su nombre.

Jude y Uriah siguieron a pie a la comitiva, manteniendo una distancia respetuosa tras el gentío. La inspectora reparó en un grupo de chicas que observaba la procesión desde el bordillo, compañeras de la difunta a las que habían entrevistado y entre las que seguía sin dar señales de vida Lola Holt. No había dejado de eludirlos, aunque Jude tenía la esperanza de que el funeral la hiciera salir de su casa.

Los dos inspectores iban de negro. Uriah llevaba el traje que parecía formar parte de su ser y Jude, un vestido sin mangas que había comprado en unos grandes almacenes. El calzado formal era algo de su antigua vida y sus botas de cuero negras le habían parecido una opción práctica, aunque no muy acertada desde el punto de vista estético.

Los lagos hacían de Mineápolis una ciudad difícil de recorrer. Había calles de importancia que se cortaban de forma abrupta y, de hecho, Hennepin Avenue terminaba a la entrada del cementerio de Lakewood. Al otro lado de sus puertas, el terreno, hasta entonces llano, se volvía accidentado, sembrado de oscuras hondonadas y árboles tan altos que proyectaban sombras móviles sobre todo y sobre todos.

Jude y Uriah no eran los únicos policías presentes. Con la multitud avanzaban también, entre otros, Grant Vang y Caroline McIntosh, todos con los ojos bien abiertos por si veían algo fuera de lo común. Era frecuente que los asesinos asistieran al funeral de sus víctimas para saborear la sensación de celebridad anónima que otorgaba el acontecimiento. Después del entierro vigilarían la tumba en busca de visitantes sospechosos. Con todo, el mismo día, el autor lo tenía demasiado fácil para mezclarse entre el resto.

La comitiva se detuvo al llegar a una vaguada, lo que dio a la concurrencia un momento para mirar al cielo. Lakewood estaba situado en la ruta de los vuelos comerciales del aeropuerto de Mineápolis-Saint Paul y en la extensión azul sin nubes se veían aviones que dejaban estelas blancas a distintas altitudes.

Jude calculó que dentro del camposanto debía de haber unas doscientas personas repartidas en la falda de la colina o arracimadas en torno a monumentos de piedra de ángeles afligidos. El pastor que oficiaba la ceremonia abrió su Biblia. Desde un punto distante arrancó a tocar una flauta. El sonido de aquellas notas dulces y evocadoras provocaron en ella una respuesta inesperada. Los ojos se le llenaron de lágrimas y se le tensó la garganta. Por un momento olvidó por completo lo que la había llevado a aquel funeral. En aquel lugar rodeado de muerte, sintió una chispa casi invisible de vida. No le gustó, porque la entristecía y la empujaba a sentir emociones que no quería abrigar.

Por su cerebro pasaron instantáneas de una existencia vivida y desvivida, recortes de días pasados en un sótano, de una voz, unas manos y el anhelo de contacto humano. Y la pregunta del millón: ¿era posible construir una existencia después de todo lo que había pasado?

Mientras recorrían su interior estos pensamientos, Jude era muy consciente de lo estático que parecía su mundo. Ya no sentía aquella promesa dulce y engañosa de algo bueno, algo mejor que la esperaba al doblar la esquina. ¿Era posible vivir sin eso? ¿Estaba condenada de por vida a percibir solo el olor de los fuegos ajenos?

Cuando acabó el servicio religioso, los asistentes se dirigieron a sus casas y sus vehículos. Los inspectores permanecieron al pie de un roble de gran tamaño y observaron mientras la multitud se disipaba y los enterradores aguardaban a la sombra a fin de cubrir el féretro.

Jude estaba reflexionando sobre la reacción que había tenido ante la música de la flauta cuando Uriah susurró:

—Mira.

Tenía las manos unidas y la cabeza inclinada y observaba furtivamente al gentío por entre los rizos que le caían sobre la frente. Ella siguió la dirección de su mirada y se detuvo al llegar a una joven de pelo oscuro y suave vestida de azul.

Lola Holt.

La muchacha escurridiza se dirigió al camino que llevaba a la puerta principal. Uriah y Jude arrancaron a andar a la vez con un paso ligeramente más rápido que el normal. Tal vez se excedieran un poco en rapidez o quizá delataron de algún otro modo su urgencia ante la joven, que miró por encima de su hombro, los vio, se volvió y se confundió entre la muchedumbre que salía por la puerta.

Jude y Uriah apretaron el paso tras ella, disculpándose ante los asistentes al funeral mientras se abrían paso entre ellos. Corrieron calle arriba, las piernas convertidas en poco más que una mancha de color y los brazos en vaivén, detrás de la cría del pelo oscuro.

Lola Holt se desvió de forma abrupta cortando por un callejón y ellos hicieron otro tanto.

Un recodo más y allí la tenían.

—¡Homicidios! —gritó Uriah—. Detente ahí mismo.

La joven podría haberse metido entre dos edificios de ladrillo, pero debió de darse cuenta de lo inútil que resultaba seguir huyendo.

Se volvió hacia ellos con las manos en los costados mientras se afanaba en tragar aire.

—¿Qué quieren? ¡Déjenme en paz!

Uriah sacó la placa, se identificó a él mismo y a Jude y volvió a guardarse el distintivo en la chaqueta.

—No quiero hablar con ustedes. Yo no he hecho nada. No sé nada.

—En ese caso, tampoco tienes nada de lo que preocuparte, ¿no? —Fue Uriah quien preguntó.

—Tú eras amiga suya —dijo Jude.

—Antes sí.

Lola era atractiva. No era guapa, pero tenía rasgos interesantes. Ojos oscuros que resaltaba con trazos gruesos de lápiz de ojos negro, pómulos altos y cejas bien perfiladas.

—¿Cuándo dejasteis de serlo? —insistió la inspectora.

Lola meneó la cabeza.

—No lo sé. Puede que hace seis meses.

—¿Qué os pasó? Hemos visto el cuarto de Delilah y hay fotos tuyas. Da la impresión de que hayáis sido amigas durante muchos años.

—Nos distanciamos. —Se encogió de hombros.

—¿Puedes ser más concreta? —pidió Uriah—. ¿Por qué os distanciasteis?

—No fue por nada en particular. Fueron muchas cosas. Ya sabe. A veces pasa. Igual que ya no me junto con mis amigas de primaria.

Uriah sacó su iPhone, se desplazó por la pantalla, se detuvo y dirigió el aparato hacia ella.

—No hemos encontrado el teléfono de Delilah, pero hemos podido acceder a sus mensajes antiguos. Para algo somos polis.

Lola miró la pantalla y se puso blanca.

—Según esto —dijo él—, estuvisteis en contacto hace una semana.

—Mi tío es abogado y dice que no tengo por qué hablar con ustedes.

—Eso es verdad en cierta medida, pero podemos llevarte a comisaría para interrogarte.

—¡Si es que no sé nada!

Podría haber dado una primera impresión de chica dura e independiente, pero no hacía falta ningún sexto sentido para darse cuenta de que la chiquilla estaba aterrada.

—Estamos intentando averiguar la verdad —dijo Jude en tono tranquilo— y, si estás en peligro, queremos protegerte. Pero no podemos hacerlo si no sabemos qué está pasando.

—¿Usted no es la poli a la que secuestraron? Lo vi en las noticias. Lo que quiero decir es que ¿cómo va a proteger a nadie si no es capaz de protegerse a sí misma?

Haciendo por obviar el escozor de aquellas palabras que tanta razón tenían, Jude sacó una tarjeta de visita y se la tendió a la joven, que no cedió mientras miraba con recelo el documento.

—Toma. —Jude le acercó más el trozo de cartón—. Estamos de tu lado. Estamos aquí para ayudarte. Si tienes miedo, si quieres hablar con alguien o piensas que estás en peligro, llámame. A la hora que sea.

Lola Holt la aceptó a regañadientes. Lo más seguro era que se deshiciera de ella tan pronto los perdiese de vista.

—Deja por lo menos que te acompañemos hasta tu coche —se ofreció Uriah—. No querrás que te dejemos sola en un callejón.

Lola rezongó diciendo que habían sido ellos quienes la habían llevado hasta allí persiguiéndola, pero, aunque protestando, los siguió de regreso a la civilización.

—No hace falta que me acompañen al coche —dijo al llegar a la concurrida acera de Hennepin Avenue y, antes de que ninguno de ellos pudiera responder, se escabulló entre dos vehículos aparcados, buscó un hueco entre el tráfico y cruzó como una exhalación dejándolos con dos palmos de narices.

—Tiene miedo —dijo Uriah mientras volvía con Jude a su propio coche, estacionado a pocas manzanas de allí.

—Miedo es poco. —La inspectora divisó el automóvil y lo señaló—. Está aterrada.

—Me gustaría ponerle vigilancia para protegerla, pero si no lo justificamos, no nos lo van a aprobar nunca, sobre todo con el personal que tenemos.

—Nos hemos presentado y eso ya es algo.

Al llegar al coche, Uriah abrió con el mando a distancia y observó el tráfico antes de dar la vuelta para sentarse en el asiento del conductor.

Jude abrió la puerta del otro lado.

—Y puede que hayamos dado un paso para que confíe en nosotros —añadió al acceder a su asiento—. Tiene mi tarjeta y, si no la ha tirado a estas alturas, a lo mejor me llama.

# CAPÍTULO 17

Su niña.

Al principio, sus diarios contenían historias de rescate, de pastores alemanes con correas negras que conducían a la policía por entre los bosques hasta su escondite, de agentes que echaban abajo la puerta mientras ella se tapaba los ojos para protegerse de una luz a la que hacía tiempo que no estaba habituada. Unas manos tiraban de ella para llevarla al exterior, donde podía llenarse de aire los pulmones. Una agente aparecía ante ella y le decía que todo iba a salir bien. Alguien le tendía entonces un teléfono y ella oía la voz de su madre.

Y las dos se echaban a llorar.

Sin embargo, ya no tenía aquellos sueños. Había entendido con qué facilidad puede adaptarse una persona a lo que sea. Le hicieran lo que le hiciesen, ella hacía una maniobra mental. Por insoportable o imposible que pudiera llegar a ser una situación, su cerebro aprendía a aceptarla como normal.

Había oído hablar del síndrome de Estocolmo. Había oído hablar de mujeres golpeadas y humilladas que se negaban a dejar a sus maridos. La gente hablaba de que no tenían sitio alguno al que ir, pero ella se preguntaba si alguien hablaba alguna vez de la capacidad de la mente para hacer que el hecho de permanecer a su lado les pareciera normal, para aceptar el maltrato y convertirlo en algo natural.

Para hacer luz de las tinieblas.

Por eso en su cabeza y en sus sueños dejaron de aparecer los policías con perros. En lugar de eso, lo esperaba a él, al hombre que le llevaba alimento y le hacía el amor a oscuras. Y mientras esperaba, pasaba el tiempo creando un mundo más allá de las paredes de su cuarto. A veces se imaginaba en el corazón de Mineápolis, quizá en un almacén abandonado de dimensiones colosales. Otras, la celda estaba en el piso más alto de un rascacielos, rodeada de nubes. Otras, en lo más profundo de un bosque.

Su cabeza le hacía compañía porque hacía mucho que había llegado a la conclusión de que no iba a ir nadie a rescatarla. Ya ni se acordaba de cómo eran sus padres ni de la sensación que producían el sol ni la nieve. Lo único que conocía era aquel hombre. Él era su mundo.

# Capítulo 18

Emocionalmente extenuada después del funeral y de pasar el día eludiendo a la prensa, Jude salió pisando gas del aparcamiento de la comisaría. En aquella época del año tardaba en caer la tarde en Minesota. Habían pasado ya las ocho y todavía no se había instalado el ocaso cuando las calles comenzaban a cambiar de humor durante su transición del trabajo al ocio. Le gustaba aquel momento del día, el del crespúsculo vespertino, cuando Eric y ella acostumbraban pasear por los lagos.

Recorriendo de un lado a otro barrios residenciales como de costumbre, añadió una nueva sección a su callejero a medida que se desplazaba metódicamente hacia el oeste.

Aquel día era distinto. Sin saber por qué había reducido la velocidad y sintió que le llamaba la atención una casa de una planta con buhardilla que parecía estar hecha un desastre desde mucho antes de los apagones.

Se detuvo y permaneció sentada en la moto.

La casa tenía una ventana rota en la buhardilla y un jardín descuidado al que ni siquiera faltaba una bolsa de basura de plástico al lado de la mala hierba muy crecida, aunque no destacaba entre los demás de aquella misma manzana por su estado de abandono. Y, sin embargo…

El corazón le dio un vuelco y sus sentidos se revolucionaron a medida que iba percibiendo los detalles: las grietas que presentaba la acera, las ramas que había cortado la compañía eléctrica, el óxido de la valla metálica, la inmundicia callejera que había depositado el viento en los maltrechos cimientos de las esquinas y el aroma dulzón del jardín de flores de un vecino.

Se dice que los lugares desdichados, los lugares en los que más desgraciada ha sido una persona, atraen su atención. Quizá se trata de simple curiosidad. Tal vez sea que los malos recuerdos quedan envueltos en una capa protectora y almacenados en un lugar tan recóndito que ya no parecen propios, sino como pertenecientes a un libro que se ha leído o una película que se ha visto, de modo que nos llevan a regresar allí para tocarlos, para verlos. No para asegurarnos de que son reales y de que ha ocurrido lo que recordamos, sino para observarlos desde la distancia de una mente a salvo, para maravillarnos de que nos ha pasado algo así y hemos sobrevivido.

La memoria que guardaba del tiempo que había estado en el sótano había ido cambiando en los últimos meses, transformándose en una combinación de elementos reales e ilusorios, pero aquella distancia mental protectora no le impedía querer volver a visitar su pasado el tiempo suficiente para dar con un cadáver en el suelo o, como mínimo, con la mancha grasienta que marcase el lugar en el que había yacido dicho cadáver.

Apagó la moto, la dejó sobre el caballete y bajó para cruzar el césped y detenerse frente a la casa. Comprobó que tenía el cinturón en su sitio y, con él, el arma.

Con el corazón acelerado, se acercó a la puerta y llamó. Al ver que no respondía nadie, rodeó la casa y vio tres escalones de cemento que llevaban a una entrada lateral. Recordaba haberlos visto cubiertos de nieve compacta. Llamó con los nudillos antes de mirar al interior por el cristal sucio, con una mano a modo de visera a fin de ver mejor.

Entonces probó a abrir el pomo.

Cedió.

Conteniendo el aliento, abrió la puerta con el hombro y entró a la cocina. Las escaleras del sótano estaban justo delante de ella.

—¿Hola?

Recorrió el lugar con la mirada con gesto nervioso hasta que dio con la Taser sobre la mesa, en el lugar exacto en que la había dejado. En el suelo estaban los casquillos que habían caído al lado de sus pies descalzos. Y el olor... A muerte, desde luego. Sí, a muerte. Pero también percibía todos los demás, incrustados en las paredes, el techo y el suelo. A nicotina, a fritanga, a moho y a orina. Nunca olvidaría ese olor. Aunque pasaran treinta años, no dejaría de reconocerlo.

«Hogar, dulce hogar».

Como movida por un gesto de autómata, sacó el teléfono y llamó a Uriah, que contestó tras dos tonos.

Puede que le dijese algo. Tuvo que decirle algo, porque él respondió:

—¿Qué pasa? —Y no había duda de que estaba preocupado.

—He encontrado la casa —le dijo sin revelar emoción alguna. Tampoco necesitó explicar de qué casa estaba hablando.

—No entres. Dame la dirección.

—Ya estoy dentro.

—Pues sal de ahí echando leches.

—Está todo cubierto de polvo. Hace mucho que no entra ni sale nadie de aquí.

—Joder, Jude. ¿Dónde estás? Dame la dirección.

Había sido muy poco profesional, demasiado descuidada.

—Ni siquiera conozco la calle.

Él soltó un sonido de exasperación.

—Si no piensas irte, por lo menos no cuelgues.

Sabía que no debería haber ido allí sola y, con todo, tampoco podía imaginarse visitando aquel lugar con otra persona. Tenía que verlo sola, sin que la viera ni la escuchara nadie.

—¿Jude?

La puerta del sótano estaba abierta, igual que la había dejado ella.

—Voy a bajar.

—Escúchame. Sal de ahí. Sal a la puerta de entrada de la casa, averigua la dirección y dámela.

—No pasa nada.

—¡Jude!

—Tengo que dejarte. —Y colgó.

Pulsó dos veces el interruptor del rellano de arriba, pero nada. Tuvo que recurrir a la linterna de su teléfono. Con la mano en la barandilla, empezó a descender. Cada paso que daba parecía robarle una porción de arrojo. Cada escalón la acercaba más a la persona que no quería volver a ser.

Había empezado a temblar. Mucho.

A mitad de camino le sonó el teléfono. Dio un respingo antes de mirar la pantalla. Era Uriah. No contestó. En lugar de eso, volvió a apuntar con la linterna.

Allí estaba: la bombilla desnuda.

En el centro de la sala estaba la celda en la que había pasado tres años de su vida. Y lo más importante: cerca de los escalones inferiores había un cuerpo sin vida... o lo que quedaba de él tras meses de descomposición.

Apenas notó, sino de forma muy distante, el hedor sofocante. Tenía puesta la atención en la franela de su camisa y en la sensación que había transmitido aquel tejido a sus dedos las veces que había tratado de defenderse de él a la vez que le imploraba que no se fuese. Bajo el olor a descomposición, detectó el de los cigarrillos que fumaba y recordó el tacto de aquella barba contra su cuello en la oscuridad.

Acabó de bajar esquivando los restos mortales de su secuestrador. La puerta de la celda estaba abierta y dentro alcanzó a ver una manta sucia y un plato de cerámica desportillado. Observó la rosa que tenía dibujada, lo recordó y recordó haber pensado lo curioso que resultaba que alguien tan cruel y tan malvado tuviera una pieza de vajilla con un motivo tan delicado.

Se dio la vuelta y se alejó.

Sin examinar el resto de la residencia, subió las escaleras, salió por la puerta lateral y se dirigió a la fachada principal para localizar los números desvaídos que había sobre la entrada. Echó un vistazo al cartel indicador más cercano y, sacando el teléfono, llamó a Uriah, que respondió a la primera.

—¿Estaba el cadáver? —preguntó con voz tensa.

—Sí. —Le dio la dirección—. En el sótano. Llama a los del BCA —pidió refiriéndose a la unidad especializada en secuestros— y haz que venga la científica.

—Buen trabajo. —Pausa—. ¿Estás bien?

Debería sentirse aliviada. La esperanza de que llegase aquel momento era lo que la había mantenido con fuerzas para vivir. No se había percatado de ello hasta aquel instante. Aquel momento, lo hubiese reconocido o no, había sido el motor de sus días. Encontrar la casa. Encontrar al hombre.

Sin embargo, en lugar de alivio no sentía sino horror, así como un deseo enfermizo de volver allí abajo y restregar la cara contra la franela de la camisa del muerto.

Eso sí que era para que la declarasen loca de atar.

Había huido. Había logrado escapar. ¿Por qué no podía dejarlo así? ¿Por qué no podía conformarse con eso? ¿Por qué no había pasado página como le había recomendado Uriah? Su secuestrador estaba muerto. Llevaba muerto varios meses. Sin embargo, aquella prueba no cambiaba nada. Nada. No servía para borrar la brutalidad que había sufrido. El hallazgo del cadáver, en cambio, había reavivado su padecimiento con una claridad cruel en extremo.

En aquel instante él había vuelto a la vida. Pese a estar allí tendido, hecho un charco de grasa y de huesos, parecía más vivo que en cualquier momento desde su huida. Era como si lo hubiese desenterrado, como si le hubiera insuflado aliento para traerlo otra vez a su lado.

Siempre le había parecido frustrante que las víctimas se negaran a denunciar a quienes merecían estar entre rejas, pero en ese momento entendía su forma de pensar. El hecho de reconocer lo ocurrido llevaba a revivirlo, ponía de relieve que no había modo de distanciarse. Que era imposible empezar de cero.

Parte de ella quería echar a correr hacia su apartamento. Ni siquiera en moto: solo echar a correr, sentir la acera bajo los pies, el vaivén de los brazos y la quemazón de los pulmones. La otra deseaba volver de nuevo la esquina, regresar a la casa, bajar otra vez al sótano y encerrarse en la celda.

De las dos opciones, la de volver abajo parecía la más atractiva.

—¿Jude? Di algo. ¿Estás bien?

Se había olvidado de que tenía el teléfono en la mano y una llamada en curso. Uriah repitió la pregunta. Quería decirle cómo se sentía, pero era demasiado difícil de explicar y se preguntó si el acto de expresarlo con palabras, de compartir sus emociones con alguien más, no exigiría más realidad. En ese instante no podía soportar más realidad.

Pensó en salir de allí. Se preguntó si debía quedarse. ¿Cuánto faltaba para que llegasen los agentes de la policía científica? Tenía que hablar con ellos. No quería hablar con ellos. No quería ver su reacción al conocer la casa. No quería ver la reacción que les provocaba el lugar en el que había vivido tres años. En adelante, cada vez que la tuvieran delante, cada vez que hablasen con ella, se la imaginarían allí y el simple hecho de que lo supieran grabaría a fuego con más fuerza aún aquel lugar en sus entrañas, en el tuétano mismo.

—Estoy bien —dijo antes de colgar.

# Capítulo 19

Uriah aparcó en el bordillo, detrás de la motocicleta de Jude, apagó el motor, se hizo con una linterna pequeña y salió. Fue el primero en llegar al lugar.

La casa era la típica de Midtown Phillips, un barrio situado al norte de Powderhorn y al este de Whittier: molduras rojas, estuco color crema, buhardilla... Necesitaba una buena reforma. La madera estaba podrida y la pintura descascarillada. Habían cortado el césped hacía dos semanas quizá y reconoció en la puerta principal la factura del servicio municipal de mantenimiento de jardines. Alguien debía de haberse quejado. Toda una sorpresa, ya que a la mayoría de los residentes de la zona no le debía de importar tener de vecino a un delincuente o a un tío raro, conque mucho menos que la hierba estuviese crecida.

Había imaginado que encontraría a Jude esperándolo fuera, pero después de ojear el exterior y no verla, subió los escalones de cemento desmoronado que daban a la cocina y entró.

Todo lo impregnaba el olor a muerte, no el hedor abrumador que se producía poco después, sino el otro, el que lo seguía cuando se descomponía un cadáver, después de que la grasa se fundiera para formar un charco que no desaparecía nunca. Aquel olor era tan malo, en todos los sentidos, como el primero. Nadie querría vivir jamás en aquella casa.

Unos pasos más a la derecha se encontraban la cocina y una puerta que daba a una salita y probablemente a un par de dormitorios y un cuarto de baño. El fregadero rebosaba de platos y había una capa de polvo y mugre sobre todo. Probó a encender un par de interruptores. No había corriente, un signo más de que nadie había pisado aquel lugar últimamente.

Enfrente justo de la puerta lateral y su recibidor estaba la escalera del sótano. ¿Estaría allí Jude? Quizá había salido de la casa. ¿No estaría caminando calle abajo, inhalando bocanadas de aire fresco mientras esperaba a que llegasen los agentes de la científica? Eso es lo que habría hecho él.

—¿Jude? —No gritó. Lo dijo con el tono de quien mantiene una conversación, porque lo último que quería era asustarla.

—Aquí. —Ni rastro de emoción.

Sacó la Maglite, la encendió y recorrió con ella las paredes salpicadas de sangre de la escalera. Se detuvo cuando había recorrido la mitad de los peldaños e iluminó con el haz de luz a su compañera.

Estaba de pie, de espaldas a él, vestida con pantalón negro y chaqueta de cuero, con una mano en la cadera y el codo separado del cuerpo, las piernas abiertas y la mirada puesta en el montón de tela y carne en descomposición que yacía a sus pies. Como asegurándose de que no se movía.

—¿Es él? —preguntó el recién llegado.

—No lo sé.

En su voz había una despreocupación extraña, más propia de quien responde a la pregunta de si era probable que lloviese.

—Puede que sí y puede que no. —Tenía el teléfono en la mano y movía el haz de la aplicación de la linterna mientras hablaba—. En realidad no hay nada de veras distintivo en su ropa. Vaqueros, botas, camisa de franela. El pelo… No estoy muy segura, porque con semejante descomposición es difícil, pero parece del mismo color.

—Tenemos la pistola con la que le disparaste, de modo que los de balística deberían ser capaces de ver si coincide la bala. Además, cotejaremos las huellas, si es que es posible tomarle alguna, y el ADN en la base de datos. —Oyó una sirena. ¿Por qué coño habían puesto la sirena?—. ¿Seguro que no quieres salir y dejar que nos ocupemos nosotros?

—Me quedo.

Aquello no iba a ser nada fácil para ella.

—Es como si no me hubiese ido nunca. —Se volvió y él apuntó con la linterna hacia el suelo para no deslumbrarla—. No soy capaz de explicarlo. Ya sé que parece una locura, pero me siento como si volviera a casa. —La voz le falló un poco al llegar a esta última palabra.

Estaba costándole más de lo que Uriah había previsto.

—Estuviste aquí mucho tiempo —dijo en voz baja.

—A veces parece que fueran solo días y otras, que haya estado aquí siempre. Como si nunca hubiese estado en ninguna otra parte. —Se abstrajo tratando de examinar lo que sentía—. Hay una parte de mí que se arrepiente de haber matado a este monstruo. Me hizo suya y la vida entonces era muy sencilla, porque no era nada. ¿No es extraño? —Lo miró, lo miró de veras, algo que no hacía a menudo. Para comunicarse con él y no para examinarlo—. Ya sé que no está bien. Ya sé que es una locura. Ya sé que él era un hijo de puta depravado. Sé que merecía morir, pero una parte de mí… una parte de mí quiere volver a ponerse a gatas para entrar en esa caja. —Apartó la mirada de él y movió la luz para iluminar un cubículo diminuto construido en el centro del sótano, desde el suelo hasta el techo y con paredes gruesas e insonorizadas—. Una parte de mí quiere arrastrarse hasta ahí dentro y cerrar la puerta a mis espaldas.

Él tragó saliva.

—Respuesta condicionada.

—Una parte de mí echa de menos a ese yo. —Señaló la caja—. Ese yo era lo único que tenía en un momento de mi vida. Ese yo consiguió que superase esto.

Pensó en las cosas que le había contado a Uriah en el hospital. Si en aquel momento lo había perturbado, en ese instante, en el lugar en que había sufrido tortura durante tanto tiempo, la conmoción fue aún mayor. El tiempo que había durado la experiencia había sido particularmente cruel y a eso había que añadir la culpa que sentía por haberla dado por muerta...

—Tranquilo —dijo ella sin alzar la voz—. No pasa nada.

—No me consueles a mí. Yo no soy el que necesita consuelo.

—Eres tú el que está sufriendo.

Su compañero soltó una exhalación y negó con la cabeza. A Jude la habían destrozado y, fuera como fuese, había conseguido reconstruirse de nuevo sin ayuda. Y esa persona nueva era a un tiempo más débil y más fuerte que la de antes.

—Mi dolor no es nada.

Al unísono, se miraron al oír ruido de actividad cerca de la casa.

Dejando a Jude en el sótano, Uriah se dio la vuelta y subió las escaleras para salir e informar a los agentes de la científica.

—No hay luz —dijo—. Habría que llamar a la compañía eléctrica para que volviesen a darla. Mientras, vais a tener que meter algún sistema de iluminación portátil.

Ya había un grupo de agentes de la unidad de secuestros con chaquetas azul marino y las letras BCA en la espalda trazando un perímetro con cinta amarilla en torno a la propiedad. La cinta iba a tener que permanecer mucho tiempo en aquel lugar. Primero había que aspirar el césped, luego habría que sondar la tierra y, si encontraban algo sospechoso, se haría necesario cavar. También registrarían de arriba abajo el interior de la casa.

—Quiero vídeos de todo, sobre todo de la celda que hay en el sótano —indicó Uriah a la técnica que había al cargo—. Hay que llevar a balística los casquillos de la cocina para ver si coinciden con el arma que le quitamos a Jude Fontaine la noche de su huida.

Grant Vang se abrió paso entonces entre los presentes con la chaqueta torcida, sin aliento y gesto tenso.

—He llegado en cuanto me ha sido posible —aseveró—. ¿Dónde está Jude?

Uno de los del equipo salió entonces de la casa con una expresión molesta en el rostro.

—¿Seguro que es bueno que esté ahí? —preguntó señalando por sobre un hombro en dirección a la cocina y el sótano, donde Jude debía de encontrarse aún al lado del cadáver.

Uriah miró a Grant.

—Vamos a ver qué podemos hacer.

# Capítulo 20

La noche se estaba instalando con más seriedad cuando Jude se sentó en su moto, aparcada delante de la casa del cadáver. Iba a ponerse el casco cuando vibró el teléfono que llevaba en el bolsillo. Uriah y Grant seguían en el sótano. Dado que la acababan de convencer para que se fuera, dudaba que fuese ninguno de ellos quien le estaba escribiendo. Miró la pantalla: Lola Holt.

El texto decía: «Nos vemos en el Spyhouse. Tengo que hablar con usted».

El Spyhouse Coffee, ubicado en el barrio de Whittier, no estaba muy lejos. El mensaje supuso para Jude una doble alegría, porque, además de hablar con la esquiva Lola Holt, que tan reacia se había mostrado a colaborar, le permitía no volver a casa de inmediato, lo que quería decir que podía relegar al olvido, al menos por el momento, el cadáver del sótano.

Respondió al mensaje con un «Tardo diez minutos», antes de abrocharse el casco, puso la moto en punto muerto y combinó el arranque con una bajada de talón. Metió la marcha, soltó el embrague y salió calle arriba.

Mientras se dirigía al café, se le iban agolpando los pensamientos. Repasó mentalmente el momento en que había descubierto la casa, la imagen de la puerta lateral al abrirse, las sombras marcadas que había proyectado la luz de su teléfono, por la que las manchas de la pared habían dado la impresión de cobrar vida... El olor mismo se había quedado prendido a sus senos nasales, atrapados en ese instante en aquel casco claustrofóbico que deseó arrancar de su cabeza. Pasaron varios minutos antes de que advirtiera que había recorrido dos o tres manzanas sin ser consciente de cuanto la rodeaba.

Al detenerse en un semáforo, con los pies apoyados en el suelo a uno y otro costado de la moto, miró por el retrovisor el coche negro que se había detenido de forma abrupta a pocos palmos de su rueda de atrás. El semáforo se puso en verde y ella giró a la derecha. El automóvil también. Quizá no hubiera de qué preocuparse, pero, por si acaso, redujo la velocidad y volvió a tomar una curva sin perderlo de vista.

El coche la siguió, muy pegado a ella en todo momento.

Jude accionó el acelerador y cambió a una marcha superior. Sintió el impulso del motor y, al mismo tiempo, una serie de estallidos que su cerebro reconoció como disparos de arma. Al mismo tiempo, la moto dio un tirón y la rueda de atrás se fue con fuerza hacia la izquierda. Se esforzó por mantenerse erguida, pero perdió el control y fue a estrellarse con su vehículo en el pavimento. El impulso y la diferencia de peso los separó hasta que se vieron avanzando uno al lado de la otra para, finalmente, detenerse en la embocadura de un callejón.

Aturdida y con los sentidos limitados por el casco, buscó a tientas el pasador de debajo de la barbilla, lo soltó, se deshizo del casco y se puso en pie.

Estaba intentando orientarse cuando se precipitó contra ella un cuerpo aparecido de la nada y la lanzó al suelo de un golpe. Antes de que pudiera vislumbrar siquiera un rostro, oyó un ejército de pies patear el suelo y sintió que le colocaban una bolsa de tela en la cabeza y la cegaban al mismo tiempo que le sujetaban las manos. Se revolvió y se puso a dar patadas, tratando de hacer los movimientos que había practicado en sus clases de defensa personal, pero ellos eran más.

¿Cuántos eran sus agresores? ¿Dos? ¿Tres? Quizá cuatro.

Mientras se afanaba en rechazarlos, intentó pensar en los posibles motivos de aquel ataque. ¿Un atraco, cosa que se había vuelto demasiado habitual en aquella parte de la ciudad? Peor. ¿No sería —y solo pensarlo le resultaba casi imposible—otro secuestro?

Uno de ellos le asestó un puñetazo. Otro la retuvo en el suelo con una rodilla apoyada en su columna vertebral y se inclinó hacia ella. Un hombre. Estaba segura de que era varón. Podía sentir su aliento caliente en la oreja a través de la bolsa que le impedía ver. Intentó concentrarse en el resto de sus sentidos. ¿Era alguien al que conocía? ¿Alguien que la conocía a ella? Necesitaba una pista; algo táctil, un rastro de olor, una voz… Sin embargo, el agresor no articuló palabra mientras le presionaba la tráquea con la mano y la privaba de oxígeno hasta que perdió el sentido.

# Capítulo 21

Uriah volvió a entrar a la casa después de asegurarse de que Jude se había marchado a su casa. Dentro encontró a Vang en el dormitorio, estudiando el contenido de un escritorio.

—Mira esto. —En la mano, protegida con un guante, sostenía recortes de periódico y fotografías en color de veinte por veinticinco—. El tío estaba obsesionado con ella.

Uriah tomó varios de aquellos documentos y se puso a hojearlos. Instantáneas de Jude en una cafetería, entrando y saliendo de su coche, corriendo en la orilla del lago… En ellas se notaba incluso el cambio de estación: Jude con pantalón corto y camiseta de tirantes, Jude con vaqueros y sudadera, Jude con un abrigo grueso, gorro de lana y guantes…

—Llevaba mucho tiempo espiándola —concluyó.

—Planeando y esperando el momento de atacar.

—¿Crees que era una fijación aislada? ¿Has encontrado fotos de alguien más? —Sobre todo, de alguien cuya desaparición se hubiera denunciado.

—Todavía no, pero aquí hay material de sobra. —Vang abarcó la mesa con un gesto de la mano—. ¿Por qué no miras ese cajón de abajo a la derecha? Yo todavía no he llegado ahí.

Estaba tan lleno que costaba abrirlo. Uriah tiró con fuerza y consiguió que cediera al fin y vomitase las fotos que retenía.

—Están tomadas con cámara instantánea —sentenció—. Una de esas imitaciones baratas de la Polaroid.

Vang levantó la mirada.

—No me sorprende.

El otro recogió las fotos que se habían derramado y su mente quedó paralizada mientras se afanaba en procesar lo que estaba viendo.

Jude, claro. Jude.

En todas ellas estaba desnuda. Sucia, con el pelo apelmazado y con el pecho, las piernas, la espalda y las caderas llenas de verdugones y de cortes. Una fotografía tras otra de degradación y tortura llevadas a extremos impensables.

«Por Dios bendito».

Tragó saliva.

¿Todo el cajón estaba dedicado a ella?

—¿Has encontrado algo? —preguntó Vang al centrarse en otro punto de la sala.

—Todavía no. —No quería que el otro viese las imágenes. No quería que las viera nadie y, sobre todo, no quería que las viera Jude. Lo que de veras deseaba era sacarlas de allí y prenderles fuego.

Y sí, todo lo que había en el cajón eran fotos de ella.

Tres años de fotografías, empezando por el fondo, cuando conservaba aún su aspecto saludable y tenía el pelo castaño y la mirada nítida. El desgaste progresivo y brutal de su cuerpo y de su mente había quedado documentado de manera intensa y sistemática.

—Joder —susurró Vang.

Uriah dio un respingo y volvió la cabeza para verlo apartarse dando un traspié con el rostro horrorizado antes de darse la vuelta para intentar ocultar su reacción. De espaldas al otro inspector, añadió:

—Podías haberme avisado, Ashby.

Había pensado que lo que había habido entre Jude y Vang había sido algo sin importancia, quizá uno de esos accidentes de los que enseguida se arrepentían las dos partes implicadas, pero en aquel instante se dio cuenta de lo equivocado que estaba. Se preguntó si Vang no la habría amado de veras en el pasado. ¿La amaba todavía? Su reacción no le pareció la de un conocido cualquiera, ni siquiera la de alguien que había trabajado con ella hacía más de tres años. Vang había estado al cargo de aquel caso y la culpa de no haber dado con ella debía de estar devorándolo.

—¿La conocías bien en aquella época? —preguntó Uriah por tantearlo.

Vang giró sobre sus talones, aunque siguió sin mirar las imágenes que tenía el otro en la mano.

—Era mi compañera. —Se encogió de hombros—. ¿La conoces bien tú?

¿Estaba celoso? ¿Enfadado porque Jude no fuese ya su compañera?

—Es muy difícil conocer a la Jude de hoy.

—Sí, ha cambiado mucho. Mucho. —Vang se quitó los guantes de látex—. Pensé que… No sé. Quiero decir que sabía que la habían trastornado, pero no esperaba encontrármela tan… tan cerrada. No esperaba que fuese a evitar a un viejo amigo.

—No es por ti, ni tampoco por mí. Está haciendo lo que tiene que hacer para protegerse.

—Lo sé.

—Pásame una de las cajas grandes de pruebas —dijo Uriah antes de que pudiese entrar nadie allí—. Voy a meter las fotos y la voy a sellar. No quiero que las vea Jude ni que sepa siquiera que existen.

Vang hizo lo que le pedía.

—Tengo que salir a que me dé el aire.

Cuando se quedó solo, Uriah lo guardó todo y lo precintó. Sin saber si iba a perder el conocimiento o a vomitar, pensó en Jude, en la Jude que conocía y no en la de las imágenes, y sintió una ira renovada contra Ortega por haber permitido que se reincorporase, porque ¿cómo iba a recuperarse nadie de la tortura y la brutal deshumanización que acababa de ver en aquellas instantáneas? ¿Cómo coño era posible?

# Capítulo 22

Jude volvió en sí de forma lenta y confusa.

Por un instante fugaz pensó que estaba de nuevo en la celda, pero no, a lo lejos oía el ruido del tráfico. ¿Y voces? ¿No estaba oyendo las voces de gente en la calle, risas y conversaciones?

Se quitó la bolsa de tela y rodó hasta quedar boca arriba. Sobre ella veía el cielo nocturno y los edificios que se alzaban a su alrededor.

«Sigo en el callejón».

Volvió la cabeza, aunque su vista tardó en seguir el movimiento. Pestañeando para volver a enfocar el mundo, recorrió con la mirada una extensión de muro de ladrillo hasta que topó con su motocicleta, de pie y con el casco pendiente del manillar.

Parecía un atraco, pero no se habían llevado la moto. Se palpó el bolsillo de la chaqueta y notó la forma del teléfono y, a su lado, la de la cartera. Seguía teniendo la pistola a la cintura.

Se puso de rodillas y se impulsó con las manos para enderezarse. Al ver que el suelo se agitaba, apoyó un pie para recobrar el equilibrio. Cada vez que se movía lo hacía también el suelo. Echó a andar hacia la moto como quien hubiese dado positivo en una prueba de alcoholemia. Consiguió sentarse y sacar el casco del manillar, aunque parecía pesar demasiado. Entonces se dio cuenta de que la correa estaba pegajosa.

A la luz que llegaba al callejón de la vía principal, observó el objeto que tenía en la mano mientras su cerebro negaba lo que tenía delante. La presión de sus oídos se volvió entonces hueca y densa, hasta que sintió el martilleo de su corazón procedente tanto del pecho como de la cabeza. Los sonidos que llegaban de más allá del callejón, propios de la vida nocturna de la ciudad, quedaron amortiguados y las luces se atenuaron.

Dejó escapar un grito ahogado y soltó el casco, que golpeó el suelo y rodó dejando un rastro de sangre.

Quedó un buen rato con la mirada clavada en la mancha antes de sacar el teléfono.

Roto.

Giró la llave de la moto e intentó arrancarla. No oyó nada más que un chasquido desalentador. Fue entonces cuando olió a gasolina.

Bajó de la moto, recogió el casco y, llevándolo como quien sostiene un cesto, echó a andar hacia las risas.

# CAPÍTULO 23

Era viernes por la noche. Los bares y restaurantes del barrio mineapolitano de Whittier estaban a rebosar y en sus calles paseaba gente con paso más o menos firme. Había un autobús esperando para llevarse a algunos de ellos a otra parte de la ciudad y parejas que se afanaban en encontrar las llaves o discutían por ver quién estaba en condiciones de conducir y quién debía más bien llamar a un taxi.

—¡Oh, Dios! Mira esa mujer —dijo Fatima, una de las menos bebidas de su grupo. Había dudado en salir después de oír hablar del marcado aumento de la inseguridad en las calles, pero era su cumpleaños y sus amigos la habían convencido para que lo celebrase con ellos. En ese momento había vuelto a asaltarla la inquietud.

Los demás levantaron la mirada y vieron a una mujer alta de pelo blanco y corto que se dirigía a ellos por la acera con un andar extraño. No tambaleante, sino vacilante, como si pisase arena blanda o como si estuviera muy muy cansada o muy muy borracha.

Tenía los pantalones desgarrados, una raja en la frente, sobre un ojo, y sangre que le corría por un lado de la cara y por el cuello. Llevaba una chaqueta de motorista, botas negras y un casco del mismo color en la mano.

«Ha tenido un accidente», pensó Fatima. Miró calle abajo esperando ver luces intermitentes y quizá un par de vehículos destrozados.

Algunas de sus acompañantes se echaron a reír. Una de ellas lanzó un chillido y se colgó con aire embriagado del tipo que tenía más cerca.

—No me digas que nos estamos perdiendo el desfile zombi.

La extraña se acercó a ellos dando tumbos y ahogó con ello las risas que habían estallado ante el comentario. Fatima quedó petrificada y su novio apretó el brazo con que la sostenía por la cintura.

La mujer llegó a una farola y se detuvo.

—¿Eso es sangre? —Una de las amigas de Fatima, la que la había convencido para salir, señaló el casco.

Sí que era sangre, decidió ella. Y mucha.

Su novio se inclinó hacia ella.

—Llama a la poli —susurró.

—Es de mentira —dijo su amiga.

—¿Dónde está la cámara? —añadió otro.

Una risita nerviosa recorrió la muchedumbre y Fatima empezó a desear que fuese de veras una broma, que hubiera alguien grabándolo y que al día siguiente el vídeo llegase al millón de visitas en YouTube.

La mujer del pelo blanco oyó lo de llamar a la policía y miró fijamente a Fatima y su teléfono antes de empezar a caminar hacia ella.

La joven se separó de su novio, sacó el móvil y llamó a emergencias.

—Está pasando algo raro —dijo al operario que la atendió, un hombre de voz relajada y fría que la empujó a desear creer que todo iba a salir bien—. Hay una mujer… —¿Cómo lo explicaba…?— Hay sangre. Por lo menos parece sangre.

La mujer se había acercado más y ella dio un paso atrás. El corazón se le salía del pecho. La desconocida del pelo blanco tenía los ojos de un azul clarísimo, aunque no fue el color de sus ojos lo que hizo que se le secara la boca, sino la intensidad con la que miraban, como si estuvieran contemplando directamente el alma de Fatima. O como si Fatima fuese su presa.

¿De qué le sonaba? ¿Dónde había visto antes su cara?

—¿Qué le ocurre? —preguntó el de la centralita—. ¿Está en peligro?

A la muchacha le tembló la mano. Al final dijo con un hilo de voz:

—Es esa mujer… La policía a la que secuestraron y luego se fugó. Jude lo que sea. —Había aparecido en todos los medios y durante un tiempo ella misma había recibido toda clase de notificaciones al respecto en Facebook. Intentó recordar lo que había leído. Algo de que la habían torturado.

La mujer se abalanzó y le arrancó el teléfono de las manos para llevárselo a la oreja e identificarse ante el operador. «Jude Fontaine, eso era». Las palabras *inspectora* y *homicidio* llegaron entonces al cerebro de Fatima, que miró aterrada a la mujer que tenía delante.

La inspectora Jude Fontaine debió de sentir su miedo, porque alzó los ojos, clavó en la joven aquella mirada profunda suya y alargó un brazo para tocar el de Fatima y estrecharlo con aire de «No pasa nada» mientras bajaba la barbilla con un gesto que pretendía ser reconfortante.

Temblando, la joven inspiró, se relajó un tanto, bajó la vista al casco que llevaba en la mano la inspectora y se puso a gritar.

Dos horas después de dar con las dichosas fotos, Uriah se dirigía al fin a casa desde el lugar de los hechos, haciendo lo posible por borrar las imágenes que le abrasaban el cerebro. Si de él dependiera, Jude no sabría jamás de su existencia. Le había sorprendido que se hubiera sincerado tanto con él, pero, si el hecho de volver a la casa había hecho que reviviese su secuestro, no quería imaginar siquiera lo que podría ocurrirle en caso de ver la documentación cronológica de aquel encierro.

Con una mano, seleccionó su número en el teléfono. Aunque cuando se despidieron le había dado la impresión de estar muy entera, los traumas pueden tardar un tiempo en hacer efecto. Saltó de inmediato el contestador automático. Estaba pensando en hacerle una visita cuando le entró una llamada.

Era de un agente llamado Emanuel que trabajaba en el barrio de Whittier.

—Pensé que querría saber que han encontrado a su compañera andando por la calle hace hora y media —anunció— con una cabeza cortada dentro del casco.

No era fácil pasar por alto la concentración de coches patrulla, por mucho que distara el tinglado que había montado frente a aquel establecimiento tan popular de Mineápolis del que se daba en el lugar de los hechos durante una investigación criminal. No había cinta amarilla ni equipo alguno de la científica reconociendo la zona.

Uriah aparcó en el bordillo, apagó el motor y salió del vehículo. Buscó a Jude con la mirada y, aunque no la encontró, dio con Emanuel, el policía que lo había llamado.

—¿Y la inspectora Fontaine? —preguntó.

—En el laboratorio móvil. —El agente señaló uno de los furgones blancos levantando el pulgar por encima del hombro—. ¡Qué sangre más fría! Yo creo que es la que está menos alterada de todos nosotros, aunque supongo que, después de todo lo que ha sufrido, una cabeza cortada no debe de ser gran cosa. No sé si me explico…

Uriah no hizo nada por ocultar su enfado ante un comentario tan insensible.

—Dudo que haya nadie que no se descomponga por una cosa así. Lo que pasa es que ella ha aprendido a esconder su reacción. Y hablando de la cabeza…

Una agente protegida con guantes de látex abrió la tapa de la caja de cartón forrada de plástico que sostenía. Dentro había un casco de motorista ensangrentado. El casco de Jude. Aunque Uriah era inspector de homicidios y había visto el rostro de la muerte en sobradas ocasiones, a su cerebro le costó aceptar la imagen que se le ofrecía, porque, para un ser humano normal, el mal en estado puro no es fácil de reconocer y mucho menos de entender.

Desde el interior del casco lo miraba la cabeza de una muchacha con lápiz de ojos grueso y pelo oscuro y brillante. Una muchacha con la que había hablado aquella misma tarde.

Lo invadió una oleada de náusea.

—¿La reconoce? —quiso saber Emanuel.

—Sí. —Uriah tenía la mirada clavada en el interior del casco, aunque habría querido poder apartarla—. Es Lola Holt.

# Capítulo 24

Uriah seguía con la mirada clavada en el interior de la caja cuando la agente cerró la tapa y se llevó las pruebas.

—Voy a llamar a los padres —dijo, muy consciente de que habían encontrado muerta a Lola Holt unas horas después de que hubiesen hablado con ella Jude y él—. ¿Sabéis algo del cuerpo?

Emanuel apoyó una mano en el cinturón.

—Tenemos a nuestra gente registrando la zona en la que atacaron a su compañera, pero todavía no hemos encontrado nada.

Si a la familia ya le costaba bastante enfrentarse a un cuerpo sin vida, costaba imaginar lo que debía de ser tener delante una cabeza sin cuerpo.

—Le han pegado un tiro a la moto de Fontaine. —Emanuel señaló calle arriba—. Saltaron encima de ella en un callejón que hay a un par de manzanas de aquí. La mayoría de los del equipo del BCA están allí. Tiene que ver el sitio. Su moto estaba allí con las llaves puestas. No se han llevado nada. Ni siquiera el teléfono, aunque está roto.

—¿Han encontrado casquillos?

—Todavía no. Las balas le han reventado un manguito del combustible y la rueda de atrás.

—De modo que podían estar apuntando a la moto y no a Jude.

—Eso parece. La moto va con el resto de las pruebas. He pedido una grúa para que se la lleve.

Alguien llamó a Emanuel y le hizo un gesto para que se acercase. Uriah se dio la vuelta y se dirigió al furgón blanco en el que estaban sacando cuanta información podían de la inspectora.

—Ya hemos acabado casi —anunció uno de los de la científica al verlo llegar—. Hemos metido en bolsas su ropa y sus zapatos. No podemos hacer mucho más.

—Gracias.

Dentro del vehículo estaba sentada Jude con un mono desechable azul, una manta de algodón blanco sobre los hombros y un corte encima del ojo.

—¿Has visto mi casco? —preguntó.

—Sí. —El recién llegado se sentó en el banco que había al lado de ella—. Sí que lo he visto.

—Es ella, ¿verdad?

—Ya lo creo. De todos modos, vamos a tener que esperar a que la identifiquen los padres para hacer un comunicado oficial a la prensa.

—¿Han encontrado el cuerpo?

—Todavía no. ¿Qué ha pasado, Jude?

Sin mirarlo, quizá por evitar la distracción que habría supuesto hacerlo, le habló del mensaje de texto que había recibido de Lola Holt y de su intención de ir a reunirse con ella en la cafetería.

—Te hicieron venir hasta aquí. Te estaban observando.

—Eso parece.

—¿Viste a alguien?

—Qué va. Me taparon la cabeza enseguida.

—¿Voces, ruidos…?

—Nadie dijo nada.

—Pero ¿por qué no te han matado? Esa es la pregunta del millón. No tienen ningún escrúpulo a la hora de matar y decapitar a una cría adolescente, pero a ti te dejan con vida.

—Yo tampoco lo entiendo. En cuanto a lo de Lola Holt, puede que estén intentando mandar un mensaje a las demás muchachas: «Como se os ocurra iros de la lengua vais a acabar así». —Se dejó caer contra la pared del furgón echando atrás la cabeza.

Uriah casi sentía el agotamiento de su compañera.

—Alguien nos ha tenido que ver con ella esta tarde —dijo Jude—. Con razón tenía tanto miedo. —Pausa—. Ha sido culpa nuestra.

—Estábamos haciendo nuestro trabajo. Además, si se hubiera sincerado con nosotros, es muy probable que no hubiese pasado esto.

—Lo sé, pero no puedo evitar pensar que podíamos haberlo llevado de otro modo.

—¿Y qué me dices del ataque que has sufrido?

—¿Una advertencia? ¿Un juego? Conmigo, desde luego, tenían garantizada la atención de la prensa.

Uriah había estado pensando lo mismo.

—No se va a hablar de otra cosa.

En ese momento apareció por el portón trasero la técnica de la policía científica.

—Nosotros hemos acabado. Cuando quieras puedes irte —dijo a Jude—. Lo siento, pero vamos a tener que quedarnos con tu ropa un tiempo.

La inspectora se incorporó ayudándose con las manos y permaneció un momento de pie para recobrar el equilibrio antes de apearse sin ayuda, aunque vigilada por Uriah, que se preparó para acudir en su auxilio en caso de que lo necesitara, porque sabía que, si se lo ofrecía, ella lo iba a rechazar.

—Voy a coger un taxi para que me lleve a casa —dijo en cuanto dio con los pies en el suelo.

Aunque acababan de dar las doce de la noche, había un par de aves confundidas cantando en la oscuridad.

—Déjame que te lleve y deje a un par de agentes en tu puerta. Quien haya hecho esto sigue por ahí suelto.

Jude no se negó y, por una vez, dio la impresión de estar demasiado extenuada como para advertir las señales que, sin duda alguna, estaba lanzando él, en esta ocasión por las dichosas fotos.

# Capítulo 25

Cuando llegaron a casa de Jude, Uriah buscó signos de que hubieran forzado la puerta. Con todo, el apartamento parecía seguro. Estaba en una cuarta planta, tenía una sola entrada y la puerta era una plancha gruesa de metal con una cerradura impresionante. Jude había caído ya dormida en el sofá cuando se presentaron los dos agentes de paisano, de modo que Uriah tuvo que despertarla para pedirle que cerrase con llave cuando él saliera.

Después de dejar el apartamento, condujo directamente a casa de los Holt, cuya puerta fue a abrir un hombre de poco menos de cincuenta años con pijama de cuadros escoceses y una camiseta interior blanca de cuello de pico. Charles Holt. Su esposa, Donna, la mujer con la que habían hablado el día que fueron allí con la esperanza de ver a Lola, apareció tras su marido atándose una bata blanca y con el pelo pegado a un lado de la cabeza. Los había sacado de la cama.

Los policías practicaban esas cosas: cómo dar malas noticias. Uriah, de hecho, había asistido a un cursillo en el que los agentes probaban distintos métodos con sus compañeros y en el que había aprendido que no había nada mejor que informar con claridad y concisión. Lo cierto era que el familiar o allegado lo sabía antes de que se le dijera nada. Eso era lo que le había enseñado no solo la práctica de su profesión, sino también su propia experiencia. Porque él también había estado al otro lado de aquella puerta.

No servía de nada intentar calmar los ánimos, charlar unos instantes y hacer que se sentaran. Había que comunicarlo cuanto antes para evitar que el cerebro empezara a crearse su propia versión de los hechos. También entendía el funcionamiento de aquel mecanismo, pues cuando uno sabe que lo que viene es malo, corre a aferrarse a un mal más llevadero, como a la idea de un ser querido malherido en lugar de muerto. Entonces es normal que se imagine cómo cuidará de esa persona y cómo se enfrentará ella misma a la gravedad de sus heridas. Es natural que firmemos pactos así con nosotros mismos. Quizá se trate del modo que usa nuestra mente para evitarnos un mazazo repentino: presentarnos un horror menor para allanar el terreno ante la cruda realidad.

Uriah prefería entrar en materia sin ambages. Directa y claramente. Y eso fue lo que hizo, no solo con la noticia de la muerte de Lola Holt, sino también con la de las circunstancias en que se había producido, porque no había nada en el mundo que pudiera suavizar aquel golpe. De nada serviría andarse con preámbulos ni sentarse.

Los Holt se abrazaron. La conmoción se apoderó de sus rostros. Se volvieron y, con movimientos torpes y erráticos, entraron en la sala de estar para dejarse caer en el sofá sin dejar de murmurar palabras de negación e incredulidad.

El inspector conocía también aquella parte y sabía lo que seguía a la negación: el dolor y, a renglón seguido, la bruma. Sin ella, una persona se rompería en mil pedazos.

—Dejen que los lleve al depósito de cadáveres —se ofreció. Ninguno de ellos estaba en situación de ponerse tras un volante.

Tardaron unos instantes en reaccionar a aquellas palabras. Esperó. Entonces, los dos desaparecieron para vestirse y volvieron a presentarse con lo que habían encontrado: una chaqueta demasiado fina para una noche fría, un bolso, una billetera… Todo formaba parte de una vida que no tenía ya ningún sentido.

El inspector no recordaba cómo había llegado al tanatorio al morir Ellen. En su memoria tenía una laguna colosal correspondiente a esos momentos. Llamó la policía a su puerta y lo siguiente que recordaba era estar en el depósito, como si se hubiera teletransportado.

—No olviden cerrar la puerta —advirtió al matrimonio.

Los Holt buscaron la llave y la echaron.

Uriah pocas veces se planteaba si había elegido bien su vocación, pero en ese instante no lo tuvo nada claro. Le pareció que cualquier otra profesión sobre la faz de la tierra tenía que ser preferible a la que ejercía entonces.

Puso a los Holt en el asiento de atrás, donde se abrazaron en medio de un silencio que solo interrumpieron con sollozos. Después de registrar su entrada en el depósito de cadáveres, los llevó por un pasillo iluminado por tubos fluorescentes hasta una sala destinada a las visitas. Cuando el ayudante del turno de noche retiró la sábana, Uriah sintió casi que el lugar se tambaleaba.

Nada podía haber preparado a aquellos padres para la contemplación de la cabeza cortada de su hija. No había modo alguno de que el cerebro humano fuera capaz de procesar semejante horror. Sin embargo, la realidad era incontrovertible. Aquellos desdichados no solo habían perdido a su niña, sino que la habían perdido en las circunstancias más pavorosas que pudieran imaginarse.

—¿Es ella? —preguntó el inspector sin alzar el volumen, como un director que indicase a los actores que tenían que salir a escena. Al mismo tiempo, no pasó por alto que le temblaba la voz. Tampoco se avergonzó. Lo vergonzoso habría sido no hacerlo. Eso sí que habría sido para preocuparse.

El padre de Lola asintió con un movimiento de cabeza. Tenía la boca contraída en una mueca de dolor. A su lado, su esposa dejó escapar un gemido de angustia antes de que le fallaran las piernas. Uriah consiguió evitar que cayera y la ayudó a sostenerse mientras el marido permanecía de pie con la mirada fija y la mente incapaz de entender lo que ocurría ante sus ojos.

¿Había un límite en lo que podía soportar el cerebro? Si lo había, aquellos padres merecían tener el don del olvido.

El marido reaccionó de pronto, se agachó y ayudó a Donna Holt a ponerse en pie, posición que mantuvieron un rato, demasiado aturdidos para pensar siquiera en lo que debían hacer a continuación.

Uriah también se sintió un tanto mareado. Quizá por las similitudes entre el suicidio de Ellen y la muerte de aquella cría. La llamada a la puerta a mitad de la noche. La muerte de dos jóvenes que tenían la vida por delante. El mismo depósito de cadáveres. Semejantes coincidencias lo dejaron tan confundido que por un instante pensó que había ido a identificar el cadáver de su mujer.

Pero no.

Aquello se había acabado.

Aquello ya había ocurrido. Lo había superado. Había quedado destrozado, pero al fin había vuelto. No era el mismo, pero había vuelto.

El gesto más amable que podía ofrecer en ese instante era el de dejar en paz a los Holt con su dolor. Dio las gracias al ayudante y acompañó afuera al matrimonio. Una vez allí, llamó a un taxi y los mandó a casa.

# Capítulo 26

De pie ante la casa de los Holt a la cruda luz de la mañana mientras esperaban a que les abriesen la puerta, la inspectora miró a su compañero y observó la palidez de su piel, la humedad del pelo que le rodeaba la cara y el atisbo de tensión que tenía en las comisuras de los labios. En el trayecto habían decidido que era mejor que hablase Uriah, puesto que tenía ya cierta confianza con el matrimonio, pero en aquel momento Jude se dio cuenta de que no estaba en condiciones de hacer las preguntas. Sintió cierta vibración procedente de su interior, un temblor interno que contrastaba con el aspecto calmado, propio de quien domina la situación, que hacía patente. Supuso que su reacción debía de tener algo que ver con la esposa que había perdido. Se preguntó si estaría más en condiciones de trabajar en homicidios de lo que pensaba él que estaba Jude. Las emociones que había enterrado no se hallaban muy lejos de la superficie y cada desgracia que ocurría parecía hacerlo más vulnerable. Su estado de ánimo podía ser invisible al resto, pero estaba ahí, demasiado patente para que ella lo obviara, aunque demasiado personal para que pudiese abordarlo.

Oyó pasos procedentes de la casa y dijo:

—Yo me encargo. —Además de interrogarlos, tenía la intención de estudiar a los padres de cerca, porque nadie estaba libre de sospecha y menos aún los familiares.

Fue Charles Holt quien respondió a la puerta. Jude sacó la placa y se presentó.

—A mi compañero creo que ya lo conocen. Sabemos que no es buen momento, pero nos gustaría hacerles unas preguntas a usted y a su mujer. —Se metió en el papel de poli compasiva, no porque su conmiseración no fuese real ni porque no sintiera el dolor de aquel matrimonio ni cierto eco conocido de pena y afinidad, sino porque, al mismo tiempo, su nueva vida consistía en mirar el mundo a través de una ventana. Se sentía más observadora que participante, lo cual, en su situación, resultaba muy ventajoso.

—¿Han encontrado el cuerpo? —preguntó el hombre.

—No. —Jude volvió a guardar en la chaqueta la placa y su funda de cuero.

—Hay que organizar el funeral. Tienen que encontrar lo que falta. —La voz del padre se quebró al decir las tres últimas palabras.

—Estamos en ello —aseveró Uriah.

El padre se quedó mirándolos un rato demasiado prolongado hasta que, de pronto, dio la impresión de recordar por qué estaban allí aquellos inspectores.

—Mi mujer está arriba durmiendo.

—En ese caso —dijo Jude—, podríamos empezar con usted. A lo mejor ella se siente en condiciones de vernos antes de que nos vayamos.

Quien está sufriendo un duelo así tiende a obedecer sin preguntas o montar en cólera y lanzarse a un ataque verbal. El señor Holt hizo lo primero y los invitó a pasar.

El interior tenía las paredes de colores vivos, decoración ecléctica y plantas que subían hasta el techo, se daban la vuelta y seguían creciendo en dirección al suelo de madera. Bohemio, artístico y, en aquel instante, de una alegría casi cruel. Se sentaron en un sofá situado frente a una mesita.

—La hice yo —señaló el hombre al ver a Jude pasar los dedos de forma inconsciente por la superficie de madera.

Al percatarse de lo que estaba haciendo, la inspectora apartó la mano y repuso:

—Es muy bonita.

—No sé si mi mujer será capaz de hablar con ustedes. Anoche se tomó un sedante para poder dormir.

—Lo entiendo. —Jude no tenía lazos reales que la uniesen a nadie, pero podía imaginar lo que debía de ser. Todavía recordaba haber sentido amor, aunque dudaba mucho que quisiera volver a experimentarlo. Ni siquiera sabía lo que se sentía teniendo un animal de compañía. Es verdad que le daba de comer al gato del tejado, pero pensaba en él como en los platos que había en el apartamento cuando se instaló. No era de nadie. Era lo mejor que podía hacer y lo cierto es que le estaba funcionando. Por el momento. Quizá para siempre. El simple hecho de dejar que acudieran a su mente esos pensamientos le supuso una nueva oleada de compasión por los Holt, cosa que no podía permitirse. A veces el mundo era, sin más, excesivo.

—Lola lo era todo para nosotros —dijo él—. Todo. Donna no podía tener hijos. Lo intentamos durante años y entonces, cuando ya lo habíamos dado por imposible, se quedó embarazada. Nuestra hija era un tesoro, un regalo.

—Lo siento. —Eran las palabras adecuadas para tal situación. Las únicas posibles, en realidad.

—Tengo la impresión de que le hemos fallado. Le hemos fallado. Teníamos que haber estado más pendientes de ella.

—No es culpa suya —dijo Uriah.

—Sí que lo es. Un padre tiene la misión de proteger a sus hijos. Yo tenía una misión importante que era velar por su seguridad.

Sobre sus cabezas oyeron ruido de movimiento. Un golpe apagado, el sonido de una puerta al abrirse y al cerrarse, unos pasos que se van perdiendo antes de volverse más pronunciados…

—¿Qué está haciendo aquí esta gente?

Todos volvieron la cabeza.

En la escalera, a medio camino entre las dos plantas, se encontraba la señora Holt, con un pantalón de pijama demasiado frívolo para el giro que acababa de dar su vida y una camiseta vieja con letras blancas desgastadas. Tenía los ojos rojos y el rostro hinchado.

—¿Por qué los has dejado entrar? —gritó a su marido—. No pueden estar aquí. En nuestra casa, no.

Uriah se puso en pie.

—Sentimos la intrusión. Solo vamos a hacerles unas preguntas. Después nos iremos.

—Me da igual lo que hayan venido a hacer. Fuera de aquí ahora mismo.

—La entiendo, pero...

—A menos que le hayan decapitado a una hija, no me diga que me entiende. —Levantó el brazo y reveló con el movimiento un revólver con el que apuntó a Uriah—. ¡Fuera, he dicho! —le espetó—. ¡Largo de mi casa!

El señor Holt ahogó un grito.

—¡Donna!

La mujer dirigió entonces el arma hacia su marido.

—No los quiero ver aquí.

Jude se puso en pie lentamente. Tenía delante la mesilla y detrás el sofá. La otra movió el cañón para dirigirlo al pecho de la inspectora, quien, sin embargo, no sintió miedo.

Un brazo tembloroso, un revólver convulso, lágrimas, rabia y odio.

—Mi hija está muerta por ustedes. Porque vinieron a verla. Porque la persiguieron en el funeral. Sí, me lo contó todo. —Cada palabra era como un arma arrojadiza—. La pusieron en peligro y ahora está muerta. Por su culpa.

Jude no se veía capaz de rebatírselo. Había sido culpa suya. Si hubiese actuado con más discreción… Si no hubiesen dado caza a Lola delante de todo el mundo, durante una ceremonia a la que era más que probable que hubiese asistido también el asesino, podría ser que aquella chiquilla siguiera aún con vida. Empezó a repetir su última disculpa, pero se contuvo de inmediato. «Lo siento» se decía cuando uno chocaba con alguien en la calle. «Lo siento» servía para un malentendido, pero no para un asesinato.

—Donna. —El marido, aquel marido destrozado, dio un paso hacia su mujer.

El arma giró en su dirección. La madre seguía de pie en las escaleras, demasiado lejos para que Jude y Uriah pudieran abalanzarse sobre ella.

—¿Alguno de ustedes tiene hijos? —les preguntó.

Jude negó con la cabeza y Uriah hizo el mismo movimiento.

—¿Lo ves? —Lanzó como un dardo la pregunta a su marido—. ¡Ni siquiera saben lo que es! ¡Ni siquiera saben cómo nos sentimos! Nuestra hija seguiría viva si no la hubiesen puesto en el centro de atención, si no la hubieran señalado.

Con aquella acusación volvió a mover el cañón del revólver, que esta vez se descargó con un ruido ensordecedor. El impacto reventó el sofá, que lanzó al aire parte del relleno.

Una vez apretado el gatillo, la señora Holt dejó escapar un alarido y bajó rugiendo las escaleras con el arma empuñada con ambas manos y poseída por la furia y el dolor mientras efectuaba un disparo tras otro.

Jude y Uriah se lanzaron tras el sofá al unísono. Las lámparas se hacían añicos. Las fotografías se estrellaban contra el suelo. El marido soltó un grito y cayó al suelo. Y por encima de todo aquello se oía el agudo gemido de la mujer.

En aquellos segundos cargados de adrenalina, mientras se agolpaban las ideas en su mente a medida que descartaba un plan de acción tras otro, Jude se sorprendió pensando: «Hace usted muy bien». Aunque sabía que tenía que poner fin a aquella situación, se había puesto del lado de la madre, a quien aplaudía en el fondo.

Del mundo que había al otro lado de la casa, más allá del zumbido de oídos y del dolor demente, llegó sonido de sirenas.

Habían llamado a la poli.

«Han oído los disparos».

La mujer debió de oír también las sirenas, porque batió con los pies el suelo de madera mientras avanzaba hacia Jude y Uriah con una intención muy clara, lo que solo dejó una opción a los inspectores.

Los dos se pusieron en pie de un salto con las armas desenfundadas y los brazos extendidos mientras Uriah le gritaba que soltase el arma.

En ese instante echaron abajo la puerta principal y entraron en tromba un agente de uniforme tras otro.

En un momento así no había nada más espeluznante ni descorazonador que el chasquido desesperado del percutor al golpear una y otra vez la cámara vacía. Donna Holt seguía apretando el gatillo. El de su mecanismo fue el único sonido presente en la sala hasta que se oyó un gemido.

Todos centraron su atención entonces en el marido que sangraba en el suelo. Uno de los agentes llamó a una ambulancia mientras Jude corría al lado del herido y Uriah ayudaba a contener a la mujer.

Puede que sus vidas no hubiesen sido perfectas. Puede que el señor Holt estuviera manteniendo una aventura o que su esposa ansiase algo más de su matrimonio y estuviera resentida por las horas que dedicaba él a su trabajo o a sus aficiones. Quizá la adolescente fuera una maleducada narcisista que contestaba a sus padres y llegaba tarde a casa por la noche, porque es lo que hacen los adolescentes. Con todo, aunque fuese así, nunca iban a tener la ocasión de arreglar lo que no iba bien, de resolver la situación, perdonarse o hallar la paz que se impone con el tiempo. Quedarían encerrados para siempre en ese instante y aquella pérdida daría forma a cada inspiración que hiciera la pareja durante el resto de su existencia.

—Lo siento —susurró Jude al hombre que yacía en el suelo. Ya no podía seguir despersonalizándolo. Esta vez sentía en lo más hondo cada una de sus palabras. Esta vez las ligó a un dolor que acusaba en sus entrañas—. Lo siento mucho.

# Capítulo 27

—Vamos a hablar de la inspectora Fontaine. —Ortega apoyó una cadera contra su escritorio y cruzó los brazos.

Uriah no tomó asiento. Prefirió quedarse cerca de la puerta cerrada del despacho. Apenas habían pasado unas horas desde que Jude y él se habían parapetado tras el sofá de los Holt.

Al otro lado de los tabiques de cristal, su compañera y Grant Vang se hallaban sumidos en un debate intenso relacionado tal vez con el grupo operativo que estaban reuniendo en torno al asesinato de Holt y Masters.

Tenía que reconocer que Vang sabía mantener la calma con Jude. No había actuado de forma extraña después de ver las fotografías, cosa que él no estaba seguro de poder decir sobre sí mismo. Había visto a Jude mirarlo un par de veces con gesto extrañado y sabía que sospechaba algo. Si le preguntaba qué ocurría, le mentiría y ella recelaría también de su reacción. Aun así, con independencia de lo bien que pudiese estar llevando su vuelta al trabajo, estaba convencido de que no querría saber de la existencia de aquellas fotos ni que él las había visto.

—He cometido un error —dijo Ortega—. No tenía que haberla dejado volver. Tenías razón. Ahora me parece una crueldad. —Se encogió de hombros como para subrayar su opinión—. A lo mejor no habría sido mala idea si la situación hubiese sido normal, pero hace tiempo que nada es normal por aquí. Ha sido una impresión tras otra y no quiero imaginar qué impacto puede estar teniendo todo esto en ella. Primero, encuentra la casa con el cadáver, luego la atacan y le dejan una cabeza cortada y, por si fuera poco, a todo eso hay que sumarle la que se ha armado en casa de los padres de la víctima.

A veces, Uriah tenía la impresión de que Ortega era demasiado sensible para el puesto de jefa. Había incorporado a Fontaine porque lo sentía por ella y, en ese instante, quería echarla de allí por el mismo motivo. No parecía entender que marearla de ese modo era peor para ella.

—Yo vi a Fontaine después de la agresión que sufrió —repuso él— y parecía estar llevándolo muy bien. Ni siquiera se alteró.

—En público, pero quién sabe cómo reacciona cuando nadie la ve. Además, si de verdad no la afecta, es para preguntarse en serio por su estado mental. —Rodeó su escritorio para sentarse—. Estoy pensando en decirle que se tome dos semanas de permiso y luego ofrecerle quizá seis meses de baja con el sueldo íntegro y un plan de seguro médico. —Entonces le clavó la mirada—. A no ser que puedas convencerme de lo contrario. ¿Qué impresión te ha dado ahí fuera, en la calle?

—Fontaine no está bien ni lo va a estar nunca, sospecho, pero ¿quién de nosotros lo está? Una vez que hemos tenido que investigar uno, dos o tres asesinatos, ¿no vivimos y trabajamos con un conocimiento distinto de lo que es capaz de hacer el mundo? ¿No estamos por lo menos un paso más cerca de venirnos abajo? Ella, sin embargo, siempre está centrada. No hay nada que la distraiga. Hasta ahora, ha sabido mantener la calma de una manera impresionante cuando lo ha requerido la situación. No me haría ninguna gracia perderla.

—Nunca pensé que te oiría defenderla.

Uriah también estaba sorprendido.

—Al principio estaba preocupado por ella —reconoció—, pero creo que, en realidad, su experiencia la ha hecho mejorar como policía y le ha dado más herramientas para hacer frente a todo lo que se le ponga por delante.

—Si no se derrumba.

—Pero eso nos puede pasar a todos.

—Está bien. No la mandaré a casa, al menos por el momento, pero tendrás que vigilarla. —Parecía aliviada por no tener que lidiar con la situación de decir a Fontaine que dejase el trabajo activo—. Hazla pasar, que quiero hablar con ella en privado.

—El inspector Ashby me ha dicho que quería verme. —Jude se presentó en el despacho de Ortega preguntándose si estaba a punto de despedirla.

Sentada tras su mesa, Ortega jugueteaba con su bolígrafo, una actitud nerviosa que la inspectora entendió como un mal presagio.

—¿Cómo va todo? —preguntó su superior—. ¿Te alegras de haber vuelto? —Tenía la mesa plagada de retratos enmarcados y plantas hojosas cuyos nombres desconocía Jude.

«Una planta podría estar bien», pensó.

—A veces es incómodo, lo reconozco —repuso Jude—, y me preocupa que mi celebridad, por falta de una palabra mejor, pueda estar detrás de la muerte de la última chiquilla y eso hace que me pregunte si es bueno que esté aquí. —Quizá la había llamado por eso. Ortega debía de estar pensando lo mismo.

—Te tuvieron tres años encerrada. Yo no sé lo que haría en tu situación, pero creo que querría alejarme del trabajo policial tanto como me fuera posible. A lo mejor irme a Disney World o viajar a París. ¿Has salido alguna vez del país?

Sí, estaban a punto de despedirla.

—De pequeña fui a Irlanda con mi padre y mi hermano, aunque no recuerdo gran cosa. —Aquella aventura se había concebido como distracción tras la terrible muerte de Natalie Schilling.

—A lo mejor deberías pensar en hacer un viaje. La vida pasa muy rápido.

—Yo tengo la impresión de que se ha detenido.

—¿Qué es lo que quieres, Jude? Tienes que querer algo. Olvida lo de viajar. ¿Qué quieres en este mismo instante? ¿Qué deseas para ti? Desde un punto de vista espiritual o emocional. O en un plano más mundano.

Jude pensó en comprar una planta, pero se preguntó si seguía teniendo en su interior lo necesario para cuidarla.

—Quiero lo que no puedo tener —decidió.

—¿Y qué es? —Ortega accionó el resorte de su bolígrafo y Jude se sintió de pronto como delante de la psicóloga del departamento.

Estudió la superficie del escritorio preguntándose si no habría recibido Ortega un informe actualizado. No vio ninguna carpeta, aunque también era posible que la tuviese guardada en un cajón. Se centró en la pregunta que le hacían y buscó la verdad en su interior. ¿Qué era lo que quería?

—Mi antigua casa, mi cama, mis platos, mi ropa, mis libros — concluyó con una claridad repentina. Y a Eric—. Eso era lo único que me hacía seguir adelante cuando estaba en aquel lugar. Lo único que me mantenía con vida. Pensar en volver allí.

Ortega le dedicó una leve sonrisa y Jude tuvo la sensación de que la había hecho feliz.

—Siéntate, cielo.

La inspectora obedeció, un tanto sorprendida por sus propias palabras y por lo ciertas que eran.

Seguía atesorando los recuerdos de días más felices igual que lo había hecho estando en la celda, en *su* celda. Quizá por eso había sentido la necesidad de meterse en ella y cerrar la puerta el día anterior. Dios. ¿Solo había pasado un día? Con todo lo que había ocurrido, parecía que hubiesen sido semanas.

De haber entrado en la celda, ¿habría tenido la impresión de estar disfrutando de una segunda oportunidad? ¿Habría tenido la ocasión de empezar de cero su huida y volver a casa para recibir la cálida bienvenida con la que tanto había soñado? Todo era muy poco realista, por supuesto, pero el cerebro rechazaba a menudo la lógica en favor del deseo.

—¿Has ido a verlo? —preguntó Ortega—. A Eric.

—Desde la noche que me escapé, no. —Había intentado no pensar en aquella noche. La psicóloga también le había preguntado al respecto.

—Pues quizá deberías hablar con él. A lo mejor así puedes dar por cerrado ese capítulo.

—O puede que consiga reabrir la herida.

—¿Estarías dispuesta a verlo?

—No lo sé. Puede que sí.

—Si te he hecho venir es porque ha llamado preguntando por ti. Quería saber cómo lo llevabas. Me ha pedido tu número de teléfono, aunque yo, claro, no se lo he dado. —Entonces se inclinó hacia delante y apoyó los codos en la mesa—. También te he llamado para decirte que este fin de semana tenemos barbacoa en casa. Mi marido ha comprado una nueva y está deseando estrenarla. —Puso los ojos en blanco—. Le encantan esas cosas, no sé por qué. Van a venir Vang y Ashby, y también Harold, el del departamento de pruebas. Deberías apuntarte.

—¿Es obligatorio?

—Claro que no, pero me gusta que mis inspectores se reúnan estando fuera de servicio. No en un bar, sino en ocasiones más hogareñas. En este trabajo hay que buscar un equilibrio si no quieres que te consuma. —Rebuscó en su mesa, dio con una hoja que tenía algo escrito, añadió algo más y se lo pasó—. Mi dirección. El sábado a las cuatro. Quién sabe hasta qué hora.

Jude aceptó el papel. Tenía el escudo de la comisaría en una esquina, el nombre de la jefa Ortega en la parte superior, la dirección de su casa y una serie de números que conocía.

Una barbacoa. Hombres con delantal. Niños, quizá también perros, corriendo de un lado a otro. Ni siquiera sabía si estaba lista para cuidar de una planta y Ortega le ofrecía una porción aún mayor de normalidad. Había algo que lo convertía en la peor idea que se le pudiera ocurrir a nadie.

—Dudo que vaya, pero gracias por la invitación.

—El número de teléfono —añadió Ortega señalando— es el de Eric.

«Eric».

—Me he estado preguntando qué habrá hecho con todas mis cosas. —Quizá era eso de lo que quería hablar con ella—. Si tengo que ser sincera —dijo mientras doblaba la hoja—, pensaba que me había llamado para despedirme.

—Solo quería hablar contigo y ver cómo lo llevabas.

Por imposible que pareciese, Ortega era más fácil de leer que Uriah. Evidentemente, había llamado a su compañero para pedir su opinión, lo que quería decir que debía de haberle dicho algo favorable.

—Intenta disfrutar de ciertas cosas —dijo su superior—, aunque sea de un dichoso café con leche de la cafetería de la esquina. Si necesitas hablar, aquí me tienes. Y piénsate lo de la barbacoa.

Aquella misma tarde, Jude, Uriah y Vang presidieron una reunión destinada a informar del caso Holt a los agentes de calle. Se había convocado en una sala de la segunda planta dotada de un techo alto, luz fluorescente y varias hileras de sillas de aspecto endeble que amenazaban con ceder ante el peso de los policías más corpulentos.

En la pared de la parte delantera de la sala había una pizarra de corcho de grandes dimensiones en la que se recogía lo que Jude gustaba de considerar la genealogía de un crimen: un mapa de la ciudad, fotografías de las víctimas e imágenes del lugar de los hechos. En uno de los lados se mostraban también otros detalles, como la información común al caso Holt y al Masters, que habrían de tomar como base y desarrollar tanto los inspectores del grupo operativo como los agentes de calle.

Aunque casi todas las comisarías habían adoptado ya ficheros digitales a los que se podía acceder mediante su red privada virtual, Jude seguía prefiriendo el método clásico —trasnochado, dirían algunos— de la pared.

Se barajaron algunas teorías, muchas de ellas contradictorias. Lo único en lo que todos parecían coincidir era que la cabeza de Lola Holt pretendía ser una advertencia destinada a quien pudiera pensar en revelar nada sobre el asesinato de Delilah Masters.

—De aquí a unas horas estarán activos los teléfonos de información —dijo la inspectora a los agentes—, así que deberían estar preparados para responder a quien ofrezca alguna pista.

La reunión fue breve. No duró más de diez minutos.

—Con un poco de suerte, la próxima vez que nos reunamos tendremos más datos —añadió Vang mientras repartía a los asistentes que salían de la sala una serie de folios con lo que sabían por el momento.

—¿Habéis notado algo fuera de lo normal? —preguntó Uriah una vez solos los tres integrantes del grupo operativo.

Vang miró a su alrededor y se encogió de hombros. Jude supo de inmediato a lo que se refería su compañero.

—Estaban muertos de miedo —dijo—. Los agentes están aterrados.

—¿Por qué? —quiso saber Vang.

—Porque —se explicó Uriah— piensan que lo de la cabeza cortada no era solo una advertencia para las niñas de instituto que puedan sentir la tentación de contar lo que saben, sino también un aviso para nosotros, para todos nosotros.

# Capítulo 28

Jude no había asistido a una rueda de prensa desde que había regresado de entre los muertos, que así era como se refería ya a su liberación.

Esta vez, cuando la jefa Ortega había insistido en que hiciera acto de presencia no se había negado. Estaba empezando a comprender las implicaciones que tenía el hecho de querer pasar inadvertida. Llegaba un momento en que la gente se cansaba de respetar su espacio y su curiosidad se intensificaba. Todavía no había concedido ninguna entrevista y, en ese momento, al haberse intensificado el miedo, todo el mundo se moría de expectación, mientras que la ciudadanía quería saber quién la estaba vigilando.

Si bien las ruedas de prensa se celebraban en la acera de la fachada principal de la comisaría central de la policía de Mineápolis, en esa ocasión se había previsto ofrecerla en el entorno más controlado de la sala de prensa, una estancia de techos bajos, luz fluorescente y aspecto funcional. Las banderas del estado y de la nación delimitaban el espacio oficial situado tras la típica concentración de micrófonos. Entre la multitud, Jude vio rostros que conocía de los medios de comunicación locales junto a otros que no le sonaban tanto y que sospechaba que debían de ser nacionales.

La jefa Ortega se colocó detrás del micrófono con Jude y Uriah a un lado.

—Empezaremos en breve —anunció a los numerosos periodistas congregados—. Estamos esperando a un último asistente.

Apenas había pronunciado estas palabras, se produjo una conmoción que hizo que todos volviesen la vista hacia la puerta. Por ella entraron el gobernador de Minesota y su séquito, incluido el hermano de Jude, Adam Schilling.

A la inspectora se le secó la boca y se le encogió el estómago. Había visto varias veces a su padre en las noticias, de forma reciente y no tan reciente, pero no había estado cerca de él desde su adolescencia. Lanzó a Uriah una mirada que equivalía a la pregunta: «¿Tú sabías que iba a venir?».

Él hizo un gesto casi imperceptible de negación con la cabeza.

La inspectora sintió deseos de salir de allí, de echar a correr. En cambio, se las compuso, casi sin pensar, para participar en la presentación de los hechos, a la que siguió el turno de preguntas.

Su padre garantizó a la muchedumbre que se estaba haciendo cuanto era posible y que no iba a consentir que se pasase nada por alto.

—El BCA de Minesota es uno de los mejores de la nación —sentenció.

Las preguntas se centraron entonces en su programa político y en sus planes de apoyar al alcalde en su solicitud de una mayor financiación en todos los ámbitos de las labores policiales, lo que incluía el uso de más agentes en las calles. Con eso concluyó la rueda de prensa. Entonces, antes de que pudiera escabullirse Jude, su padre pasó por detrás de la jefa Ortega para asirla por el codo con una sonrisa amplia y blanquísima en el rostro mientras los fotógrafos corrían a captar la imagen de los dos juntos. Padre e hija.

—Jude, me alegro de verte —aseveró—. No sabes lo aliviado, lo agradecido que me sentí al saber que estabas viva. —Pese a las canas y a haber cumplido ya los sesenta, emanaba vitalidad y tenía la apariencia de alguien que cuida su alimentación y corre varios kilómetros diarios.

Sabía que tenía que responder. Sabía que el mundo la estaba observando y esperaba una respuesta, porque para algo se había organizado todo aquello. A su espalda, aunque la jefa estuviese fuera de su campo visual, sentía la presencia de Ortega.

De pronto lo entendió. Comprendió por qué era tan importante su participación, por perturbadora que pudiese resultar. El objetivo de aquella rueda de prensa había sido precisamente presentarla al mundo como una mujer estable vinculada a un hombre poderoso. Como una buena hija. Se pretendía tranquilizar al público haciendo ver que ya no era la poli loca que había abochornado al gobernador al emanciparse.

El público estaba horrorizado por los últimos asesinatos y la decapitación de Lola Holt había encendido el terror en el corazón de todos y cada uno de los ciudadanos. Había que garantizarles que Jude podía hacer frente a cuanto se le presentara y que su historia, la pasada y la más reciente, no era más que eso: historia. Los asuntos personales no iban a interferir en la investigación.

Aunque odiaba cualquier forma de falsedad, Jude ya no era una niña y sabía que tenía que seguirles el juego, conque devolvió la sonrisa al gobernador y se acercó a él con una mano sobre su hombro. Inclinándose, olió el tejido de su traje carísimo y el protector solar que protegía aquella piel envejecida. Sus ojos hundidos y la tirantez de sus mejillas revelaban detalles que no se apreciaban en las fotografías ni en las imágenes de vídeo. En ese instante, la inspectora hizo algo que la sorprendió hasta a ella: se inclinó más aún y le dio un beso. Fue solo rozarle la mejilla con los labios, pero, al apartarse, vio que en los ojos de él se mezclaban la confusión y la rabia.

Entonces reparó en que el objetivo de aquello no había sido una demostración de solidaridad, al menos para él.

—Me alegro de verte, papá.

—Sí… —Lo había dejado sin palabras.

Debía de haber acudido a aquel acto preparado para un enfrentamiento. Quizá hasta había abrigado la esperanza de poner de manifiesto que Jude no estaba en condiciones de trabajar. Jude nunca había sido capaz de descifrar a su padre y en aquel momento le parecía un misterio tan insondable como siempre, lo que demostraba que los años que había pasado en el sótano no le habían otorgado superpoderes.

Jude sonrió y se alejó sin hacer caso a los periodistas y los micrófonos con que la acosaban. Fuera, miró al sol y echó a andar, recuperada del estremecimiento que la había acometido en la sala. A sus espaldas oyó un grito y ruido de pies a la carrera.

—¡Inspectora Fontaine! Por favor, tengo que hablar con usted.

Sin cambiar el ritmo ni mirar atrás, respondió:

—No hablo con periodistas.

La mujer la alcanzó y caminó a su lado con paso acelerado.

—No soy periodista. Me llamo Kennedy Broder. Mi novio era Ian Caldwell, el periodista de la sección policiaca del *Star Tribune*. —Al ver que el nombre no le sonaba, corrió a explicarse—: Hace poco más de tres años se reunió con usted y unas horas después apareció muerto.

# Capítulo 29

Jude se detuvo en medio de la acera, sorprendida ante una Kennedy Broder más niña que mujer: bajita y ataviada con vaqueros ajustados, zapatillas Converse negras y una boina morada sobre el cabello pelirrojo cortado a la altura de la barbilla.

—He estado intentando localizarla desde que supe que estaba viva.

Jude tenía un talento excepcional a la hora de evadir a la prensa y los curiosos y, al parecer, aquella joven había sido una más de los cientos de personas que habían intentado dar con ella tras su huida.

—Cuando usted desapareció —siguió diciendo Kennedy—, intenté contarle a la policía lo de mi novio y hacerle ver que los dos casos estaban relacionados, pero no me escuchó nadie.

La inspectora la apartó del ir y venir de los peatones. Poco más allá había gente haciendo cola en los puestos ambulantes para hacerse con el tentempié de mediodía.

—Ya me acuerdo de él —dijo al llegar con ella a la sombra de un edificio descomunal de piedra. Se había reunido con Ian Caldwell en una cafetería de Uptown—. Siento su pérdida.

Ante ella tenía a otra persona que pretendía cerrar heridas, encontrar respuestas y dar sentido a algo que nunca lo tendría: la muerte de un ser querido. Aun así, sentía la necesidad de decir algo que brindase a la joven una imagen clara de lo que ocurrió aquel día.

—Pedimos un café y nos sentamos. En cuanto se presentó, le sonó el teléfono, me dijo que tenía que irse y se fue. Eso fue todo. Ni siquiera tuvimos tiempo de hablar. —Hizo un gesto y meneó la cabeza en un intento de tomar conciencia de la conversación que no tuvieron—. No sé ni cómo me acuerdo de él.

Jude miró a la acera y vio a Uriah avanzar por entre la multitud con aire inquisitivo.

—¿No llegó a saber de qué quería hablar con usted?

—No.

La muchacha la miró fijamente, renuente o tal vez incapaz de aceptar lo que oía. Había puesto toda su fe en ese momento y había esperado mucho tiempo.

—Confiaba en que supiera usted algo. Estaba investigando la desaparición de una chica llamada Octavia Germaine.

Octavia Germaine. ¿De qué le sonaba ese nombre?

—No sé mucho del caso, pero todavía no la han encontrado. Siempre me he preguntado si su asesinato no tendría algo que ver con ella.

—Yo ni siquiera investigo desapariciones —dijo Jude. No tenía sentido. Kennedy debía de estar confundida—. ¿Cómo murió?

—Le dieron una paliza y le quitaron el dinero.

Resultaba muy poco probable que tuviese alguna conexión con su entrevista con Jude. En Mineápolis atracaban así a la gente un día sí y otro también y los varones jóvenes estaban entre las víctimas más frecuentes.

—Nunca encontraron a los que lo hicieron —añadió la muchacha—. Y yo quiero que los encuentren. Siempre había tenido la idea, la esperanza, de que usted sabría algo. —Le brillaron los ojos y se mordió el labio—. Yo ni siquiera estaba con él cuando pasó y eso me mata. Nos estábamos dando un tiempo y yo me había ido a casa de unos amigos de Portland.

—Lo siento —dijo Jude—. Ojalá pudiese ayudar, pero no puedo.

La joven le dio una octavilla de las que se habían empleado en la búsqueda de la chica desaparecida. Octavia Germaine era una chiquilla guapísima de unos dieciséis años con el pelo rubio oscuro. Al verla recordó por qué le había sonado el nombre. Su foto era uno de los objetos que habían estado en su escritorio y se habían guardado en la sala de pruebas.

—Ni siquiera sé por qué la he traído —aseveró Kennedy antes de darse la vuelta y alejarse.

En ese momento llegó Uriah con una caja blanca y roja de comida rápida en una mano y una bolsa de papel en la otra.

—A ti también te he comprado. —A lo que añadió—: ¿De qué hablabais? —Señaló a sus espaldas, donde aún podía verse la boina morada de Kennedy, mucho más pequeña al mezclarse con el gentío.

La inspectora se lo contó mientras doblaba la foto de Octavia Germaine y se la guardaba en el bolsillo de la chaqueta.

—Dices que no recuerdas el momento de tu secuestro. Puede que hayas olvidado más cosas de ese día. A lo mejor hablaste de algo más con ese tal Caldwell.

—Eso estoy empezando a sospechar yo también.

—¿No sabes de qué quería hablar contigo?

—No, pero sí sé que tenías razón. No debería estar aquí, en homicidios. —Lo que acababa de ocurrir con su padre había vuelto a poner de relieve que su pasado, tanto el remoto como el reciente, estaba poniendo en peligro la investigación. La prensa no iba a olvidar quién era ni qué le había pasado—. Estoy convencida de que Ortega está pensando en apartarme del cuerpo y la verdad es que no la culpo.

Suponía que él estaría de acuerdo.

—¿Tienes miedo? —preguntó en cambio—. ¿Se trata de eso? Porque el miedo no es nada de lo que haya que avergonzarse. De hecho, te mantiene con vida. Si te falta, estás muerta. Te han agredido, te han dejado una cabeza en el casco. Joder, es para asustarse.

Por lo menos no había dicho que todo eso había ocurrido además de lo que ya tenía.

—Sí que tengo miedo, pero no por lo que piensas. Tenemos a una cría que podría haber muerto por nuestra culpa y eso me aterra.

—Estábamos haciendo nuestro trabajo. En esta profesión es normal que se produzcan daños accidentales.

—Yo no soy de los que piensan que vale la pena prescindir de una vida o dos para salvar veinte. Para mí, una muerte es mucho más de lo que podemos permitirnos. Una muerte es algo inaceptable e imperdonable. Y la de una chiquilla de dieciséis años… Tendríamos que haberle puesto vigilancia.

—No podemos vigilar a todo el mundo.

Al darse cuenta de que seguían de pie en la acera, echaron a andar en dirección al aparcamiento y a su coche camuflado. Uriah le ofreció la bolsa de papel y ella declinó con la cabeza.

—Luego a lo mejor.

—Entonces, sujétalo mientras me como esto —dijo él señalando el faláfel que llevaba en la caja blanca y roja.

Jude aceptó.

—Sé que no es asunto mío, pero si quieres hablar de lo que hay entre tu padre y tú… —dijo él entre un bocado y otro mientras caminaban. Podrían haber estado perfectamente en una feria estatal.

La aparición del gobernador había encendido un interruptor en su cerebro y se sorprendió ante la ira que seguía agitándose en su interior. Además, saber que aquel circo lo había organizado en parte Ortega también la había sacado de sus casillas.

—Tú tenías siete u ocho años cuando murió tu madre, ¿no? —preguntó Uriah.

—Los suficientes como para acordarme.

—Los críos siempre lo mezclan todo. Cuando pienso en algunas de las cosas en las que creía de niño…

—Eres igual que todos. Tenía ocho años, no dos ni tres. Una criatura de ocho años tiene capacidad para entender, sobre todo en el plano emocional.

—Solo estoy intentando buscarle sentido.

—Pues no te calientes demasiado los cascos. Ese hombre es mala gente. Créeme. O, si no, no me creas. Vuelve allí a besarle el culo como el resto de la ciudad.

—¡Eh, eh! Tranquila. —Se detuvo sorprendido ante aquel arranque de ira. Desde luego, lo de ver a su padre la había encendido.

—Está bien. Te contaré lo que ocurrió para que puedas rechazarlo como todos los demás. Mis padres tuvieron una pelea descomunal y poco después murió mi madre. Yo lo vi a él de pie sobre el cuerpo sin vida de mi madre, con una pistola en la mano y una sonrisa satisfecha en la cara.

—¿Y tu hermano?

—Allí estaba. Y eso es lo que hay que creer, ¿no?, que mi hermano estaba disparando a unas latas cuando mi madre se puso en la línea de fuego y que mi padre le quitó la pistola al llegar al lugar en que había ocurrido. Tiene sentido, ¿verdad? No me digas que es normal que la gente se pelee. No me digas que era una cría e interpreté mal lo que ocurrió, ni que a veces es fácil confundir un gesto de angustia con una sonrisa. Todo eso ya lo he oído muchas veces. Y ahora, si no te importa, prefiero que no volvamos a hablar de este tema. —No pasó por alto que él quería hacer más preguntas. Percibía la incredulidad que estaba tratando de ocultar y que se mezclaba con su compasión.

Los teléfonos de ambos vibraron a la vez para anunciar que habían recibido un mensaje de texto. Los sacaron y miraron la pantalla. Era una notificación del BCA: «Hemos encontrado una coincidencia con el cadáver del sótano. Enviamos la información a homicidios mediante la red segura».

—Vamos a buscar un sitio discreto para mirar el archivo —propuso Uriah después de aparcar y subir a la segunda planta de la comisaría central de Mineápolis.

Se dirigieron a una de las salas de reuniones y Jude cerró la puerta mientras Uriah se colocaba delante de un ordenador y accedía a la red privada virtual. La inspectora permaneció de pie detrás de su asiento con los ojos pegados al monitor. Tras introducir su contraseña y pulsar unas cuantas teclas aparecieron a pantalla completa la fotografía de un hombre junto con sus antecedentes.

Esos ojos… Las pupilas grandes y el pelo castaño ensortijado… Jude alargó la mano a ciegas para asir algo, cualquier cosa, y se aferró con fuerza al filo de la mesa.

—Oye. —Uriah retiró una silla con ruedas para ofrecérsela—. Siéntate.

Jude se dejó caer y esperó a que cedieran las tinieblas. Él le colocó una mano en la nuca y la obligó a colocar la cabeza entre las rodillas. La voz de su compañero acabó por abrirse paso entre el rugido que imperaba en su cabeza y un minuto después pudo erguirse. Volvía a ver bien y tenía el rostro y todo el cuerpo empapado en sudor.

—Entiendo que es él —dijo Uriah.

—Sí.

Uriah se levantó y volvió con un vaso de agua. Jude dio un sorbo prolongado con manos temblorosas y se sintió mejor.

Tenía un nombre. El del hombre que le había hecho aquellas cosas tan horribles. Tenía un nombre. Miró de nuevo a la pantalla. Aunque el corazón le dio un vuelco y la boca se le volvió a secar, esta vez, al mirar su rostro, no sintió un vahído.

Humphrey Salazar. Podía leer su gesto, sentir la rabia que se había apoderado de él momentos antes de que la cámara hubiese capturado sus emociones. Ella había estado muchas veces en el otro extremo de esa misma ira.

Humphrey. Jamás habría podido imaginar que semejante mal pudiese tener un nombre como el de Humphrey. Hasta el apellido de Salazar parecía inocuo.

—¿Estás segura de que es él? —quiso saber Uriah.

—Conozco esa cara. Cada arruga, cada músculo.

Uriah se reclinó en su asiento con un brazo sobre la mesa.

—Lo conseguiste, Jude. Está muerto. Ya no puede volver a hacerte daño. Ni él ni nadie, por cierto.

—Sí. —Hasta ese momento no había sido consciente de cuánto llevaba en sí de su secuestrador. De hasta qué punto había estado viviendo él bajo su propia piel, en sus huesos y en el tuétano mismo, pero entonces, sabiendo que había dejado de ser ya una cosa viviente, *cosa*, porque jamás podría considerarse un hombre, un ser humano, podía sacarlo al fin de su interior. No para siempre. No del todo. Nunca sería libre por entero hasta que le llegase la muerte, pero lo que estaba ocurriendo dentro de ella era casi como una resurrección.

Entonces lo recordó.

—¿Qué? —preguntó Uriah.

Parecía que no era la única de aquella sala capaz de leer las reacciones de los demás.

—Nada. —Sí, quería pensar que se había acabado, que podía pasar página. Quería pensar que Salazar era la peor persona con que iba a topar jamás, pero había alguien matando chiquillas y decapitándolas. Era difícil pensar en algo más depravado que eso.

Por algún motivo, quizá porque no quería arruinar ese instante de triunfo, decidió no compartir sus pensamientos. En lugar de eso, alargó la mano para acceder al teclado y cerró la sesión.

—Creo que ahora sí voy a comer algo.

Uriah sacó un bulto de la bolsa, lo abrió y se lo ofreció deslizando sobre la mesa el envoltorio de papel y aluminio.

—Los de Foxy Falafel son los mejores.

Jude examinó la col lombarda que asomaba en el pan de pita.

—Estos no los he probado nunca.

—Eso es un delito.

Dio un bocado. Su expresión tuvo que ir del recelo a la satisfacción, porque Uriah dijo:

—¿Está bueno, verdad?

El teléfono de Jude anunció vibrando la llegada de un mensaje de texto. Miró la pantalla. Era del departamento de pruebas. Podía ir a recoger su moto. Al parecer, hasta le habían reparado el manguito del combustible.

# Capítulo 30

Grant Vang estaba sentado en un coche sin identificativos aparcado en la calle de Jude, masticando una barrita energética mientras observaba a los que entraban y salían de su edificio. Su compañero de vigilancia era un novato llamado Craig que estaba apostado en el callejón, en otro vehículo. Era imposible que entrase ni saliera nadie sin ser visto.

Habían pasado cuatro días desde el ataque a Jude y hasta el momento no habían observado más actividad inusual que una operación de compraventa de droga y el numerito que había montado una pareja practicando sexo en un coche.

No iban a tardar en quitar la vigilancia. No había dinero ni, sobre todo, mano de obra. Jude tendría entonces la opción de contratar a alguien por su cuenta o mudarse a una zona más segura, quizá a un apartamento que formara parte de la red de pasajes, como el sitio en el que vivía Uriah.

Vang estaba demasiado cualificado para que le asignasen labores de vigilancia y Ortega, de hecho, había encargado la misión a otro agente, pero, cuando se ofreció él, la jefa se la dio pese a que Vang ya tenía bastante con el grupo operativo. Quizá se imaginó que quería ayudar a cuidar a uno de los suyos. Y tenía razón. Sobre todo, no quería perder de vista a Jude.

Sonó el teléfono. Miró la pantalla y, a continuación, al bloque de apartamentos mientras pulsaba sin mirar el botón de respuesta.

—*Hey, Jude.*

Llevaba años haciéndole el mismo chiste malo. Ni siquiera estaba seguro de que a ella le hubiese hecho gracia en algún momento, ni en los tiempos en los que tenía sentido del humor. Parecía imposible que antes de todo aquello hubiese sido la más loca de la comisaría. Loca en el sentido de divertida.

—Estoy dentro —dijo ella.

Hacía cinco minutos que había visto la moto llegar y doblar la esquina del callejón para acceder al edificio desde abajo. Tenía instrucciones de informar de su presencia tan pronto estuviese en el apartamento.

¡Qué formal y eficiente, Jude Fontaine! Desde luego, no era la misma que había conocido hacía años. Entonces parecía casi una chiquilla, pero había sido una buena inspectora. Había sido uno de ellos. Bromeaba a todas horas y disfrutaba yendo de bares cuando acababa el turno. Sabía divertirse. También le gustaba el sexo, quizá demasiado.

Pero se había acabado el salir y se había acabado el sexo. A lo mejor había tomado una copa o dos con Ashby, aunque hasta esa posibilidad parecía remota. Por lo que sabía Vang, volvía directa al apartamento después del trabajo. No tenía más vida. Del trabajo a casa y de casa al trabajo.

—Esto está despejado —añadió ella— y he echado el cerrojo.

El edificio era más seguro de lo que parecía. Tenía cámaras en los pasillos, cierres de seguridad en las puertas y un aparcamiento subterráneo al que solo podía accederse con un código.

Le dio las buenas noches.

El tiempo pasaba lentamente, pero al final llegó la medianoche. Detrás de él estacionó otro coche que apagó las luces a continuación. Vang miró por el retrovisor y reconoció a su relevo. Deseando salir de allí cuanto antes, giró la llave del contacto y arrancó. Llevaba allí doce horas seguidas, casi sin moverse y meando en una botella. No tenía ni idea de cómo podía haber gente que hacía aquello a tiempo completo.

En vez de volver a casa, se dirigió al gimnasio de veinticuatro horas de Lyndale, dejó el coche en el aparcamiento, pasó la tarjeta y entró. En el vestuario, se quitó la camiseta.

¿Estaba engordando?, se preguntó mirándose de perfil en el espejo de cuerpo entero. ¿Eso podía ser? ¿Era posible coger peso en cuestión de días?

Se pellizcó la carne de la barriga. No había nada peor que un michelín en un tío delgado. Entonces se pasó los dedos por la cicatriz del bíceps. Se la había hecho a los dieciséis años. En una pelea entre bandas. Él había salido con vida, pero su hermano no.

Poco después, había decidido hacerse poli. Una idea estúpida de cuando se es un chiquillo, pero su madre y su abuela, ambas de la etnia hmong, seguían estando tan orgullosas de aquello que todavía le resultaba imposible reconocer que había sido un error. Quizá no lo había sido. Desde luego, aquel trabajo le brindaba una aceptación social de la que carecería de lo contrario.

Le vibró el teléfono y miró la pantalla. Esta vez no era una llamada, sino un mensaje de texto de Jude: «Gracias».

Sabía que acababa el turno a medianoche.

«A mandar», fue su respuesta.

Seguía sintiendo debilidad por Jude Fontaine.

# Capítulo 31

El semáforo se puso en verde y Jude metió primera con el pie, soltó el embrague y cruzó la intersección. La falda de flores amenazó con soltarse de debajo del muslo que la sujetaba. Llevaba en la mochila una botella de vino que había comprado para la barbacoa.

¿Qué estaba haciendo? Vestido de verano. Vino. Barbacoa. Cuando Uriah le había enviado un mensaje para recordarle la invitación de Ortega, había intentado obviarlo, pero en el Target se había sorprendido mirando vestidos, probándose uno y fantaseando con la idea de ir a algún sitio envuelta en una piel distinta. Antes de darse cuenta, estaba pagándolo en la línea de cajas.

«Siempre puedo devolverlo».

De ahí fue a la licorería a comprar vino.

«Siempre puedo bebérmelo yo en casa».

Lo cierto es que faltar era de cobardes. Lo sabía y no iba a consentir serlo, ni siquiera con algo tan inofensivo como una barbacoa. Conque allí estaba, montada en su moto rumbo a la casa que tenía la jefa Ortega en Tangletown, barrio que podía considerarse parte de la Mineápolis antigua y estable, que daba impresión de seguridad y no había sufrido los estragos de los saqueos propiciados por los apagones.

El lugar resultó ser un edificio victoriano de color azul celeste erigido en la cima de una colina con vistas al arroyo Minnehaha y a un sendero frecuentado por corredores. Apagó la motocicleta y le puso el caballete. Se ajustó la mochila mientras subía los empinados escalones de cemento que llevaban a la puerta. Al llegar, se detuvo a escasos centímetros del timbre.

«Púlsalo. No te eches a correr».

Tras unos instantes, salió a recibirla un hombre bajito de piel oscura y pelo entrecano. El delantal rojo la llevó a pensar que debía de ser el temible señor de la barbacoa. Se quitó la mochila, la abrió y le tendió la botella de vino como si fuese la ofrenda exigida para acceder a sus dominios.

—Soy Jude Fontaine.

«No tenías que haber venido».

Él sonrió.

—¡Vaya! ¡Bienvenida! —La invitó a pasar con un gesto de la mano—. Están todos en el patio. Acababa de entrar a buscar más salsa cuando he oído llamar.

Tuvo la amabilidad de omitir que, por supuesto, sabía quién era. Estaba casado con la jefa. Debía de leer los periódicos y ver las noticias.

—¿Puedo usar el baño? —preguntó la recién llegada.

—Al fondo del pasillo, a la izquierda —indicó él—. Cuando acabes, sal por aquí al patio. —Volvió a señalar.

Jude asintió sin palabras, dio media vuelta y se dirigió con paso firme al aseo, cuya puerta cerró con pestillo.

En el lavabo, abrió el grifo y luego tiró de la cisterna del inodoro. Se miró al espejo para ver si estaba tan ridícula como temía. El rímel y la pintura de labios —fruto de otra compra impulsiva— sí lo parecían. Tomó un pañuelo de papel de una caja, se limpió la boca como pudo y lo lanzó a la papelera. El corte que tenía sobre el ojo, aunque iba sanando, seguía allí. Debería haber dejado que le diesen puntos.

Respiró hondo y se obligó a salir del baño y recorrer el pasillo hasta la cocina. Por el ventanal que había sobre la mesa del comedor vio a Uriah, Ortega y Vang, sentados en tumbonas, bebiendo y charlando mientras tres chiquillas corrían gritando por el césped.

Jude sintió una punzada en lo más hondo del vientre. Intentó identificar la sensación, atraparla antes de que se esfumara, pero desistió al ver que no lo lograba. Otro grito, otra risotada. Ahí estaba de nuevo. Aquel dolor agudo. Cuando al fin consiguió identificarlo, tomó aire sorprendida. Si unos minutos antes había sentido ansiedad, aquello era miedo, un miedo profundo e inexplicable. La clase de miedo que carecía de fundamento, que carecía de rostro, de nombre y de sentido. Y lo había provocado el simple hecho de observar a una familia a través de la ventana de una cocina.

Entonces se abrió una puerta y entró Uriah con vaqueros y camiseta y, en las manos, botellas vacías de cerveza y un vaso con hielo derretido y un limón maltratado.

—Me habían dicho que estabas aquí. —Dejó todo en la encimera y la observó para tomar nota del vestido, aunque, más aún, de su estado mental. Jude reparó en que no había estado bebiendo y supuso que el vaso vacío era para ella—. ¿Estás bien?

—No puedo hacerlo. —Se pasó la mano por el pelo—. Dale las gracias de mi parte a la jefa Ortega por invitarme.

—Todavía es pronto, ¿no?

Aliviada ante su comprensión, y más aún al ver que no intentaba convencerla para que se quedara, asintió.

—Pensaba que iba a ser capaz de tener un día normal, una vida normal. Hasta pensaba que podría ser agradable, pero no puedo estar aquí.

Uriah inclinó la cabeza mientras procesaba la información.

—Me gusta el vestido. —Un comentario mundano que bien podía querer decir que aquella prenda aportaba, al menos, un toque amable en aquella situación.

Jude bajó la mirada y la clavó en sus botas negras. Eran lo único que no le resultaba incómodo.

—Te acompaño.

Con cada paso que daban hacia la salida se sentía mejor. Una vez fuera, respiró hondo. Uriah quedó atrás, apoyado en el marco de la puerta y con los brazos cruzados. Entonces, incapaz de contenerse, anunció:

—He oído que hay helado casero.

Jude sonrió ante aquella súplica muda para que se quedara, se volvió y se alejó. Un instante después oyó el chasquido suave de la hoja al cerrarse a sus espaldas.

Ya en la moto, metió la mano en la mochila y encontró la hoja que le había dado la jefa Ortega hacía ya unos días. La miró fijamente antes de sacar el teléfono, marcar el número y pulsar el botón de llamada.

Eric respondió con voz distraída.

—Soy yo —dijo ella. No pasó por alto que aquellas habían sido las palabras exactas que había pronunciado al verlo la noche de su huida.

—Jude. —El dolor seguía allí, mezclado con cautela y quizá con una pizca de esperanza.

—Me estaba preguntando si te gustaría que tomásemos un café.

—¿Ahora?

—Ahora.

—Como en los viejos tiempos, ¿verdad? —preguntó Eric.

Eso quería él. Quizá Jude también. Y podía ser que así fuese. Estaban sentados en una cafetería de Uptown con sendos cafés con leche. El sol entraba por entre las plantas que había en la ventana y caía sobre la mesa que compartían. La puerta estaba abierta, sostenida por una silla pintada a mano, y por ella le llegaba la música del artista callejero que interpretaba en la esquina una antigua canción de The Replacements, así como el olor del gasóleo del autobús mezclado con el aroma de los granos de café tostados. Por la ventana vio un grupo de hípsteres de pie en el bordillo, fumando bajo un poste telefónico envuelto en las octavillas raídas que habían ido grapándose en él a lo largo de los años, mientras uno de punkis pasaba pedaleando sobre bicicletas de sillín alto.

Antes iban mucho a aquel lugar. Cuando Eric había propuesto que se vieran allí, Jude se había negado, aunque a continuación había pensado que tal vez fuese lo mejor. Había estado evitando de forma deliberada cuanto le resultaba familiar, pero quizá había llegado el momento de aceptarlo, de afrontarlo sin rodeos.

Eric no dejaba de observarla y ella le sostenía la mirada. Tenía el rostro idéntico, pero distinto. Se había dejado el pelo, de color castaño claro, más largo de lo que acostumbraba y le asomaba la barba. Por el momento no había probado siquiera su café y Jude se preguntó si no sería por miedo a estropear la hoja que tenía dibujada en la espuma.

Ya le había dicho que tenía muy buen aspecto y había sido la segunda persona que elogiaba su vestido.

—¿Sigues trabajando de fisioterapeuta? —preguntó ella.

—Sí —repuso él con satisfacción.

Se habían conocido durante una investigación, una operación de compraventa de droga que se había desmadrado en plena calle. Eric había sido el único testigo dispuesto a hablar cuando el resto había tenido miedo. Su resolución la había impresionado. Había hecho lo correcto. ¿De eso se trataba, de hacer lo correcto?

—Sí que te busqué, ¿sabes? Sí que te esperé. La policía te dio por muerta. Todos te dieron por muerta.

O quizá solo buscaba absolución.

—Tranquilo. Lo entiendo.

La camarera, una muchacha de pelo negro azabache cargada de tatuajes y con leotardos rasgados, preguntó si querían algo más.

A Jude le gustó ver que probablemente los había tomado por una pareja corriente. Quizá dos personas que estaban manteniendo una cita ante una taza de café. Se había dado cuenta de que prefería tener trato con desconocidos por la ausencia de esa sensación incómoda que acompañaba sus conversaciones con quienes estaban al tanto de su pasado.

Cuando se fue la joven, Eric se inclinó hacia delante y apoyó los codos en la mesa con la camisa remangada.

—Quiero que vuelvas a casa.

No lo esperaba. No esperaba pasar de un café a eso.

—¿Y ella?

Los dos sabían a quién se estaba refiriendo.

—Se ha ido. Después de tu aparición, nada ha vuelto a ser lo mismo entre nosotros. Nuestra relación dejó de funcionar. Los dos nos dimos cuenta enseguida. Llevamos un par de meses separados.

—¿Me lo pides porque piensas que es lo más correcto?

—Te lo pido porque quiero que vuelvas a mi vida. —Alargó el brazo y le rozó los nudillos con la punta de los dedos, primero con cautela.

Su tacto le resultó inesperadamente acogedor. Le gustó. Al ver que no lo rechazaba, Eric le tomó la mano.

—Solo por probar. ¿Qué podemos perder?

—¿Cuándo?

Él soltó una carcajada, le estrechó la mano y luego la soltó, como si supiera que el exceso de contacto podía resultarle incómodo. Sonriendo y encogiéndose de hombros, abrió los brazos de par en par.

—Ahora. Hoy.

—Tengo que pensarlo. —¿Aquello tenía sentido? Aunque, claro, ¿qué tenía sentido?—. He firmado un contrato de alquiler de seis meses.

—Múdate, mantén el apartamento un mes más y luego subarriéndalo. No tendrás que pagar más por vivir conmigo. En los últimos años he recibido varios aumentos de sueldo y puedo mantenernos a los dos. Hasta podrías dejar el trabajo. —La cara de ella debió de cambiar, porque corrió a añadir—: A menos que quieras trabajar. Lo único que digo es que no tienes por qué. Me sorprendió oír que habías vuelto a homicidios, saber que te habías incorporado, pero también que te hubiesen permitido volver a ejercer tan pronto.

—No eres el primero que lo dice.

—En fin, ¿qué me dices? Creo que te podría venir bien. Verte en un entorno familiar y seguro… Sería una buena terapia. Y yo estaría a tu lado. ¿A quién tienes ahora? ¿Tienes a alguien con quien hablar?

—He hecho lo posible por no hablar con nadie.

—Eso no es bueno, Jude.

Ella dio un sorbo al café.

—No quiero tener a nadie que me cuide ni que me mime.

—¿Y alguien que te dé un masaje? ¿No estaría bien?

Jude se echó a reír.

Eric la miró con gesto contemplativo antes de decir:

—Ven a casa. Estamos hechos el uno para el otro.

Nada parecía irle bien en aquella nueva vida y, a fin de cuentas, Eric se preocupaba por ella. La quería. Eso ya era algo. Quizá Uriah tenía razón cuando decía que necesitaba encontrar a la persona que había sido. Tal vez podía volver a ser esa persona. Se le estaba ofreciendo una segunda oportunidad, la ocasión de representar la película que tanto había ensayado en su cabeza.

—De acuerdo.

Apenas habían salido las palabras de su boca cuando le vibró el teléfono en el bolsillo. Miró la pantalla. Era Uriah.

—Tengo que contestar —dijo con voz de arrepentimiento mientras se volvía ligeramente para responder.

—Acaban de llamarme de la oficina del *sheriff* del condado de Hennepin —dijo su compañero—. Al norte de aquí, cerca de Saint Cloud, ha aparecido un cadáver sin cabeza.

Jude miró a Eric.

—¿Mujer? —fue lo único que se atrevió a pronunciar.

—Sí. Me estoy preparando para ir para allá.

Ellos eran inspectores de ámbito urbano. A diferencia del *sheriff*, no tenían jurisdicción en todo el estado, pero, si el cuerpo pertenecía a Lola Holt, quería ver el lugar de los hechos.

—Recógeme en casa de aquí a un cuarto de hora.

—Hecho.

Colgaron. Jude guardó el aparato y recuperó la mochila.

—Me tengo que ir —dijo a Eric—. Te llamaré.

# CAPÍTULO 32

Irse «al norte» era una tradición estival entre los habitantes de las Ciudades Gemelas, una de las cosas que hacía que valiese la pena vivir en un estado tan gélido como aquel. Las tardes de los viernes, la interestatal se llenaba de vehículos en dicho sentido y los domingos eran testigo de atascos descomunales en las horas en las que los viajeros regresaban a su trabajo y a su vida urbana.

Jude había recorrido muchas veces la ruta 10 hacia el norte de Saint Cloud siendo niña, pero llevaba años sin pasar por allí. En ese momento, mientras observaba el paisaje pasar por su ventanilla, divisó puntos de referencia que conocía bien, como la valla publicitaria de la gasolinera turística donde paraban siempre a tomar un tentempié de camino a la cabaña familiar. El anuncio seguía siendo el mismo: un dibujo pasado de moda de un oso negro con su osezno recortados en madera.

Conducía Uriah. Habían tirado una moneda al aire y había «ganado» él. Jude se había alegrado al principio, aunque tras una hora de viaje empezaba a preguntarse si no habría sido mejor estar tras el volante y poder concentrarse sin más en la carretera para impedir que su mente vagara y la llevase a recordar el álbum de recortes que había elaborado tras la muerte de su madre. De pequeña había guardado con la esquela cuanto decían los periódicos acerca del disparo que había acabado con su vida. Hasta flores tomadas del funeral. Con los años, fue añadiendo fotos de la cabaña, así como dibujos e instantáneas del terreno que la rodeaba. Pensando en aquel cuaderno, se preguntó dónde habría acabado. ¿Seguiría en casa de Eric?

—No quiero parar aquí —dijo al ver que Uriah tenía intenciones de desviarse hacia la gasolinera Black Bear Station. Por el momento le resultaba imposible enfrentarse a más recuerdos—. Creo que hay otra a pocos kilómetros—. Con todo, tras todos esos años, sentía la imperiosa necesidad de ver la propiedad familiar en la que había muerto su madre.

Sin pronunciar palabra, su compañero apagó el intermitente y aceleró.

Afortunadamente, sí era cierto que había otro lugar en el que repostar. Llenaron el depósito, se hicieron con unos aperitivos y volvieron a ponerse en camino. Quince minutos después, el GPS los llevó al lugar de los hechos.

El terreno era el propio de aquella región. Montañoso, con gran densidad de perennifolios y hectáreas enteras de bosque y abedules de tronco blanco. El camino de tierra cubierto de maleza que corría al lado de una alambrada rota debió de parecer al homicida el sitio perfecto para deshacerse de un cadáver, aunque también cabía la posibilidad de que le hubiese entrado pánico, cosa que ocurría con no poca frecuencia.

Cuando llegaron, había allí varios coches patrulla, estacionados sin orden ni concierto y pertenecientes en su mayoría a ayudantes del *sheriff*. Detuvieron el vehículo y salieron.

Había, como poco, cinco grados menos que en la ciudad, lo que hacía imprescindible una chaqueta, aunque el sol brillaba con fuerza. El aire, filtrado por la región de Boundary Waters y sus tierras vírgenes, era tan puro que daba la impresión de que estuvieran respirando estrellas. Hasta los colores y las sombras eran más profundos e intensos.

Tuvieron que preguntar a varias personas para que les indicaran quién había sido el agente que había encontrado el cadáver, un hombre de mediana edad vestido con el uniforme pardo de ayudante del *sheriff*.

—La gente toma esta ruta para ir en bici a Boundary Waters —les dijo el agente Pruett después de que le enseñaran las placas y se presentaran—. En verano esto se llena de gente. Un grupo de ciclistas se detuvo a un lado de la carretera principal y ¿qué se encontró? Una mano. Al principio, claro, pensaron que sería de goma, parte de un disfraz de Halloween o algo así. Pero no. —Tendió la citada parte del cuerpo, metida en una bolsa, a Uriah, que hizo manifiesta su renuencia a tomarla, no por ser una mano, sino porque, como Jude, debía de estar escandalizado ante semejante negligencia con una prueba—. Así que me fui a casa a buscar a mi perra rastrera, hice que oliera bien la mano y allá que salió tras la pista.

—¿Dónde estaba la mano en relación con el cuerpo? —preguntó Jude, aceptando la bolsa que le ofrecía Uriah e intercambiando con él una mirada de preocupación. Ojalá llegasen pronto los del BCA.

—A unos tres kilómetros. Tuve mucha suerte. Pensé en esta parte del bosque, que tiene fácil acceso desde la carretera, y traje aquí a mi perra. Supongo que a quien lo hiciera se le olvidó deshacerse de la mano y la tiró sin más cuando ya iba por la carretera.

—Parece una teoría plausible —dijo la inspectora.

No mencionó que lo de usar al animal tampoco había sido muy buena idea. La zona había quedado ampliamente contaminada de huellas tanto de perro como de botas. Todavía había por todas partes agentes yendo de un lado a otro y saltaba a la vista que habían recorrido tantos coches el camino que llevaba al bosque que iba a ser imposible dar con las rodadas que les interesaban. El BCA tenía aún trabajo por delante. También tendrían que precintar los dos lugares: el sitio en el que había aparecido el cadáver y el punto de la carretera en el que habían encontrado la mano. A juzgar por cómo había tratado hasta el momento la zona, era muy poco probable que Pruett hubiese marcado este último.

El agente los llevó camino arriba. Rebasaron a varios policías apoyados en los coches a la espera de que llegase el BCA y descompuestos en su mayoría por lo que habían visto en el bosque.

Abundaban los matorrales y las espinas que se enganchaban en la ropa al caminar.

—Es allí. —Pruett señaló un montículo de tierra situado a lo lejos, a la sombra de los árboles que lo rodeaban—. Y sí, ya sé que no tenía que haber cavado, pero quería asegurarme de que eran restos humanos antes de llamar. —Se llevó un puño a la nariz y, dando media vuelta, los dejó solos.

Bajo el hedor dulzón y nauseabundo de la carne en descomposición se percibía un inconfundible olor a la gasolina. Habían echado el cuerpo a una zanja, lo habían empapado en combustible y le habían prendido fuego antes de cubrirlo de tierra.

—La quemaron aquí mismo —dijo Jude— y le faltan las dos manos. —Era una mujer, aunque resultaba imposible determinar la edad—. Solo está abrasada la mitad del cuerpo. Debían de tener prisa.

—Puede que sea lo más perturbador que he visto en mi vida. —Uriah dejó escapar un gemido de angustia mientras contemplaba aquella carne carbonizada y sin cabeza—. Viendo una cosa así me siento afortunado por no tener hijos. El mundo se ha ido a la mierda. Ahora mismo, lo único que me apetece es irme de aquí, montarme en el coche y alejarme cuanto pueda. Subir quizá hasta Boundary Waters. Si no has ido nunca, deberías hacerlo. De hecho, puede que estemos tardando en ponernos en marcha hasta Ely y alquilar una canoa.

—¿Por qué te hiciste inspector de homicidios si no fue para evitar que la gente hiciera cosas malas? —preguntó su compañera.

Uriah volvió la espalda al cadáver y se alejó unos pasos contra el viento.

—Mi padre era poli. Yo siempre lo había admirado, porque lo veía ayudar a la gente. Por algún motivo, cometí la ingenuidad de pensar que me estaba dedicando a una profesión noble. Pero ¿sabes qué? El ochenta por ciento de la gente nos odia. *Nos odian.* Ni siquiera podemos convivir con el resto de la sociedad. Las únicas personas con las que podemos relacionarnos de veras son otros polis, otros policías a los que odia todo el mundo. Encima, tenemos que lidiar con cosas así, con la clase de gente que hace cosas así a otros. Y la gente nos odia. ¿Cómo puede tener sentido? ¿En qué otra profesión desprecian tanto a la gente?

—¿En la abogacía? —propuso ella.

—Dudo que el porcentaje de odio sea tan alto.

—Puede que tengas razón.

—¿Cómo seguiría la cosa? —Se alejó unos cuantos pasos más del cuerpo—. Primero, los polis; después, los abogados. ¿Qué viene después?

—Seguro que algo que tenga que ver con las compañías de televisión por cable.

—¿Y qué me dices de los caseros?

—Sin duda tienen que estar entre los diez primeros.

—El caso es que cuando un crío dice que de mayor quiere ser bombero o policía, no está pensando que quiere ser el tío más odiado de la ciudad. —Meneó la cabeza—. Creo que me he ido del tema. ¿Por dónde he empezado?

—Por que te alegrabas de no tener hijos.

—Ah, sí.

—¿Crees que es ella?

—Ahora mismo es imposible saberlo, pero apostaría mis vacas a que sí.

—Pero ¿por qué iban a arriesgarse tanto con la cabeza para después intentar ocultar el cadáver? No tiene ningún sentido, ¿no?

—Sí, si el asesino sospecha que el cuerpo nos podía dar alguna pista.

—¿Y qué me dices de las manos?

—¿Un intento torpe de deshacerse de las huellas? Yo diría que el asesino tenía la intención de cortarla en más pedazos, pero al final optó por quemarla. Y ni siquiera eso le salió bien.

Oyeron un motor y al alzar la vista vieron la furgoneta blanca del BCA avanzar con pesadez por el camino de tierra. Se detuvo para dejar salir al equipo de la científica pertrechado con su instrumental.

—Voy a suponer que todos coincidimos en sospechar que el cadáver pertenece a Lola Holt —dijo el jefe del equipo, un hombre llamado Scott James—. De aquí a un par de días deberíamos haberlo confirmado con el ADN. Cuando tengamos los resultados os avisarán.

Jude le dio la bolsa en la que habían metido la mano y, a continuación, se apartó hasta un lugar discreto y sacó el teléfono. Sintió un gran alivio al ver que tenía tres barras de cobertura. Buscó entre sus contactos y llamó a Charles Holt. Cuando respondió, preguntó si iba conduciendo.

—Estoy todavía en casa, recuperándome del balazo. Tenía pensado volver al trabajo mañana.

—Quiero contarle algo antes de que lo sepa por la prensa. —Dado que no había modo alguno de suavizar el golpe, ni siquiera lo intentó—. Han encontrado un cuerpo decapitado en un bosque situado al noreste de Saint Cloud. No conoceremos la identidad de la víctima hasta que le hagan las pruebas de ADN.

El señor Holt emitió un sonido ahogado y Jude se lo imaginó buscando un lugar en que apoyarse.

—En este momento no puede hacer usted nada —añadió—, pero quería que lo supieran antes de oírlo en cualquier otra parte. Me pondré en contacto con usted en cuanto tengamos los resultados.

Con esto, colgó y exhaló el aire que tenía contenido en los pulmones.

Una hora después, Uriah y Jude regresaban a Mineápolis cuando Uriah salió de forma inesperada de la carretera principal.

—Necesito un trago —dijo en respuesta a la pregunta que formulaba el rostro de Jude.

—Llevas días sin beber.

—¿Cómo lo sabes?

—Porque lo veo.

—Lo de allanar la bodega de mi antigua casa fue tocar fondo. Decidí que tenía que dejar la botella como fuera, pero, después de lo que hemos visto hoy, creo que no es mal día para recuperar el vicio.

El coche llegó dando botes al aparcamiento de un bar llamado Crossroads, un edificio de madera alargado y bajo que podría haberse confundido con una vivienda de no haber sido por los anuncios de cerveza que tenía en las ventanas.

Uriah apagó el motor y guardó las llaves en el bolsillo.

—Voy a mudarme con mi antiguo novio —anunció Jude cuando salieron del vehículo y cerraron las puertas.

Uriah se detuvo para mirarla y preguntar:

—¿Lo ves prudente?

—Puede que sí y puede que no.

Su compañero estuvo mirándola con gesto pensativo tanto rato que ella empezó a sospechar que jamás diría nada.

—Me alegro por ti —aseveró al fin—. ¿Cuándo?

—Pronto.

—¿Necesitáis ayuda con la mudanza?

—No, gracias. No tengo gran cosa.

—Me lo imagino.

—La verdad es que me alegra y me asusta al mismo tiempo.

—No tiene por qué ser para siempre. Además, es muy buena idea que no vivas sola. Así estarás más segura.

Echaron a andar hacia el bar.

—Cuando vivíamos juntos hablábamos de tener hijos.

—¿En serio? —Parecía sorprendido mientras le abría la puerta del establecimiento.

Era una de esas entradas tan frecuentes en Minesota, con dos puertas y, entre ambas, un vestíbulo de metro y medio por metro y medio que aislaba el interior del aire gélido cuando la temperatura bajaba de los cuarenta bajo cero.

—¿Tan raro resulta —preguntó— imaginarme con críos?

El interior del bar estaba frío y oscuro, sin más clientes que un tipo con camisa de cuadros escoceses sentado al final de la barra con la mirada puesta en una telenovela.

—¿A ti, con un bebé? Un poco.

—Gracias.

—El mundo ya no es un buen lugar para los niños. Si has pensado tenerlos es porque tendrás la esperanza de que las cosas van a cambiar, porque querrás darles un futuro mejor.

—Siempre ha habido mala gente —dijo ella mientras se sentaban a una mesa con bancos corridos dotados de respaldo que les brindaba cierta intimidad— y siempre la habrá. Eso no va a cambiar nunca. La clave está en cómo combatirlos, si es que decides combatirlos. Creo que para nosotros, para los que tenemos alguna relación con lo que acabamos de ver en el bosque, el secreto de la vida está en los momentos que nos ofrece. No podemos mirar atrás ni observar el panorama completo. Es demasiado abrumador. Demasiado. Tenemos que centrarnos en lo que iluminen nuestros faros y nada más.

—O sea, que tienes vocación.

—Vocación no, intención. Voy a encontrar a los que le han hecho esto a Lola Holt, sean quienes sean.

—Ya está muerta. Ya ha pasado. Y no lo hemos impedido. No hemos sido capaces de evitarlo.

—Lo siento. —Sentía el dolor de su compañero. Sentía la muerte de Lola Holt. Sentía no haber avanzado nada en la búsqueda del asesino o los asesinos.

—No voy a negar que las atrocidades perpetradas contra mujeres me han desalentado últimamente. Sé que parece egoísta centrarme en mis propios pensamientos teniendo en cuenta lo que has pasado tú y que lo estoy viendo todo desde fuera, pero eso es lo que hay: soy un cabronazo egoísta.

La camarera colocó un par de posavasos delante de ellos. Jude pidió Coca-Cola y Uriah, un whisky.

Tras el segundo empezó a hablar. Y al fin lo sacó todo. El motivo por el que había acudido a su antigua casa.

—¿Sabes que mi mujer se suicidó?

—Eso he oído.

—Estuve mucho tiempo echándome a mí la culpa. Ella estaba asistiendo a la Universidad de Minesota y yo tenía turnos larguísimos. Había veces que ella quería salir, quería hablar, quería tener sexo y yo no estaba a su lado para atenderla. Luego, empezó a dar la impresión de que las cosas iban a mejor. —Dio un trago sin mirarla.

—¿Dejó alguna nota?

—No. —Uriah apuró el vaso—. Ellen era una chica provinciana y yo la arrastré hasta aquí. No quería mudarse. Sentía nostalgia. Tenía miedo de muchas cosas y yo creo que mi trabajo no hizo más que amplificarlo al ponerla en contacto con una realidad hasta entonces desconocida para ella. La convencí de que volviera a estudiar, de que probara a sacarse una carrera. Las cosas mejoraron por un tiempo. Parecía feliz. —Se encogió de hombros—. No sé qué pasó. Peor todavía: no sé por qué no lo vi venir. Lo que me sigue atormentando, lo que no me quito de la cabeza es su suicidio. ¿Por qué lo hizo?

Jude vio a la camarera ir hacia ellos. Le hizo una señal negativa con la cabeza y la mujer le hizo ver con un gesto que había entendido y regresó a la barra.

—Vamos a echar un billar antes de irnos —propuso la inspectora con la esperanza de desviar la atención de Uriah y conseguir que no pidiera otra copa.

Funcionó. Él apartó su vaso y dijo:

—Te apuesto cinco pavos a que gano.

Mientras jugaban, a medida que iban desapareciendo las bolas de la mesa, los dos discutieron el caso en voz baja para que no los oyeran. Cada uno de ellos presentaba sus teorías, aunque ninguna resultaba convincente para ninguno.

El juego estaba muy igualado.

—La ocho, en el lateral —anunció al fin Uriah apuntando con el taco a una tronera.

Embocó la negra sin dificultades, pero la blanca, manchada de tiza azul, siguió rodando por el paño verde de la banda hasta colarse en la tronera de la esquina. Falta. Pagaba él.

Bien está lo que bien acaba, aunque Jude habría preferido ganar metiendo la negra. Se guardó el billete, volvió a dejar el palo en el soporte y tendió la mano para que su compañero le diera las llaves del coche.

# Capítulo 33

Su niña.

Últimamente no aparecía tan a menudo. A veces tenía tiempo de completar dos diarios enteros antes de que se presentara con una bolsa de supermercado en la mano y pilas nuevas para la linterna. En la bolsa llevaba cajas de cereales y cartones de leche, barritas energéticas y de cereales. También llevaba garrafas de agua que ella había aprendido a racionar. Una vez se quedó sin nada y empezó a sufrir alucinaciones por la deshidratación. O, por lo menos, él le aseguró que era eso lo que se las había provocado. Ella le preguntó entonces si era médico o algo y él le dio una bofetada.

Usaba el agua para asearse, aunque, por Dios bendito, cómo echaba de menos ducharse. A veces fantaseaba con lo que preferiría en caso de tener la opción, si una hamburguesa con patatas y batido de chocolate… o una ducha. La elección no era fácil.

Acurrucada en un lado del colchón con un nudo de dolor en el estómago, buscó a tientas la linterna. El interruptor. Lo encontró. La encendió.

A él no le interesaban ya sus diarios. Ya no los leía, aunque ella seguía escribiendo sobre él. No con el enamoramiento de otros tiempos, sino con cariño.

¿Cuánto había pasado desde la última vez que había ido a verla? ¿Semanas? Seguro, tenían que haber sido semanas, porque solo le quedaban una barrita de cereales y poco menos de cuatro litros de agua.

Se había sentido orgullosa de su propio valor, pero en ese momento tenía miedo. No de él ni de lo que pudiera hacerle. Tenía miedo, un miedo estúpido y real, de que su secuestrador, su amante, no le hiciera nada. Temía que un día decidiera, sin más, no regresar.

# Capítulo 34

El cuerpo decapitado y la mano eran, en efecto, de Lola Holt.

Dos días después de su viaje al norte, Jude y Uriah estaban sentados en la terraza de un café de la misma calle de la comisaría. Tenían un rincón para ellos solos, porque no había más clientes. El informe de la autopsia, que les acababan de entregar, descansaba entre ellos y en los platos tenían sendos emparedados, el de Uriah de pavo y queso con el pan recién horneado y el de Jude de aguacate y pesto, además del postre.

—Tendrías que probar mi *brownie* —aseveró ella—. Es una maravilla.

Uriah partió un trozo mientras Jude hojeaba el informe. El ADN coincidía, como habían sospechado.

—No te lo vas a creer. —Jude le pasó las conclusiones del laboratorio.

Uriah lo leyó y levantó la mirada.

—Cloro.

—Trazas, no en los pulmones, sino en la piel.

Hasta entonces no habían sido capaces de descifrar gran cosa del día del asesinato de Lola. Lo que sabían era que había regresado al instituto tras el funeral, había salido después con unas amigas y no había vuelto a casa.

—Voy a llamar a su padre para decirle que han identificado el cadáver —dijo Uriah.

—Es mejor que se lo digamos en persona. —Jude miró el reloj de su teléfono—. Debería estar en el trabajo. Propongo que nos presentemos allí por sorpresa.

—¿Después de lo de la última vez? No sé…

—Quiero ver su reacción.

Acabaron de comer y los dos dejaron propina antes de recoger sus cosas y levantarse.

El señor Holt era agente hipotecario y tenía la oficina en el IDS Center, rascacielos situado en South Eighth Street, no muy lejos de la comisaría. Jude estacionó en paralelo el coche camuflado y Uriah pasó la tarjeta de crédito de la comisaría por el parquímetro. Dentro del edificio, buscaron en el directorio de empresas y se entretuvieron el tiempo necesario para conseguir un pase con foto que les permitiera acceder antes de tomar el ascensor hasta la planta vigesimotercera y la oficina de Holt.

—Hay dos inspectores que quieren hablar con usted —anunció por el interfono la recepcionista. La respuesta debió de ser favorable, porque colgó y los condujo por un pasillo enmoquetado.

Al verlos, Holt perdió el color del rostro. Se las compuso para decirles que tomaran asiento mientras se dejaba caer en su sillón con la línea de horizonte de la ciudad a sus espaldas.

—Tenemos novedades —dijo Jude desde la silla que ocupaba frente a él.

—No sé si estoy preparado. —Se secó la frente con una mano temblorosa. Tenía el otro brazo en un cabestrillo gris—. ¿Acabará esto alguna vez? Quiero que acabe.

Las palabras brotaron de él como desgajadas de un lugar de desesperación entumecida destinado a hacer frente a actos con los que la mente era incapaz de lidiar.

Lo que calló Jude fue que nunca verían el final. El señor Holt no iba a levantarse un buen día sintiéndose afortunado, agraciado o dichoso. Su corazón no iba a volver a henchirse con la sencilla emoción de una nueva mañana y las puestas de sol hermosas le causarían dolor ante la idea de que su hija jamás podría verlas.

—El ADN coincide —dijo Uriah sin alzar la voz—. El cuerpo que encontraron en el bosque hace dos días es el de su hija. Lo siento. —Abrió un maletín de piel, sacó de él una carpeta de cartón y la puso sobre la mesa—. Aquí tiene el informe de la autopsia. —Sin quitar la mano de lo alto del documento, se inclinó hacia delante—. Contiene fotografías en color de veinte por veinticinco. Si lo prefiere, podemos quedárnoslo y transmitirle la información más importante. Puedo guardarlo y ahorrarle el mal trago. Si, de todos modos, decide tenerlo, mi consejo es que no lo mire, por lo menos ahora. Métalo en una caja fuerte o en un cajón cerrado con llave, porque verlo no le va a servir de nada.

—Sobre todo, creemos que no va a hacer ningún bien que lo vea su esposa —añadió la inspectora. Por lo que sabía, la desdichada había vuelto a casa después de salir en libertad bajo fianza.

El padre asintió sin palabras y tendió el brazo para recoger la carpeta, aunque, en lugar de abrirla, la estrechó contra su pecho con la boca temblorosa y los ojos rojos a punto de llorar.

—¿Han sacado algo? —quiso saber—. Del informe.

—Señor Holt, ¿sabe usted por casualidad si Lola fue a nadar el día de su asesinato? —preguntó Jude—. ¿Puede ser que tuviera clase de natación en el instituto?

—Este semestre no. ¿Por qué?

—El informe de la autopsia indica que tenía cloro en la piel. ¿Tiene idea de por qué? ¿Puede que tuviera alguna amiga con piscina? ¿Se le ocurre otro sitio al que pudiese haber ido a nadar fuera del instituto?

—No caigo. A lo mejor fue a algún sitio que nosotros no conocíamos. Era muy independiente y no siempre nos lo contaba todo. Como cualquier adolescente, imagino.

Le dieron las gracias, expresaron sus condolencias y, tras informarlo de que se mantendrían en contacto, se fueron.

—¿Por qué le has dicho que no abriera el informe? —preguntó Jude mientras caminaban hacia los ascensores—. Tenía la intención de observarlo mientras miraba las fotos.

Uriah pulsó el botón de bajada antes de volverse hacia ella.

—Ya lo sé.

—¿Entonces?

—¿Te acuerdas de lo que me dijiste el día de tu incorporación? ¿No? Pues yo sí. Me dijiste que la amabilidad era quizá el rasgo más importante que podía tener una persona.

—Pero eso no es aplicable a un posible criminal. No sirve cuando tratamos con alguien que podría darnos información. Los padres son siempre los primeros sospechosos.

—Él no sabía nada. Además, a veces hay que dejar de ser inspector para ser humano.

# CAPÍTULO 35

Cuando partió el Uber, Jude se dirigió a la puerta de su antiguo hogar con sus pertenencias guardadas en dos bolsas negras de basura que llevaba en las manos. Las correas de la mochila se le clavaban en los hombros por el peso del portátil, las carpetas y los cuadernos que había metido dentro y en los que guardaba la información de sus casos. Más tarde volvería al apartamento a recoger la moto.

Era miércoles y aún no se había hecho de noche. Habían pasado tres días desde su encuentro con Eric en la cafetería de Uptown. Otra hermosa muestra del tiempo de Minesota: el aire era seco, el cielo estaba despejado y la temperatura superaba los veintitrés grados. Era uno de esos días que casi compensaban que fuese invierno.

Eric se había ofrecido a recogerla. En realidad, se lo había implorado, pero ella quería llegar sola y por sus propios medios. Y por algún motivo que no entendía del todo, no quería tenerlo en su apartamento. No por vergüenza, porque no tenía nada de lo que avergonzarse por vivir allí, sino más por el deseo de desvincular aquel lugar de esa casa y del hombre que la habitaba.

Llamó a la puerta con los nudillos y él la abrió sonriente. Jude no pudo evitar reparar en lo que distaba su actitud de la que había mantenido la última vez que había estado ella en aquel mismo porche. Aquel momento quedaría grabado a fuego en su memoria. El gesto de horror de él. La mujer cuyo nombre seguía ignorando. Aquella persona la había sustituido y ahora era Jude quien iba a sustituirla a ella.

—¡Entra! —El entusiasmo de Eric hizo que se sintiera incómoda al tomar conciencia de su propia falta de emoción. ¿Debería estar sintiendo lo mismo que él? ¿Debería ser feliz?

El edificio consistía en dos casas adosadas de dos plantas y fachada de estuco color crema. La suya era la de la izquierda y tenía una cocina, un aseo pequeño y una sala de estar abajo y el dormitorio y un cuarto de baño completo arriba. Desde la ventana del dormitorio se veía la cúpula de la basílica de Santa María.

—Dame, que llevo tus cosas a nuestro cuarto.

La liberó del peso de las bolsas de basura y fue hacia las escaleras mientras ella se quitaba la mochila para dejarla en el sofá.

«Nuestro cuarto».

—¡Voy a hacer algo de comer! —gritó desde arriba mientras Jude recorría la planta baja examinando objetos conocidos y desconocidos.

El sofá era el mismo, aunque se había añadido al conjunto un sillón de flores. El televisor era nuevo y la lámpara también. La estantería empotrada seguía llena de libros, suyos sobre todo. Los fue sacando uno a uno para volver a guardarlos a continuación.

—He intentado dejarlo todo como estaba —dijo él después de bajar la escalera—. Estaba casi todo guardado. No podía soportar mirar tus cosas.

Se preguntaba qué habría sido del álbum de recortes que le había hecho a su madre.

—Di algo. ¿Cómo te encuentras?

¿Cómo se encontraba?

Jude lo miró con esa expresión escrutadora que sabía que causaba malestar a los demás. Eric no era guapo, pero sí atractivo, y tenía una ingenuidad inocente que casi la incomodaba. En ese instante era como un chiquillo alborotado, nervioso, agitado y eufórico, todo al mismo tiempo. Las emociones que rezumaba le resultaban abrumadoras.

—Quiero echarle un vistazo a la planta de arriba —dijo.

Eric hizo ademán de seguirla.

—Sola.

Eric se detuvo y Jude pudo ver que había herido sus sentimientos.

—Necesito estar sola unos minutos nada más —explicó con voz suave.

Él asintió con un gesto que hacía pensar que lo comprendía.

—Estaré en la cocina. Baja cuando estés lista y comemos. Estoy haciendo tu plato favorito: fajitas de pollo con guacamole.

Arriba, soltó la mochila sobre la cama de matrimonio cubierta con un edredón verde y rosa, al lado de las bolsas de basura. El edredón era nuevo. Las cortinas, de un tejido calado muy femenino, también lo eran. Probablemente eran de la mujer sin nombre, que las habría elegido, comprado y colgado del mismo modo que había adquirido Jude la ropa de hogar cuando se habían ido a vivir juntos ella y Eric.

La casa se había construido en los años veinte y seguía teniendo buena parte de los detalles originales, como los suelos de madera o las molduras del techo pintadas de blanco en contraste con el azul celeste de las paredes. Estas, en cambio, eran antes de un tono beis suave. Le gustaba aquel azul. Daba mucha paz.

El armario empotrado seguía teniendo el tirador clásico de vidrio. Abrió la puerta y vio que su ropa estaba puesta a un lado y la de Eric al otro. Los vestidos negros que se había puesto Jude para trabajar estaban allí junto con sus botas, sus zapatos y un abrigo rojo de lana que había comprado en la tienda de segunda mano de una asociación benéfica, así como vestidos clásicos que recordaba haber llevado puestos. ¿Cómo podían todas esas prendas resultar tan personales y al mismo tiempo tan distantes?

Cerró el armario y se volvió a contemplar la cama. De la planta baja llegaban los ruidos propios de una cocina y el olor de la comida.

¿Cuántas veces habían hecho el amor en ese dormitorio, en esa cama? ¿Cientos?

Se imaginó cuál sería la situación de aquella noche cuando se acostaran los dos juntos.

Era extraño, porque una de las cosas que la habían llevado a seguir adelante durante su secuestro había sido el recuerdo de los ratos compartidos en aquella misma cama. La actitud atenta de él, sus coqueteos, lo dulces que eran las mañanas… Esas eran las cosas a las que se había aferrado, las cosas que le habían recordado que era humana y que dos personas podían compartir algo que no fuera doloroso.

Pero en aquel instante sintió dolor.

En la mesilla, en un marco, había una fotografía tomada desde un ángulo perfecto, la imagen de una pareja feliz. La mujer estaba subida a las espaldas del hombre y tenía la cabeza vuelta hacia el cielo y la boca abierta de par en par en una carcajada.

Recordaba aquel día… La instantánea se tomó en el lago Harriet. Habían salido a remar en canoa y, después, a disfrutar de una merienda campestre cerca de la rosaleda. Un día perfecto.

En ese momento vibró el teléfono. Lo sacó del bolsillo pequeño de la mochila y vio que era un mensaje de Uriah:

¿Cómo va?

Quedó con la vista pegada a la pantalla. ¿Cómo había sabido lo duro que iba a ser para ella? Escribió la respuesta:

Me siento un poco rara.

Era mentira. Tenía que haber puesto: «muy rara».

No lo dudo. Avísame si necesitas algo.

Y Jude:

Gracias.

Aquella conversación hizo que se sintiera mejor.

Abajo estaba ya puesta la mesa con platos de color de lima desconocidos para ella. No había detalle de la casa que no le recordara la vida que habían compartido en el pasado o los años que habían transcurrido.

—Había pensado que luego podríamos ir a dar un paseo por el lago Harriet —dijo Eric— y después a tomar un helado en Sebastian Joe's. Siguen teniendo tu favorito, el de frambuesa y chocolate.

Vaya. Menudo cortejo. La clase de cortejo en la que el día se convertía en un preliminar para la noche. Jude, en cambio, tenía que volver a la normalidad de forma gradual. No podía retomar la relación por donde la habían dejado y fingir que aquellos tres años no habían existido.

«Esto ha sido un error, un error tremendo».

En realidad, suponía que tenía que darle las gracias a Eric por haber hecho que se diera cuenta tan rápido. Si hubiese abordado la situación con cautela, si no la hubiese apremiado, podrían haber transcurrido semanas sin que lo hubiera advertido. Si no hubiera puesto sus cosas en el dormitorio que habían compartido, si no hubiera hecho la comida que le gustaba a ella entonces, si hubiese dicho una sola cosa que no hubiera estado relacionada con la antigua

Jude... Si el día no hubiese parecido orientado a la noche que estaba por venir...

Eric no tenía la menor idea de cuánto había cambiado. No tenía la menor idea de que nunca iba a volver a ser la persona que había conocido. ¿Cuándo iba a decirle que no había sido buena idea? ¿En ese momento, antes de comer? ¿O después?

—Esto no va a salir bien —aseveró tras decidir lanzarse sin dudarlo. En realidad era un alivio reconocer cuánto se habían equivocado. Estar allí era como verse en la fotografía de otra persona.

Eric se detuvo entre el fregadero y la mesa con dos vasos de agua en las manos.

—¿La comida? Si quieres, puedo hacer cualquier otra cosa.

—No me refiero a la comida, sino a lo nuestro.

Eric, como era de esperar, quedó estupefacto y Jude se sintió culpable por ello.

Él puso los vasos en la mesa. No en cualquier parte, sino a la derecha de los platos, como si esperase que continuara la tarde.

—He cambiado mi vida por ti —dijo—. He roto con Justine. He rehecho la casa. He sacado toda tu ropa del almacén. He hecho tu comida favorita.

Jude pensó en las pertenencias que había en el dormitorio y se imaginó llevándoselas al apartamento.

—Tenía que haberlo supuesto cuando me dijiste que no querías ayuda con la mudanza. Tenía que habérmelo imaginado al verte llegar con tus pertenencias en dos bolsas de basura solamente. —Entonces cambió de táctica—: No te vayas —le rogó—. Vamos a probar veinticuatro horas solo. Un par de días. Acabas de llegar. Es normal que todo te parezca extraño.

—No va a funcionar y el tiempo no lo va a cambiar. Lo siento, Eric. No tenía que haberte llamado. —Se dio la vuelta para subir las escaleras.

Él alargó el brazo con rapidez y sus dedos envolvieron el brazo de ella. Pudo sentir la presión de todos ellos mientras trataba de retenerla, de impedir que se fuera.

Cualquier duda que pudiese haber albergado ella se esfumó ante el ímpetu de su tacto. No era brusco, no era brutal, pero sí el de un hombre que intenta retener a una mujer, contenerla físicamente y obligarla a quedarse contra su voluntad.

Él tenía el rostro lleno de sudor, la respiración acelerada y la boca abierta. Olía a detergente para vajilla, a desodorante y a las cebollas que había cortado para hacer la comida. Tenía bajo la epidermis una fina extensión de pecas. Jude lo había olvidado. Había que acercarse mucho para verlas.

Sin dejar de mirarlo a los ojos, dijo:

—Suéltame.

Pudo ser la falta de emoción que acusaba su voz lo que hizo que él retrocediera y dejase caer la mano. O tal vez fuera que al fin estaba viendo a la nueva Jude. No a la joven de la fotografía de arriba. No a la joven que había llevado puestas aquellas prendas y había bailado con él en el mismo lugar en que estaban en ese instante. Aquella mujer había muerto.

La sorpresa que hacía patente el rostro de él cambió en el instante en que acudió a su cabeza un plan de acción distinto. Corrió al armario empotrado del recibidor y se puso a sacar cajas de cartón. Como un niño con una rabieta, arremetió contra las estanterías y se puso a tirar libros al suelo a puñados. En su mayoría fueron cayendo en la caja que tenía a sus pies mientras ella lo observaba sin moverse del sitio.

Con el rostro enrojecido, Eric corrió a subir las escaleras y volvió poco después con los brazos cargados de ropa del armario. Dando grandes zancadas, se dirigió a la puerta de la calle, la abrió y lo lanzó todo al jardín. Mientras él seguía purgando la casa de las pertenencias de Jude, ella sacó el teléfono y llamó a Uriah. Cuando respondió, dijo:

—¿Es tarde para aceptar tu oferta de ayudarme con la mudanza?

—Pensaba que ya te habías mudado.

—Vuelvo al apartamento.

—Vaya. —Silencio.

Jude le dio la dirección, aunque sabía que él había estado allí al menos una vez para entrevistar a Eric. Uriah dijo entonces:

—Tardo quince minutos.

Le bastó con diez.

Salió del coche y, apoyando las manos en las caderas, contempló el desbarajuste de ropa que alfombraba el jardín.

—La leche.

En el porche, Jude se echó al hombro la mochila y fue al coche con paso decidido. Llevaba las bolsas de basura en la mano y era muy consciente de las caras que la miraban desde las ventanas del otro lado de la calle.

—En efecto —dijo al pasar frente a Uriah—, no ha funcionado.

—Ya lo veo.

Cuando cargaron cuanto había en el jardín, rodearon el vehículo para acceder a sus respectivos asientos. Jude estaba abriendo la puerta cuando llegó Eric corriendo por la acera. A juzgar por su expresión, seguía muy tenso y, no, por Dios, estaba llorando.

—¡Me has roto el corazón dos veces! —exclamó—. ¡Dos veces!

Jude cerró de un portazo y lo observó a través del parabrisas mientras Uriah se apartaba del bordillo.

—Menudo cabroncete egoísta, ¿no? —señaló su compañero.

—No lo había visto nunca así. —Era incapaz de ocultar el asombro de su voz. ¿Quién era aquel tipo? ¿Cómo había podido tener nada que ver con él?—. Sin embargo, tengo la sensación de que no ha cambiado, de que soy yo la que ya no es la misma.

—Interesante, pensar que lo que la había destrozado y le había encanecido el pelo era lo mismo que le había brindado una conciencia nueva y real del mundo que la rodeaba. No era normal que su estancia en aquel lugar tan oscuro le hubiese otorgado una visión nueva—. Me he aferrado a esto durante demasiado tiempo —concluyó—. Me mantuvo cuerda cuando estaba en aquella celda, pero este no es mi mundo. Ya no. Y ahora me pregunto si lo ha sido en algún momento. Cuando yo vivía en él.

—Te ha hecho abrir los ojos, recordar la vida que tuviste aquí. Eso es algo. No, perdón, eso es mucho.

—Sí, pero me apena darme cuenta de que ya no tiene la misma importancia. En mis recuerdos, él era diferente. Los dos lo éramos. No sé qué ha pasado. Cómo ha cambiado todo.

—Resulta desconcertante pensar hasta qué punto nos da forma la oscuridad que hay en nuestra vida —dijo él como si expresara los propios pensamientos de ella.

—Es verdad. Yo me reía con *South Park* y con *Los Simpson* —reconoció ella—. Y a la mujer que tienes ahora sentada a tu lado no le harían ninguna gracia *Los Simpson*.

Eric dobló a la derecha al llegar a Lyndale.

—Pues eso habrá que arreglarlo.

Dentro del apartamento de Jude, una vez puestas las cajas en el suelo, Uriah levantó la foto en la que aparecía ella a cuestas de Eric.

—No me acostumbro a verte con el pelo oscuro.

—Ni feliz.

—No iba a decirlo, pero tienes razón. ¿De cuándo es?

Jude soltó un lío de prendas en el sofá y levantó la vista.

—De hace unos cuatro años.

Uriah puso el retrato en la mesita y miró a su alrededor.

—¿Tienes algo de beber?

—No.

—Pues corro al bar de abajo.

Volvió con tanta rapidez que a Jude apenas le dio tiempo de guardar nada.

—¿Abridor? —preguntó él mientras sacaba un paquete de seis botellines de color pardo de una bolsa de papel.

Jude rebuscó en los cajones de la cocina y, al fin, le tendió uno de metal que tenía el mango con la forma de Minesota.

—Venía con el apartamento.

Él destapó dos cervezas y le dio una a Jude, que tomó un trago antes de dejar la botella para abrir un armario y sacar una lata de comida para gatos. Uriah buscó en el piso algún signo de la presencia de animales.

—¿Tienes gato?

—No exactamente. —Metió la lata en el bolsillo de atrás de los vaqueros y recogió su botella—. Ven conmigo.

Él la siguió por la angosta escalera que daba al terrado, donde el sol había empezado a ponerse y el cielo a sonrojarse.

—Tienes azotea.

Sin mirarlo, Jude ajustó una de las tumbonas blancas de plástico y puso la cerveza en la tarima.

—Cuando no llueve duermo aquí. Por eso alquilé este sitio. Puede que sea peligroso vivir aquí, pero a mí me daba igual la ubicación. Lo que me importaba era la azotea.

Uriah arrastró un asiento hasta dejarlo cerca de ella, aunque no demasiado.

—¿Y el gato? Cuéntame la historia del gato.

Jude sacó la lata de comida del bolsillo del pantalón y retiró la tapa metálica.

—Sube por ese árbol y duerme aquí por la noche. Que yo sepa, es un gato callejero. —Atravesó la tela asfáltica y colocó la lata al lado de un cuenco de agua y de la rama delgada que pendía sobre la azotea.

—Yo habría dicho que eras más de perros.

—Y era más de perros, pero ahora no sé lo que soy.

Cogió la cerveza y se sentó al lado de él.

—Siento mucho lo de como se llame —dijo Uriah.

—En cierto modo, me alegra que haya pasado, porque ya puedo pasar página definitivamente sin preguntarme qué habría pasado si no lo hubiésemos intentado.

—Mira —dijo él señalando con la mano con la que sostenía la cerveza.

Como si estuviera dando caza a un ratón, el gato caminaba con andar grácil, la panza baja y movimientos que iban de lentos a petrificados.

—¿Le has puesto nombre?

—No.

—Pues deberías.

—Es solo un gato, un gato canela de los tejados.

—Seguro que podemos atraparlo.

—Con lo bien que está así.

—Va a venir el frío. Podrías atraparlo, llevarlo a un veterinario que lo mire y dejar que viva en tu apartamento.

—¿Por qué?

—A lo mejor no te viene mal tener un amigo.

—No necesito amigos.

—¿Seguro?

—Soy incapaz de mantener una relación, ni siquiera con un gato.

—Pues, entonces, no hay más que hablar. —Apuró el botellín—. Me voy. Te dejo las cervezas. Considéralas un obsequio atrasado por la inauguración de tu casa. Y no te emborraches demasiado, que mañana por la mañana tenemos otra reunión del grupo operativo.

—Uriah.

Estaba demasiado oscuro para verle la cara.

—Dime.

—Me refería a una relación, no a que no pueda tener un compañero de trabajo.

—Ya lo sé.

—Gracias por ayudarme con la «remudanza».

# CAPÍTULO 36

Poco después de irse Uriah, Jude se preparó para dormir o, lo que es igual, puso en la azotea el saco de dormir y la almohada y dejó cerca la pistola y el teléfono mientras se dejaba reconfortar por el leve sonido de la música distante y el olor de carne a la brasa del bar de la esquina.

Habían pasado unas horas cuando empezaron a caerle gotas frías de lluvia en la cara. Cuando se despabiló lo suficiente como para darse cuenta de lo que pasaba, recogió el saco y la almohada y se metió en la escalera. Al volver al apartamento, la claustrofobia pudo más que el sueño. Dándose por vencida, puso un hervidor en la hornilla y se puso a revisar las cajas que quedaban en el suelo de la sala de estar.

No tenía claro si quedarse con algo. Todo le recordaba a una vida que se le había revelado como falsa hasta extremos increíbles. ¿Cómo era posible cuando la vida que vivía en ese momento era la que le parecía una simple sombra? Más alarmante aún, lo único que parecía real y sólido eran los días que había pasado en aquel sótano. Cierto filósofo decía que el lugar más oscuro en el que haya podido vivir uno queda impreso para siempre en el alma y acabamos por volver la vista atrás para contemplar aquel tiempo con un sentimiento perverso semejante al cariño. Odiaba validar con el pensamiento lo que tenían de verdad esas palabras. En adelante, ¿sentiría en algún momento que estaba viviendo la vida que tendría que estar viviendo? ¿O tenía que renunciar por entero a dar con algo así, con aquella capacidad para abrazar el presente y dejarse engañar por él, para convencerse de que podía estar con alguien como Eric?

La lámpara. ¿Se la quedaba? Era una pieza de diseño clásico que había encontrado con Eric en un mercadillo benéfico de Saint Paul. Tenía una pantalla de plástico ondulado naranja y tres patas de madera. No era de imitación, sino auténtica, y tenía hasta la bombilla original. Cuando la enchufó y giró el botoncito, se sorprendió al ver que funcionaba.

Le gustaba. Se la iba a quedar y, si en algún momento veía que se sentía mal al mirarla, se desharía de ella.

Vació dos cajas para dejar en una lo que era para tirar y en otra lo que daría a la beneficencia. La mayoría de la ropa acabó en esta última, aunque salvó dos pares de vaqueros desteñidos. Los vaqueros eran vaqueros. Neutros. No tenía claro qué hacer con los trajes pantalón que había usado para trabajar. ¿Se pondría otra vez aquellas prendas, recordatorio de la persona que había sido? ¿De aquellos tiempos en los que había llegado a tenerse no por una buena inspectora, sino por una inspectora sobresaliente? Los inspectores sobresalientes no se dejaban atrapar y encerrar durante tres años.

Al final conservó también los trajes pantalón. Los necesitaría cuando tuviera que testificar en un juicio. Además, como con la lámpara, siempre podía darlos si se convertían en un recuerdo incómodo de su vida anterior. A fin de cuentas, cabía la posibilidad de que los fantasmas de aquella existencia se desvanecieran y los trajes y la lámpara se volviesen parte de su vida.

Los libros se los daría a Uriah. Las novelas y las películas habían dejado de tener sentido para ella. Historias ficticias de gente que se hacía daño o que se enamoraba. Nada de eso le decía ya nada.

La última caja tenía bolsos y zapatos. Miró los primeros, buscó en bolsillos y cremalleras, los puso boca abajo y los sacudió. Solo salió polvo. Entonces cayó al suelo algo rojo no mucho mayor que un clip.

Era un lápiz de memoria sin nada escrito. Ni siquiera un logo.

Lo recogió sin reconocerlo. Con todo, encontrar un lápiz de memoria era como encontrar un bolígrafo o un lápiz de escribir. Antes de tirarlo a la papelera, quería asegurarse de que no contenía información personal, como un informe que hubiese podido elaborar en su otra vida. Abrió el portátil y lo insertó en el puerto USB.

Solo tenía un archivo de MP4. Lo seleccionó con el puntero y lo abrió. Cuando se activó el QuickTime, reprodujo el vídeo. Cinco minutos después, lo paró, cogió el teléfono y llamó a Uriah. Él respondió y ella le dijo:

—Tienes que venir a mi casa. Ahora mismo.

# Capítulo 37

Jude abrió la puerta de abajo y segundos más tarde oyó los pasos de Uriah subir hasta la planta cuarta. Abrió la puerta antes de que tuviera tiempo de llamar.

Él entró con prisa en el apartamento. Tenía los hombros mojados por la lluvia y estaba sin aliento. Jude leyó los pensamientos que le pasaron por la cara, lo vio considerar la idea de palparla para asegurarse de que estaba bien.

En lugar de eso, sin embargo, la miró con rapidez de arriba abajo mientras cerraba la puerta tras él. La preocupación de su rostro se vio sustituida por un gesto de alivio al ver que no estaba herida y luego por otro de irritación al ver que, en efecto, no estaba herida. A Jude no se le había pasado por la cabeza que su llamada pudiera haberle hecho pensar que le había ocurrido algo.

—Doy por hecho que estás bien —dijo con ojos soñolientos y el pelo mojado en la frente.

—Te veo decepcionado.

—Un poco. Me he saltado dos semáforos en rojo para llegar. —Como si el trayecto le hubiese robado todas las fuerzas, se desplomó sobre el sofá con los brazos inertes—. No tengo muy buen despertar. El explorador Roald Amundsen lo llamaba «exasperación matutina».

—Lo que demuestra que hemos perdido mucho en vocabulario. —Levantó la taza que tenía en la mano y de la que pendía el papel de una bolsa de té—. ¿Quieres cafeína?

—¿Tienes café?

—No. Lo siento.

—¿Qué té tienes? Espero que ninguno de esos con hierbas raras.

—Earl Grey.

Uriah se frotó la cara.

—Suena tan apetitoso como leche en polvo para bebés, pero lo probaremos.

Jude fue a la cocina contigua para echar agua hirviendo en una taza y, tras meter la bolsita de té, volvió a la sala de estar. Toda una anfitriona.

—Quiero saber qué es eso tan importante que he venido a hacer aquí... —dijo antes de sacar el teléfono y mirar la pantalla— a las tres de la madrugada. Puede que tú no te dejes guiar por el reloj. Puede que no necesites dormir para mantenerte en pie, pero yo sí. —Mojó la bolsa en el agua caliente con un movimiento repetido de la mano, dio un sorbo e hizo un mohín—. ¿Seguro que lo del Motín del Té fue por los impuestos? —Preguntó refiriéndose al acto de protesta que llevaron a cabo en 1773 los colonos americanos arrojando al mar todo un cargamento de dicha infusión.

—¿Quieres dejar de quejarte?

—Ya te he dicho que no tengo buen despertar.

—Muy apropiado para un poli. Sigue habiendo cerveza. ¿Quieres una?

—Me aguantaré. De chico no me gustaba el brécol y me lo comía de todos modos. —Volvió a beber e hizo otra mueca de disgusto.

—Te tengo que enseñar una cosa. —Se sentó a su lado en el sofá y acercó el portátil hasta colocarlo entre los dos sobre la mesita—. Revisando mi ropa antigua he encontrado un lápiz de memoria en un bolso. —Pulsó varias teclas y luego el botón de reproducción.

Aunque la grabación no tenía mucha luz y al principio resultaba difícil distinguir su contenido, no tardó en hacerse evidente por el ruido de chapoteo y el eco de risas que se trataba de varias personas jugando en una piscina.

—¿Me has traído aquí para que vea una fiesta bikini de adolescentes?

—Espera.

La persona que sostenía la cámara estaba apostada en el extremo de una piscina rectangular y enfocaba a cinco muchachas que reían mientras se salpicaban agua. Un minuto después, empezaron a distinguirse con claridad dos de ellas y la cámara hizo un primer plano de sus pechos desnudos. Sin duda habían bebido.

Uriah se inclinó hacia delante entornando los ojos.

—Pero si son jovencísimas.

—Sí. Ninguna parece tener más de dieciséis.

Mientras las observaban, una de ellas caminó hacia la persona de la cámara. Subió los escalones y su cuerpo fue saliendo paso a paso del agua. La lente la examinó, desde la mata de vello que tenía entre los muslos hasta el rostro ruborizado, los labios rojos y los ojos vidriosos. Ella ladeó la cabeza y le ofreció una sonrisa pícara.

La pantalla se fundió al negro. Fin de la toma.

—Creo que la del final podría ser Octavia Germaine —aseveró Jude.

—¿La adolescente cuya desaparición estaba investigando el periodista asesinado?

—La misma de la foto que tenía yo en la mesa. —Sacó la octavilla que le había dado la novia del periodista y se la dio.

—Desde luego se parecen —dijo Uriah mientras examinaba la foto de la chiquilla sonriente.

Jude volvió a poner los últimos segundos del vídeo y congeló la imagen en el plano de la cara de la joven.

—Habrá que usar un programa de reconocimiento facial para ver si son la misma.

Uriah dejó la taza en la mesa.

—¿De dónde sacaste la grabación y qué importancia puede tener?

—No lo sé. Estaba metida en un roto del forro del bolso que supongo que debía de llevar el día que me reuní con Ian Caldwell.

—¿El periodista al que mataron?

—Sí, pero no recuerdo que me diera ningún lápiz de memoria.

—¿Puede que te lo metiera en el bolso sin que lo supieses?

—A lo mejor.

—¿Y por qué te lo daría a ti en vez de pasarlo a algún agente de la unidad de personas desaparecidas?

—Ni idea.

Uriah frunció el ceño.

—Vamos a suponer que, en efecto, te lo dio Caldwell. En ese caso, tenemos a un periodista que, de algún modo, se hizo con la grabación de una chica desaparecida en una fiesta en una piscina. No sé si eso tendrá alguna relevancia. ¿Quién no se ha emborrachado ni se ha bañado en cueros a los dieciséis?

—Yo.

—Pues yo me harté. Y no en piscinas caras, sino en pozas, en embalses y en lagos. En mi pueblo era casi un requisito para hacerte mayor. La verdad es que no tengo claro que esto merezca haberme hecho venir corriendo en plena noche. Supón que esa chica es de verdad Octavia Germaine. Eso no nos dice nada. Lo siento, pero sin más información no nos lleva a ninguna parte.

—Ya sé que es echarle mucha imaginación, pero me pregunto si no podrá tener algún tipo de conexión con los casos de asesinato que estamos investigando. Tenemos niñas de instituto. Tenemos agua, cloro.

—Yo diría que es coincidencia. En el caso de Octavia Germaine no hemos visto nada que pueda vincularlo a los otros. Además, desapareció hace más de tres años.

—¿Y si el vídeo es precisamente ese vínculo?

—La calidad es malísima. Ni siquiera se ve si están en un hotel, en el instituto o en una vivienda particular. Ya me gustaría identificar al menos a una de las otras para interrogarla.

—Voy a pedirle a Trent, el del departamento de tecnología, que mejore la imagen. Por si se ve algo o a alguien que podamos reconocer. A lo mejor es posible fijar la fecha de algún modo o determinar el sistema operativo para que sepamos qué utilizaron para grabarlo. No sé, cualquier cosa.

Uriah se levantó del sofá y caminó hasta la cocina para dejar la taza en el fregadero.

—Mañana lo repasamos. Ahora me voy a ir a mi casa.

—Gracias por venir. —Recordando los libros, tomó la caja y se la dio—. Ten, quédatelos. Puede que encuentres algo que valga la pena.

Uriah se la metió bajo el brazo.

—Como estoy tan necesitado de libros... —Se detuvo en el umbral para añadir—: Sigo pensando que podías haber esperado hasta mañana.

Cuando se fue, Jude se tendió en el sofá con la cabeza apoyada en la almohada. Mirando al techo, cayó en que el álbum que había hecho con recortes sobre su madre no estaba entre sus pertenencias.

En la calle, Uriah miró en dirección al coche camuflado. Sabía la impresión que daba al salir del piso de Jude en plena noche después de haber pasado allí algo más de una hora. Sin embargo, resultaba demasiado arriesgado detenerse al lado del vehículo de vigilancia para informar a Vang de que solo había ido allí para hablar de un caso. Además, tampoco era muy probable que fuese a creérselo. En realidad no había gran cosa que pudiera hacer. Con un poco de suerte, el inspector mantendría la boca cerrada al respecto. Quizá en el fondo no fuera tan importante. Jude vivía como en una frecuencia diferente del resto del mundo y, en realidad, era muy probable que le diera igual lo que pudiesen decir de ella.

Agachando la cabeza, salió de debajo del toldo que lo protegía y sintió el frío de la lluvia golpearle el rostro y el cuello.

Al llegar a casa, incapaz de conciliar el sueño, fue a hacer lo que había estado haciendo demasiado últimamente. Abrió el portátil y visitó la página de Facebook de su mujer. En realidad, no fue allí directamente. Primero echó un vistazo a la de Octavia Germaine para tomar una serie de notas y comprobar si tenía amigos en común con Holt y Masters. No, aunque era cierto que la primera debía de tener unos tres años más que ellas.

Entonces entró en la página de su mujer.

Sabía que estaba usando el trabajo como pretexto para pasar las pocas horas que quedaban hasta el amanecer observando de nuevo las fotos de Ellen. A esas alturas tenía casi grabada en la memoria toda la página.

Como siempre, tras mirarlo todo, quiso más. Como siempre, después de salir de su página, intentó acceder como Ellen. Podía ponerse en contacto con Facebook y conseguir la contraseña, pero eso sería reconocer un grado de obsesión con el que no se sentía demasiado cómodo.

Miró la caja de libros que había dejado en el suelo, al lado de la puerta, y aquello lo llevó a probar una táctica diferente para dar con la contraseña. Títulos de libros. El tercer intento fue la palabra *borrascosas* por *Cumbres borrascosas*, uno de los favoritos de Ellen.

Y entró.

# Capítulo 38

Al parecer, la gente escribía a los muertos. La mujer de Uriah tenía casi doscientos mensajes privados sin leer, la mayoría de gente se dirigía a ella tras su suicidio en términos como: «Me pesa que sintieras necesario quitarte la vida. Ojalá hubiese sabido lo que estabas sufriendo. Ojalá me hubieras pedido ayuda».

Aunque también había «amigos» que ni siquiera sabían de su muerte («Te has perdido las últimas reuniones del club de lectura y te toca hacer de anfitriona») o fulanos que trataban de ligar con ella («Hola, guapa. Estás muy buena»). La mayoría de estos últimos mandaba fotos sin camisa. Ni siquiera faltaban intentos de contacto igual de aleatorios por parte de chicas semidesnudas.

Tardó un rato, pero al fin lo leyó todo y llegó a los que había respondido estando viva. Arrugó el entrecejo y se inclinó hacia la pantalla para estudiar una página tras otra de mensajes que había intercambiado con un tal Joseph Johnson, profesor de Filosofía en la Universidad de Minesota. Como en Facebook se mostraban primero los más recientes, siguió el hilo hasta llegar al principio.

Las conversaciones tenían en el comienzo un tono inofensivo y versaban sobre Sócrates o Nietzsche, pero evolucionaban hasta el punto en que el tal Johnson le pedía que quedasen para tomar un café. Luego, que se vieran en habitaciones de hotel. Durante viajes a otra ciudad.

Con el corazón golpeándole con fuerza el pecho, Uriah se obligó a leerlo todo, cada puta palabra de aquella correspondencia. El motivo del cambio de actitud de Ellen, lo que la había llevado de odiar su existencia urbana a adorarla, era, al parecer, aquel tío.

Uriah lo buscó en la web de la Universidad de Minesota.

Mientras leía la biografía de Johnson y la información relativa a sus clases, una paz extraña fue asentándose en todo su ser. Cerró el portátil y miró la hora. Un poco más de las seis. Se duchó, se afeitó, se puso el traje y se abrochó el cinturón con la placa. Comprobó su Smith & Wesson de diez milímetros semiautomática y se aseguró de que tenía lleno el cargador antes de enfundarla. Salió del apartamento, cerró la puerta con llave y bajó los diecisiete tramos de escalera que lo separaban de la calle.

Fuera, el aire matinal iba cargado de ese frío que llevaba aparejada la promesa de un día cálido. De la zona de carga y descarga salió un camión de reparto nocturno acompañando el ruido del motor con una nube de humo de gasóleo.

El café de la esquina estaba abriendo. Él era el primer cliente de la jornada. Un café solo largo, propina en el bote y al aparcamiento de seis plantas en el que tenía el coche. Desde allí se internó en el laberinto de calles entre obras y direcciones prohibidas, rebasando el estadio de los Vikings en dirección a la interestatal 35 y la Universidad de Minesota, donde Joseph Johnson impartía un curso estival de Ética a primera hora de la mañana.

# Capítulo 39

Uriah se coló en la clase del profesor Johnson. Consiguió sentarse al fondo del aula, en un asiento situado en un rincón de lo más alto de las gradas.

Podía entender que Ellen hubiera encontrado atractivo a aquel tipo. Era arrogante, se mostraba seguro de sí mismo y hablaba con convicción, pero, al mismo tiempo, tenía el típico aspecto de docente de pelo desgreñado, barba descuidada, gafas de pasta, camisa de cachemir y corbata marrón oscura. Edad: unos treinta y siete.

No sabía ni siquiera por qué había ido allí. Como mínimo, deseaba dar una paliza descomunal a la persona que, probablemente, fuese responsable no solo de la felicidad de Ellen, sino también de su suicidio. Sin embargo, estando allí sentado en un mundo que le era ajeno y que su mujer había abrazado, se vio abrumado por la pena y por la culpa. Por no haberla visto. Por no reconocer sus necesidades. Por dejarla sola tanto tiempo. Por dedicar tantas horas a su trabajo.

Cuando acabó la clase y fueron saliendo los alumnos, se quedó al fondo mientras el profesor acababa de hablar con su ayudante. Tras una breve conversación, Johnson quedó a solas en aquel pequeño auditorio. Sin más compañía que la de Uriah.

—¿Va todo bien por ahí arriba?

El profesor lo había visto. O al menos lo había sentido oculto por las sombras, mirando. Uriah tenía la Smith & Wesson en el cinturón. Habría sido facilísimo sacarla y disparar. Sin embargo, en su fuero interno no cabía esa reacción. En cambio, por decepcionante que le resultara en cierto modo, se sorprendió poniéndose en pie y bajando los escalones sin dejar de sostener la mirada en ningún momento al tipo del estrado. Podía oler sus aires de académico.

Ellen había sido parte de aquel mundo. Le gustaban las conversaciones profundas y filosóficas que Uriah encontraba tediosas. «Demasiado mirarse el ombligo», le decía. Tenía sentido que le interesara aquel fulano de camisa de cachemir, corbata marrón y pelo por debajo del cuello de la camisa.

Al llegar abajo, se colocó bajo una de las luces sin dejar de observar el rostro de aquel tipo. Joder, qué bien se sintió cuando Johnson lo reconoció y palideció. Uriah se abrió la chaqueta y se llevó una mano a la cadera para revelar su arma.

—Pues no, por ahí arriba no iba todo bien ni va bien por aquí abajo.

El profesor perdió toda compostura. Solo por aquello había valido la pena el viaje.

—¿Qué está haciendo usted aquí? —Su acento lo situaba en la Costa Este, quizá en Boston.

—Quería charlar un rato.

—Yo no tengo nada que contar.

—Pues yo diría todo lo contrario. —Dejó que se le cerrara la chaqueta—. ¿Cuánto tiempo llevaba viéndose con Ellen?

Johnson se desmoronó enseguida. Las armas tienen ese efecto en la gente.

—Unos meses —dijo. Una vez que empezó a hablar, no pudo contenerse—. Ya sé qué es lo que piensa, que soy uno de esos profesores que se aprovechan de su situación.

Eso era, ni más ni menos, lo que había supuesto Uriah.

—Ella es la única alumna con la que he tenido jamás una relación. Además, salió así, sin pensarlo. Una tarde, después de acabar la clase, la encontré sentada al fondo del aula, llorando. Se sentía sola. Sentía nostalgia. Hablé con ella. Solo eso, hablé con ella. Un día quedamos para tomar café. Como amigos. —Meneó la cabeza—. Ocurrió, sin más. Era feliz conmigo.

—No tanto. —Uriah clavó en él la mirada durante un buen rato mientras trataba de sentir rabia e indignación. Aun así, en ese momento empezó a cobrar sentido todo excepto una cosa—. ¿Por qué se quitó la vida?

—Creo que la culpa pudo con ella. Era una joven provinciana. Jamás se le habría pasado por la cabeza tener una aventura. Estaba enamorada de usted. Eso se lo puedo garantizar. De mí, no. Simplemente acerté a estar en el lugar adecuado cuando ella lo necesitó. Yo quería casarme con ella. Quería que lo dejase a usted. —Miró a Uriah con ojos llorosos.

—¿Estaba con ella la noche de su muerte? —Pastillas y una habitación de hotel en Saint Paul.

—Sí. Poco antes. —Le temblaba la voz—. Me dijo que no podía seguir viéndose conmigo y me pidió que me fuera. Así que me fui. Lo único que quería era protegerla y, en vez de eso, lo empeoré todo. Yo soy el culpable de su muerte.

Uriah quería odiar a aquel tipo, pero no podía. Tenía que reconocer que si alguien de aquella sala merecía que lo odiasen era él mismo. Sin pronunciar palabra, se dio la vuelta y se marchó.

# Capítulo 40

—Ahí. —Jude señaló el monitor—. ¿Puedes limpiar esa imagen?

Era la mañana siguiente al hallazgo del lápiz de memoria y Uriah y Jude estaban en el laboratorio tecnológico de la comisaría central de la policía de Mineápolis, situada en el sótano del edificio, de pie tras el terminal de uno de sus especialistas, un joven llamado Trent. Aunque era experto en aislar señales de audio, no le faltaba talento a la hora de dar nitidez a documentos fotográficos. Jude había llamado ya a Kennedy Broder, la novia del periodista de la sección policiaca del *Star Tribune*, para ver si podía ofrecer alguna pista acerca del vídeo, pero la joven no sabía nada.

Con unos cuantos movimientos de ratón y pulsaciones, Trent eliminó las tinieblas del fotograma y aclaró a la muchacha que, según sospechaba Jude, podía ser Octavia Germaine.

—Esta es la única cara con la que puedo hacer algo —aseveró—. Las otras están demasiado oscuras y muy lejos.

—Creo que es ella. —La inspectora miró a Uriah, que tenía la vista clavada en la pantalla.

Había llegado a comisaría como ausente y distraído y con una mirada extraña en los ojos.

Trent recortó la parte de la cara, creó un archivo nuevo y pulsó el botón de imprimir. Al otro lado de la sala cobró vida una máquina que sacó dos copias de la imagen.

—Voy a enviarte un JPEG también a tu correo electrónico. —
Más tecleo.

Jude se sentó en otro terminal, abrió el archivo que le acababa
de enviar y lo pasó por un programa de reconocimiento facial.

—Octavia Germaine —anunció satisfecha un par de minutos
más tarde—. La primera persona que ha salido.

No se dio tiempo de saborear la victoria.

—¿Qué me dices del resto de la escena? —preguntó volviendo
ante el monitor de Trent—. ¿Hay algo que pueda ayudarnos a identificar el lugar?

—Está claro que es una piscina cubierta —dijo el técnico—.
No es la de un instituto. Lo más seguro es que sea de una casa. —
Amplió una zona—. Aquí hay una ventana. Parece una sala de estar
o algo así. ¿Ves el televisor?

Uriah se inclinó más.

—¿Qué hay en la pantalla?

Tras manipular un poco más la imagen, concluyeron que se
trataba de una serie de risa que podía verse en Netflix o en un repro-
ductor de DVD sin ir más lejos. No tenía ninguna significación.

—¡Qué lástima que no sean las noticias! —dijo Trent—. Eso
nos habría ayudado a datar el vídeo, porque no tiene la fecha grabada. Les voy a mandar el lápiz a los del laboratorio digital por si
pueden dar con la fecha de creación en los metadatos. Estos, sin
embargo, no son siempre muy precisos, sobre todo cuando se trata
de algo que podría haberse descargado en un ordenador antes de
pasarse al lápiz.

—¿Y del sonido? —quiso saber Uriah—. ¿Puedes aislar algo?

Trent abrió la pista de audio, pulsó unas teclas, la reprodujo e
hizo un movimiento negativo con la cabeza al ver que no percibía
gran cosa.

—Lo siento. Voy a seguir intentándolo, pero dudo mucho que
podamos sacar nada.

—Las paredes no son las habituales del recinto de una piscina —señaló Jude—. ¿Lo veis? Parecen de piedra o de mármol. Mira también los apliques. No se ven todos los días.

—Tengo un colega en el mundo de la construcción —dijo Trent. Más teclas—. No sé si podrá decirnos nada, pero le voy a enviar la imagen.

—Gracias. —Jude retiró las fotografías de la bandeja de la impresora antes de salir con Uriah de la sala.

—En realidad, no tenemos gran cosa —subrayó este mientras recorrían el pasillo en dirección a los ascensores—. Ya sé que tú no te lo crees, pero es así. Trent no ha podido fechar el vídeo y, aunque los técnicos del laboratorio digital pudieran dar con algo, no tengo claro que vaya a ser de mucha ayuda. Esto no tiene nada que ver con nosotros. Vas a tener que darles lo que tienes, por poco que sea, a los agentes de la unidad de personas desaparecidas y olvidarte de Octavia Germaine. No tengo nada en contra de que un inspector investigue un caso de otro departamento cuando no está con uno urgente ni tiene encima a toda la prensa, pero ahora mismo no tienes derecho a llenarte la cabeza con esto.

—Anoche te parecía bien.

Uriah se detuvo en el centro del pasillo para mirarla y en ese milisegundo Jude reconoció el olor que tanto se había afanado en identificar todo ese tiempo.

—No me parecía bien. En ningún momento me ha parecido bien —dijo él—. Solo te estaba siguiendo la corriente, pero ¿sabes qué? Tú no eres la única que tiene un pasado de mierda con el que lidiar. Yo también tengo lo mío. Y también es mucho.

—Lo de tu mujer, ya lo sé, pero pensaba que no querías hablar de ella.

Él se puso a hacer gestos con las dos manos.

—Porque lo tuyo, lo que tuviste que aguantar, fue demasiado bestia. Todo lo mío se queda pequeño en comparación. No puedo ponerme a hablarte de lo que me está pasando. No puedo.

Había ocurrido algo entre su visita al apartamento de aquella madrugada y la reunión que habían tenido con Trent.

—Siento que pienses así. Creo que lo entiendo, aunque no esté de acuerdo.

—Perfecto. —Qué alivio—. Pues, entonces, vamos a centrarnos en los casos que tenemos entre manos.

—Está bien. —Mentira: tenía intención de ir a ver a los padres de Octavia Germaine en cuanto tuviera la ocasión. Pulsó el botón del ascensor y mientras esperaban sentenció—: A libro.

—¿Cómo?

—El olor que no era capaz de reconocer. A libro viejo. Estaba convencida de que debía de ser algún tipo de ingrediente del jabón que usas o de la loción para después del afeitado, pero es la mezcla de papel, piel, cola, moho y tinta. No sé cómo he podido tardar tanto en darme cuenta. Lo llevas en la ropa, en el traje.

El cambio de su expresión fue del desconcierto al enojo en un instante, como en los cuadernillos de imágenes a las que se da movimiento pasando las páginas con el pulgar. Concluyó su reacción alzando la vista al techo y dejando caer los hombros mientras exclamaba:

—¡Ay, Dios!

Entonces sonó la campanilla del ascensor y se abrieron las puertas.

# Capítulo 41

—Leí lo suyo en el periódico —aseveró Ava Germaine. Habían pasado veinticuatro horas desde que Uriah le dijera que se olvidase del caso de Octavia Germaine—. Lo que le pasó. Y pensé que, si usted seguía con vida, si usted había conseguido escapar, puede que mi hija siga aún viva y consiga escapar también.

—Ya sé que ha tenido que contarlo muchas veces —dijo Jude mientras abría una libreta y accionaba el mecanismo de su bolígrafo retráctil—. He leído las transcripciones, pero me gustaría oírlo de sus labios.

Esa misma mañana había sacado el tema ante Ortega, que le había advertido de las dificultades que podía conllevar introducir una línea nueva de investigación en aquel caso sin resolver. No se trataba de un homicidio y, por lo tanto, no era asunto suyo.

—No hay día que no se escape de casa una adolescente —le había dicho su superior—. Si tuviésemos que indagar cada caso, no tendríamos tiempo para investigar los asesinatos. Déjaselo a los agentes de personas desaparecidas.

Cinco minutos después de hablar con ella, Jude había buscado el número de Ava Germaine y le había dicho a Uriah, aún distraído, que tenía cita con el dentista. Y allí estaba, sentada en una casita diminuta de protección gubernamental situada en el barrio Frogtown de Saint Paul, a escasas manzanas del tren ligero. Una zona con altos índices de criminalidad, aunque a la mujer que ocupaba el sofá que tenía enfrente no parecía importarle nada, y menos aún la criminalidad. No tenía buen aspecto. Estaba demacrada y llevaba puestos pantalones de algodón grises de hacer deporte con manchas de comida. Tenía el pelo, de color rubio oscuro, seco y sin vida, recogido en una coleta. Podía ser que estuviera bajo los efectos de algo, porque dejaba de hablar en medio de una frase y su rostro perdía toda expresión.

Jude había hecho sus deberes. Sabía que Ava Germaine había gozado de un respeto considerable y de no poca prosperidad cuando había ejercido de psicóloga en el exclusivo distrito comercial mineapolitano situado en torno a la Quincuagésima con France Avenue. Las fotografías suyas que poblaban la Red mostraban a una mujer atractiva que parecía tener una gran confianza en sí misma y tener bien asidas las riendas de su existencia. De esa persona no quedaba ya ni rastro.

Dado que la vida de Jude también había experimentado un cambio drástico como resultado directo del mal, podía decir que la entendía. Podía decirlo, porque, en realidad, nadie podía entender por completo lo que estaba padeciendo Ava Germaine si no lo sufría en sus propias carnes. El padre de Lola Holt había preguntado si aquello se acabaría en algún momento, como quien sube al tren equivocado y no desea otra cosa que apearse. Ava Germaine estaba metida en una pesadilla que no tenía fin. La incertidumbre tenía que ser un grado distinto del infierno.

Con manos temblorosas, la mujer sacó un cigarrillo del paquete que tenía sobre la mesa, lo encendió, soltó el mechero de plástico y exhaló una bocanada de humo hacia el techo.

—Hábleme del día en que desapareció su hija —pidió Jude sin levantar la voz.

Ava se sumergió sin dudarlo en los detalles de lo ocurrido. Una prueba más de que los padres nunca superan algo así y de que no tenía sentido alguno andarse con ambages. Jude no debía temer que sus preguntas fuesen a recordarle aquel día, porque no había modo de recordarle un día que jamás iba a olvidar, un día que su cabeza tenía presente en todo momento.

Se lanzó a hablar.

Octavia Germaine salió de casa para ir al instituto y no volvió. Ava frunció el ceño con gesto concentrado mientras se quitaba una hebra de tabaco de la lengua. Jude reflexionó sobre el hecho de que nadie hubiese presenciado el secuestro. Nadie había informado de ninguna actividad fuera de lo habitual. Lo mismo que en el caso Holt.

—Una cosa así pone a prueba cualquier matrimonio —confesó—. Mi marido me dejó unos ocho meses después de la desaparición de Octavia. Yo perdí el trabajo. Era psicóloga. —Soltó una carcajada—. ¿Se lo imagina? —Se señaló a sí misma con un gesto de la mano que la abarcaba de la cabeza a los pies.

—Lo siento.

—Era incapaz de ayudar a nadie, de escuchar sus problemas. Ni siquiera podía salir de casa para ir a trabajar. ¿Y si volvía? Pero, claro, como tampoco estaba ingresando un centavo, perdí la casa que tenía en Mineápolis. Ahora, si algún día vuelve, ni siquiera me va a encontrar allí. —Dio una honda calada—. Les dejé a los propietarios nuevos instrucciones de lo que tenían que hacer, pero quién sabe si ahora no está viviendo allí otra familia. —Dio unos golpecitos al cigarrillo sobre un cenicero que ya estaba lleno a rebosar y pensó un instante—. Me cuesta llevar la cuenta de los días. Me pregunto cuánto hace ya. Debería saberlo. Una buena madre debería saber esas cosas.

—Tres años y medio más o menos.

—Eso es. —Gesto de asentimiento—. Ahora estará a punto de cumplir los veinte. Cuando supe por las noticias que se había fugado, llamé a comisaría y pedí hablar con usted.

—No me dieron el recado. Entonces había mucha gente intentando ponerse en contacto conmigo.

—Yo no era la única madre que quería localizarla.

—¿Había más?

—Yo no soy la única. No soy la única madre con una hija desaparecida.

—¿Está hablando de gente de la organización nacional? ¿De la Red de Niños Desaparecidos? Pueden ser un gran apoyo.

—Soy socia, claro, pero le estoy hablando de chicas que han desaparecido aquí, en Minesota.

Jude hizo lo posible por no sonar alarmada al preguntar:

—¿Cuántas madres hay en ese grupo?

—Cinco. Antes éramos siete, pero resultó que una de las chicas, Florence, se había escapado y otra, Katherine, la pobre… La encontraron muerta.

—Por desgracia, es frecuente que los adolescentes se vayan de casa. Eso hace que sea difícil saber cuándo se ha cometido un crimen y cuándo estamos, sin más, ante un acto de desobediencia. —Jude apoyó el bolígrafo en la tableta que tenía en la mano—. Esa tal Katherine… ¿Sabe cómo murió?

—Se suicidó. Igual que Virginia Woolf: se llenó los bolsillos de piedras y se metió andando en el lago.

Jude se afanó en mantener una expresión neutra.

—¿Se ahogó?

—Sí, porque la dejó el novio o algo así. A esa edad, las niñas son muy dramáticas. Todo es cuestión de vida o muerte. —Dejó escapar una risotada poco natural—. De vida o muerte.

—¿Cómo se llamaba de apellido?

—Nelson.

Jude lo apuntó.

—¿Qué interés tiene? —Ava apagó el cigarrillo—. Ya está muerta. Debería centrarse en mi hija.

—Mándeme un correo electrónico con los nombres de las otras mujeres del grupo —pidió Jude—, además de sus números de teléfono y sus direcciones electrónicas.

—Las otras no son de por aquí. La mayoría son del norte de Minesota. Creo que hay una del sur, de cerca de la frontera con Iowa.

Aquello podía explicar por qué nadie había subrayado las coincidencias. La comunicación entre los cuerpos de policía de las distintas ciudades estaba aún poco desarrollada pese a los empeños del sistema de datos denominado Puesta en Común y Análisis de Información Criminal, o CISA, al que podían acceder todos los organismos de seguridad del estado.

—¿Se le ocurre algo más? —preguntó Jude.

—Quiero que me hable de usted. ¿Cómo consiguió escaparse? Eso es lo que quiero saber. Tengo entendido que no la rescataron, que lo hizo sola. Claro que lo de ser policía tuvo que ayudar.

—Fue por un golpe de suerte. Solo eso.

—Lo mató, ¿verdad? —La observaba con los ojos cargados de esperanza—. Mató al hombre que la secuestró.

—Sí, está muerto. —Jude estaba pensando en lo que Ava le había dicho hacía unos instantes. ¿Había alguna conexión entre las chicas desaparecidas? Cerró la libreta, se puso en pie y le tendió una tarjeta de visita—. Voy a estudiar el caso —prometió.

—Eso es lo que dice siempre todo el mundo.

—Pero yo lo digo de corazón.

# Capítulo 42

Uriah levantó la vista de la pantalla de su ordenador y vio a Jude caminar hacia él con paso resuelto. Llevaba un montón de papeles en la mano y los dejó en la mesa de su compañero con tanta fuerza que él sintió una ráfaga de aire golpearle la cara.

—Todo son personas desaparecidas —anunció con una mano en la cadera en actitud de estar dispuesta a hacerle frente—. Todo niñas.

Había fuego en su mirada. Era algo que él no había visto muy a menudo y menos allí, hablando de un caso.

—Pensaba que habías ido al dentista.

—Era mentira. Fui a Saint Paul a ver a Ava Germaine, la madre de Octavia Germaine.

Por Dios santo. Sabía que había ido a hablar con Ortega a sus espaldas para pedirle permiso para investigar aquel caso y que Ortega se lo había denegado antes de su visita al «dentista».

—Tenemos que estudiarlos —dijo ella.

Uriah tendió la mano al rimero de documentos.

—Se lo pasaré a la unidad de personas desaparecidas.

Jude estampó la mano sobre el montón.

—No.

—A lo mejor se te ha olvidado, pero te metieron una cabeza cortada en el casco y, antes, encontramos una chiquilla muerta flotando en el lago. No podemos dedicarnos a investigar casos de desapariciones sin resolver.

—¿Sabes lo que pienso?

—Nunca tengo la menor idea de lo que piensas, así que tendrás que contármelo.

Jude se hizo con una silla, la colocó al lado de la de Uriah y se sentó para horadarle los ojos con la mirada.

—¿Y si es verdad que están relacionados?

No tenía nada que decirle. Nada que no le hubiese dicho ya más de una vez.

—Entre los casos de desapariciones sin resolver y los que tenemos entre manos —prosiguió ella.

Estaba sacando conexiones de donde no las había. Pasaba mucho cuando a alguien le tocaba demasiado de cerca una investigación. Se le mezclaban los datos en la cabeza.

—No creo que esas desapariciones tengan nada que ver entre ellas y mucho menos que estén relacionadas con los casos de ahora.

—Solo es una suposición. Estamos abordando los crímenes como si estuvieran aislados, pero ¿y si no es así? ¿Y si algunos de ellos, o todos, tienen algo que ver? ¿Podemos permitirnos restarles importancia a las coincidencias y no seguir todas las pistas que se nos presentan?

—Estás intentando unir puntos que ni siquiera existen. Encima no tenemos el personal necesario. No hay más remedio que ser selectivos y centrarse.

—De acuerdo, pero ¿qué me dices de esta cría? —Jude barajó los documentos y puso un dedo sobre el que había dejado arriba, un informe que incluía la fotografía de una adolescente agraciada—. Determinaron que se había suicidado.

—La gente se suicida. —Consiguió decirlo sin emoción alguna, como si se hubieran intercambiado los papeles.

—¿Te cuento cómo pasó? Tenía piedras en los bolsillos. ¿Y sabes otra cosa? He hablado con los que le practicaron la autopsia y me han dicho que no encontraron agua sin tratar en los pulmones.

Había conseguido captar la atención de Uriah.

Sonó el teléfono de su mesa.

—Déjalo todo aquí —dijo a Jude—. Voy a echarle un vistazo. Lo juro. —Contestó la llamada.

Era Trent, el experto en audiovisuales.

—Es sobre los apliques de la pared que os llamaron la atención —anunció—. No os lo vais a creer, pero los fabricaron especialmente para la mansión del gobernador.

Uriah era muy consciente de que Jude seguía a un palmo de él y lo miraba con ojo inquisidor. Por Dios bendito, el gobernador. ¿Podía ser que el vídeo fuera parte de una campaña de desprestigio? No sería la primera vez que un periodista intentaba airear los trapos sucios de un político. Y podía ser que Caldwell se hubiera puesto en contacto con Jude porque podía sacar tajada de su condición de hija de Schilling.

—Hay más buenas noticias —dijo Trent—. Los técnicos del laboratorio digital han conseguido averiguar la fecha de creación del archivo.

Aunque Uriah estaba convencido de no haber cambiado la expresión de su rostro al oírlo, Jude se puso en pie de pronto, más atenta que nunca por la reacción de él pese a la cara de póquer de su compañero.

—¿Qué pasa? —preguntó en cuanto lo vio colgar.

Uriah le habló de los apliques de la mansión del gobernador y la observó mientras ella procesaba la información.

—¿Qué más? Hay algo más.

—Los técnicos del laboratorio forense han averiguado la fecha de creación del vídeo que encontraste. —Ella estaba leyendo su renuencia a compartir el resto de la noticia y Uriah sabía que su compañera iba a añadir su propio sesgo personal a la fecha, a darle demasiada importancia—. Lo grabaron una semana antes de la desaparición de Octavia Germaine.

# CAPÍTULO 43

Tres horas después, Jude y Uriah estacionaron el vehículo ante la mansión del gobernador, situada en el bulevar poblado de árboles de Summit Avenue, una zona de Saint Paul conocida por sus hermosas casas de piedra, residencias que la mayoría solo podía permitirse en sueños. Por suerte, ella no había vivido nunca allí. Eso lo haría más fácil, porque no le evocaría recuerdos dolorosos. Se preguntó vagamente si su padre seguiría conservando la casa familiar que habían habitado en Mineápolis y acto seguido decidió que no quería saberlo.

*Su padre.*

Todo lo que había intentado enterrar con tanto ahínco había salido de pronto a la superficie por causa de aquella llamada de teléfono que identificaba los apliques del vídeo.

*Su padre.*

La muerte llevaba consigo negación y culpa. Lo había visto una y otra vez en su trabajo de inspectora de homicidios. La negación y, acto seguido, la culpa eran casi siempre las dos primeras reacciones. La falta de la primera podía delatar a menudo la participación de alguien en un crimen. Por tanto, como policía, entendía lo que había sufrido de niña y entendía que podía haberse engañado a la hora de interpretar lo que había ocurrido, a la hora de buscar algo a lo que aferrarse y en lo que creer, contra lo que descargar su furia y en lo que centrarse. Sin embargo, en ese momento…

Los apliques, la fecha de grabación del vídeo, el hecho de que Ian Caldwell recurriese a ella cuando podría haberse puesto en contacto con cualquier otra persona… ¿Por qué? Porque ella sí le habría creído. Tal vez ella era la única persona que le habría creído. En ese momento, pese a lo endeble de las pistas que tenían, estaba convencida de que su padre sabía algo de la desaparición de Octavia Germaine. En ese caso, Jude podía ser la única persona con la resolución suficiente para sacarle la respuesta… y estaba dispuesta a asumir cualquier riesgo con tal de dar con la verdad.

Mientras se acercaban a la puerta principal, pensó en el día en que murió su madre, recordó el semblante pálido de su padre y la sangre que manchaba su camisa y sus manos antes de que fuese hacia Jude entre sollozos para comunicarle la terrible noticia con un hilo de voz. Sin embargo, antes de que él enterrase su cara en el pelo de ella, la niña había visto sus ojos y, más tarde, también la sonrisa que había asomado a sus labios cuando pensaba que no lo veía nadie.

Fue a abrirles una mujer alta y solemne que los llevó por un pasillo hasta una biblioteca enorme que también hacía las veces de despacho. Jude no esperaba menos de la mansión del gobernador. Madera noble de color oscuro del suelo al techo, estanterías cargadas de libros, que debía de haber adquirido en su mayoría con la casa. A su padre le gustaba leer, aunque ella no recordaba haberlo visto con ninguna obra de lo que se considera literatura, como las que cubrían una de las paredes. Aquellos volúmenes estaban concebidos para impresionar. Su padre, al menos cuando ella lo conocía, había sido un gran aficionado a las novelas comerciales, sobre todo a las que ella llamaba «novelas de tíos», como las de Tom Clancy.

Al verlos llegar, su padre se levantó de un escritorio en cuya superficie podría haber aterrizado un reactor y se acercó a ella con los brazos tendidos y una sonrisa de oreja a oreja. Jude dio un paso atrás y levantó las manos para rechazarlo.

—Aquí no hay cámaras, así que puedes dejar de hacer el papel de padre amantísimo. —Sin dejar que mediase un segundo, sacó de una carpeta una fotografía de veinte por veinticinco y se la mostró:

—¿Conoces a esta chica?

Uriah le lanzó una mirada que solo ella podía entender. Por descontado, había hecho lo posible por convencerla de que no lo acompañara. Al final se había dado por vencido, aunque a cambio de ser él quien dirigiese el interrogatorio y Jude se limitase a valorar la reacción de su padre ante las fotos. Ella, la verdad sea dicha, había olvidado decirle de camino a la mansión que no estaba de acuerdo con semejante plan.

El gobernador tomó la instantánea de Katherine Nelson, la muchacha cuya muerte se había calificado de suicidio, y la sostuvo unos segundos en la mano antes de devolvérsela.

—Puede que la haya visto en alguna ocasión. Tengo que ver a tanta gente… Sí que recuerdo cuando desapareció, porque la prensa habló un montón del caso. —Meneó la cabeza—. Una historia muy triste.

Jude volvió a abrir la carpeta y su padre, al ver que todavía no había acabado, los invitó a ocupar sendos sillones amplios de piel.

—Sentaos, por favor.

Uriah tomó asiento en uno. Jude habría preferido seguir de pie por mantener una posición que le otorgaba poder, pero imitó a regañadientes a su compañero mientras su padre se sentaba al otro lado de la mesa. Esta vez sacó un retrato de Octavia Germaine y, dadas las dimensiones del escritorio, tuvo que lanzársela.

—¿Y qué me dices de esta? ¿Te suena?

La respiración de él cambió de un modo casi imperceptible. Jude miró a Uriah por ver si también se había dado cuenta, pero no observó reacción alguna.

Llamaron a la puerta, que se abrió para dar paso a la cabeza de la mujer que los había guiado por el pasillo.

—Cinco minutos para que salga el coche —anunció.

Tan patente se hizo el alivio del gobernador que Jude se preguntó si no habría dado a su secretaria instrucciones de interrumpirlos.

Era muy probable.

—¿La foto…? —dijo Uriah señalándola.

—Ah, sí. —El gobernador la estudió antes de dejarla sobre la mesa negando de nuevo con la cabeza. La frente empezaba a brillarle de sudor—. No lo sé. ¿De qué va esto?

—De una niña que desapareció hace más de tres años. —Jude se inclinó hacia delante—. De una niña que estuvo aquí días antes de desaparecer. En una fiesta en la piscina.

Él perdió por completo la expresión estudiada que ofrecía a las cámaras.

—Más de una vez han descubierto a mis ayudantes celebrando fiestas en mi mansión cuando estoy fuera, en mi cabaña. Lo sabe todo el mundo, porque la prensa se encargó de divulgarlo. Sí, es posible que esa joven estuviese aquí. —Miró a Uriah—. Jude lleva años intentando achacarme la muerte de su madre y ahora da la impresión de que quiera culparme también de la desaparición de una chiquilla. Mi hija es inestable. Se hace cargo, ¿verdad? —Sin apartar la vista de Uriah—. Lo que le ha ocurrido, lo que nos ha ocurrido, me tiene el corazón roto y no he dicho nada de sus problemas por respeto a mi difunta esposa. Por favor, no me obligue a poner en conocimiento del público la salud mental de mi hija.

—Dudo mucho que vayas a hacerlo —replicó Jude—. Se lo creyera o no la gente, te dejaría en muy mal lugar. Humillar públicamente a tu propia hija cuando, por los rumores que he oído, puede ser que estés aspirando a ocupar un escaño del Senado...

—Si sigues hostigándome, si no te olvidas de esos... de esos delirios tuyos, convocaré una rueda de prensa y lo contaré todo. Te quedarás sin trabajo y no podrás salir siquiera a las calles de Mineápolis ni Saint Paul.

Uriah, que durante la invectiva del gobernador se había puesto en pie, dijo entonces:

—Vámonos, Jude, que aquí ya hemos hecho lo que veníamos a hacer.

Estaba furioso. Furioso con ella. También había algo en su actitud... Algo nuevo. Su padre se las había ingeniado para plantar nuevas semillas de duda en lo tocante a su cordura. Quizá hasta más que duda.

Ya lo había visto otras veces. Phillip Schilling tenía el don de convencer a cualquiera de lo que fuese. Sin embargo, fue toda una sorpresa que Uriah se hubiera dejado embaucar.

Recogió las fotos mientras observaba la postura de su padre, que metió las manos por debajo de la chaqueta para tirarse del chaleco. Aunque parecía emanar serenidad, Jude alcanzaba a oler su sudor nervioso. Tenía miedo y estaba ocultando algo.

Jude tenía al fin una carta que jugar, una carta que quizá estaba destinada a sellar su propio destino más que el de su padre.

—Tienes razón: soy inestable. —Poniéndose en pie, echó mano al cinturón, desabrochó la pistolera y desenfundó.

¿Era posible que hubiese planeado ese enfrentamiento mucho tiempo atrás, antes incluso de que supieran lo del vídeo? Parecía ensayado, deliberado. ¿Podía ser que hubiese pensado en ese momento mientras contemplaba el cielo desde la azotea o estando en la celda del sótano? Quizá. No estaba segura. Aquella posibilidad bastaba para hacer que se preguntara sobre sí misma. ¿No tendría razón su padre? ¿No serían delirios de una chiquilla loca y, con el tiempo, de una loca adulta?

Cada segundo parecían diez. Le dio tiempo a retirar el seguro, tomar el arma con dos manos y apuntarla al pecho de su padre.

—Dime qué pasó de verdad aquel día en el bosque.

Uriah reaccionó con una velocidad excesiva para la densidad lenta y pesada de aquel salón. Apartó con un brazo las manos de Jude hacia el techo al mismo tiempo que con el cuerpo la arrojaba al suelo.

Se oyó un disparo. Uriah y Jude cayeron como a cámara lenta y ella tuvo tiempo de preguntarse adónde habría ido a parar la bala. En su padre no, probablemente. Quizá en una pared, en un libro o en el techo.

Esperaba no haber herido a nadie. La única persona a la que quería hacer daño era el hombre que había de pie tras el escritorio con una expresión ridícula en el rostro. Jude estuvo a punto de echarse a reír. Podría haberlo hecho de veras si no se hubiera quedado sin aire en los pulmones al dar contra el suelo con Uriah encima de ella.

Quiso decirle que no había tenido intención de matar al gobernador, que solo pretendía amenazarlo para obligarlo a hablar, para hacerle confesar al fin que había matado a su madre, que sabía algo de la chica desaparecida o las dos cosas, pero lo cierto es que no tenía claro que no hubiera querido matarlo de un tiro.

Uriah la estaba mirando con la cara pegada a la suya y sintió la necesidad de decir algo.

—Lo bien que me habría venido ahora un césped mullido.

Uriah cerró los ojos y volvió a abrirlos. ¿Había estado a punto de soltar una carcajada? No.

Alguien, quizá Uriah, le quitó el arma de la mano. A continuación, su compañero hizo algo inesperado. Le echó el pelo hacia atrás con suavidad y dijo dirigiéndose exclusivamente a ella:

—No pasa nada.

Se equivocaba: nunca podría actuar como si no pasase nada. Nunca. Esa fue la idea que le transmitió al mirarlo a los ojos. Y Jude también vio en su mirada compasión y lástima.

—Siento que te haya pasado a ti. —Se estaba culpando a sí mismo.

—Está mintiendo sobre Octavia Germaine —susurró ella.

—¿Cómo lo sabes?

—Porque lo he leído en él.

—No puedes leer a la gente, Jude. No puedes leer los cadáveres de esas chiquillas ni a los vivos.

Desde algún punto de la mansión les llegó ruido de pasos decididos.

Uriah rodó para apartarse de ella y, una vez libre del peso de su cuerpo, notó que la agarraban de los brazos y la ponían en pie de un tirón. Se había movilizado el personal de su padre. Se sorprendió al ver que uno de los que la sostenían era su hermano, Adam.

Le sostuvo la mirada un largo rato esperando que dijese algo y, al ver que no reaccionaba, miró la fotografía de la joven desaparecida, que se había salido de la carpeta para quedar tirada en el suelo boca arriba. Uriah la esposó mientras se acercaban las sirenas.

—¿Has visto a esa chica? —le preguntó a Adam señalando el retrato con la barbilla.

Su hermano soltó aire por la nariz y, haciendo caso omiso de la pregunta, se volvió hacia Uriah.

«¿Que te había dicho?».

Después de dejarla en manos de un agente, Uriah recogió los documentos, la carpeta que los contenía y la pistola de su compañera. Mientras la llevaban al coche patrulla, Jude echó una última mirada a su padre y su hermano, que observaban la escena de pie en la puerta principal de la mansión de piedra.

Puede que estuviera loca de veras. Quizá había estado siempre equivocada sobre lo que le ocurrió a su madre, pero ya era tarde para cambiar de idea, para renunciar al convencimiento que había abrigado dos terceras partes de su vida.

Sonrió. Hacía años que no se sentía tan tranquila. Una mano firme le tocó la cabeza y la metió en el asiento de atrás aislado del vehículo policial.

# Capítulo 44

—Tu padre no va a emprender acciones legales contra ti.

Uriah había seguido al coche patrulla hasta la zona de ingreso subterránea de la cárcel estatal de Hennepin, suponiendo que, cuando menos, Jude recibiría una reprimenda del juez antes de que la mandasen a casa. Sin embargo, el gobernador había tirado de unos cuantos hilos y la iban a soltar sin cargos.

En la zona de carga y descarga, la liberaron de las esposas. Su compañero la asió del codo y le llevó a su coche. Cuando la tuvo sentada en el asiento del copiloto, tomó la rampa de salida y, al abrirse la puerta automática, giró hacia la Cuarta Avenida.

—Pues claro que no va a emprender acciones legales —repuso ella—. Eso supondría llamar la atención de la prensa y no quiere que salga a la luz nada de esto. Tú no me crees, pero yo sé que miente.

—Porque lo conoces muy bien.

—Sí.

—¿De verdad? Ni has vivido con él ni tienes ninguna relación con él desde los dieciséis años.

—Eso no quiere decir que no lo conozca.

—Está bien. Vamos a suponer que miente —dijo por seguirle la corriente—. ¿Qué crees que puede estar encubriendo?

—Sabe algo de Octavia Germaine. Su reacción no fue la de un hombre inocente. —Lo miró con gesto severo—. ¿Acabas de poner los ojos en blanco?

—Sí, porque la tienes tomada con tu padre. Cuando eras niña te empeñaste en creer que había matado a tu madre y ahora es el mal en persona. Estás viendo culpabilidad donde no la hay y, si el hombre tiene un comportamiento extraño, ¿no es de lo más normal? Lo está interrogando la misma hija que lo acusó de asesinato y dañó su reputación cuando está pensando en presentarse a senador. Seguro que tiene miedo de lo que puedas querer decirle a la prensa. Un par de frases pueden arruinar cualquier posibilidad de que salga elegido.

—¿Te estás poniendo de su parte?

—Aquí no hay partes. Tienes que pasar página. No es fácil. Créeme, que yo lo sé bien. Pero te está nublando el pensamiento. Si cada caso que se te presente te lleva a él, entonces... —Guardó silencio.

—Entonces, ¿qué?

—Da igual.

—Yo lo acabo por ti: más me vale dejar homicidios. Eso es lo que ibas a decir, ¿no?

Uriah, con la mirada fija en la carretera y el tráfico, preguntó:

—¿Pensabas matarlo?

—¿Me lo preguntas como inspector?

—Entre tú y yo. Solamente entre tú y yo.

Medió un largo silencio.

—No lo sé.

Uriah tomó el nivel inferior del puente de la avenida Washington. Cuando cruzaron el Misisipi, el puente los escupió en el campus universitario, con el Museo de Arte Weisman, diseñado por Frank Gehry, a la derecha, y el ultramoderno tren ligero, a la izquierda. Los estudiantes cruzaban la calle delante del tráfico como quien pasea por el parque.

—¿Adónde vamos? —Por desgracia, se había dado cuenta de que no se dirigían a su apartamento ni a comisaría.

Uriah accionó el botón que cerraba todas las puertas y las ventanas.

—Tengo órdenes de llevarte a un centro psiquiátrico para que te retengan setenta y dos horas.

—Estás de broma.

—No puedo hablar más en serio. —Minutos después dobló hacia la entrada de urgencias del Centro Médico de la Universidad de Minesota. Estacionó en la zona de llegada de pacientes y, tras salir del vehículo, le dio la vuelta y abrió la puerta de ella—. Sal.

—¿Quién te lo ha pedido? ¿Mi padre?

—Ortega. Y cuando te den el alta, no te incorporarás a la comisaría. Lo siento, Jude. No estabas preparada. Hoy lo has demostrado de sobra, aunque, sinceramente, dudo que lo hubieses estado nunca.

—Serás hijo de puta.

Había supuesto que se revolvería, pero no lo hizo. Una vez dentro, firmó los formularios que le pusieron delante y dejó que una enfermera la llevara por un pasillo hasta una puerta gruesa que se cerró con llave tras ella.

Tal vez supiera que era lo mejor.

Uriah la observó, preguntándose si se volvería a mirarlo. No lo hizo. Ya había imaginado que no le daría semejante satisfacción. Junto con su padre, él se acababa de convertir en su peor enemigo.

De vuelta al coche, sacó el teléfono y llamó a Ortega.

—Hecho.

# Capítulo 45

Jude salió de la unidad de salud mental de la Universidad de Minesota aferrada a una bolsa blanca de papel en la que llevaba su medicación y varios folios de instrucciones y números de contacto.

Durante aquellas setenta y dos horas le habían administrado diversos fármacos potentes para reajustarle el cerebro. En realidad, a su entender, lo que habían querido era aislarla. Y no le parecía mal. De hecho, le parecía hasta bien. Sin embargo, en ese momento, con la medicación corriéndole aún por las venas y poniéndole los pies en el suelo con fuerza, tenía que volver a casa para, una vez allí, arrastrarse hasta su cama, pero ¿cómo llegaba allí? Había dejado la motocicleta en el aparcamiento de la comisaría. No tenía más remedio que recurrir a un taxi, a Uber o al tren ligero. Todas esas opciones le resultaban intolerables.

Alguien la llamó por su nombre.

Volvió la cabeza y el mundo entero empezó a dar vueltas. Una mano la tomó del brazo y oyó una voz joven preguntar:

—¿Está usted bien?

Pestañeó para enfocar la escena. Ante ella había un universitario que la miraba preocupado. Pelo rizado, barba. Jude asintió sin palabras y él la soltó antes de volver con paso resuelto al campus y a su vida estudiantil.

Aunque no le había gustado sentir el tacto de un desconocido, el hecho de que se hubiera detenido y le hubiese expresado su preocupación le provocó un nudo en la garganta. Seguía habiendo amabilidad. No debía olvidarlo. Era importante. Era el rasgo que había predicado a Uriah, el rasgo que había perdido de vista al regresar a su ocupación policial.

Seguía existiendo gente buena.

No todo el mundo era malvado.

La voz que había oído hacía unos segundos volvió a pronunciar su nombre.

Volvió la cabeza en dirección a la llamada, esta vez más lentamente, y, dominando el mareo, más leve en esta ocasión, fijó la vista en un hombre que había apoyado en un coche, cruzado de brazos y de piernas.

Grant Vang.

Había imaginado que sería Uriah. En ese momento no quería ni verlo. Tampoco tenía claro que fuese a querer verlo nunca más. Tampoco iba a tener ninguna necesidad de cruzarse con él. Ortega había ido a verla la víspera. ¿O el día anterior? Es igual, el caso es que había insistido en lo que ya le había dicho Uriah.

—Vamos a prescindir de tus servicios. —Le había anunciado Ortega, que había añadido que se encargarían de que recibiera una pensión médica—. Asumo toda la responsabilidad de lo sucedido. No tendrías que haber vuelto. Tenían que haberte concedido la incapacidad desde el principio. Vamos a enmendarlo y a encargarnos de que se ocupen de ti. No vas a tener para lujos, pero podrás tener una vida decente.

Jude había estado a punto de preguntar si aquello le daría también para llevar una vida indecente.

Grant la saludó agitando un brazo y Jude caminó en su dirección. Mentalmente se vio arrastrando los pies mientras se acercaba a él y, de haber tenido la energía necesaria, se habría reído de la imagen que se creó en su cerebro.

Grant abrió la puerta del copiloto.

—Entra —dijo—, que te llevo a tu apartamento.

Jude entró. Grant dio un portazo, rodeó el vehículo y se sentó a su lado.

—El cinturón —le recordó mientras se apartaba del bordillo.

Jude se las compuso para ajustárselo. Al otro lado de la ventanilla vio estudiantes que recorrían en ambos sentidos la amplia acera de camino a sus clases o su residencia. Aquella vida parecía remota y ajena y, sin embargo, reconfortante. Entendió que hubiese quien elegía ser universitario toda su vida. Aquel mundo era una isla. ¿Cómo no iba a ser deseable?

—Me habían dicho que salías esta tarde —dijo Grant— y supuse que te vendría bien un medio de transporte, porque tu moto sigue en comisaría. De todos modos, por el momento, no deberías conducir.

—No.

Su cerebro no dejaba de detenerse. Por lo menos era esa la sensación que tenía. Quizá era más bien que se alejaba flotando, porque de pronto le parecía que regresaba a la realidad, recorriendo las calles en el interior de aquel vehículo.

Al llegar al bloque, tomaron el ascensor hasta el cuarto, donde ella descorrió la cerradura y abrió la puerta. En el centro de la mesita de la sala de estar la esperaba una caja de cartón llena de objetos que reconoció como el contenido de su mesa de trabajo. Tenía que haber comprado aquella planta.

—El encargado del bloque me ha dejado entrar para dejar tus cosas —le explicó Grant—. Supuse que no te haría mucha gracia volver allí. —Cruzó la sala y abrió el frigorífico—. Además, te he rellenado un poco esto. —Señaló los estantes con un gesto que podía haber usado perfectamente Vanna White en *La Ruleta de la Fortuna*—. Leche, zumo, huevos... —Dejó que se cerrara la puerta y abrió el armario que había sobre el fregadero—. Aquí tienes cereales y pan. Lo siento, pero te has quedado sin portátil. Es propiedad de la comisaría, de modo que no me han dejado traértelo.

—Gracias por todo. —Soltó la bolsa de medicamentos y abrió el bolso.

—Ni se te ocurra pagármelo —dijo él al ver lo que pretendía hacer—. No ha sido gran cosa y quería echarte una mano.

—Eres un cielo.

—Sí, bueno. —Sonrió—. Lo intento. —Echó un vistazo a su alrededor—. ¿Quieres que me quede? No me importa.

—Prefiero estar sola.

Grant asintió.

—Si necesitas algo, llámame o mándame un mensaje. Tienes mi número.

—De acuerdo.

Grant se había ido ya cuando se acordó del gato. Fue al armario de la cocina y sacó una lata de comida, tras lo cual llenó una jarrita de agua. Entonces, aunque su mente y su cuerpo no querían otra cosa que arrastrarse hasta la cama, se obligó a salir y subir la escalera angosta y empinada que llevaba a la azotea.

Allí había ya alguien, de pie cerca del filo, mirando a la calle. Al oír movimiento se dio la vuelta y Jude reconoció a Will Sebastian, el encargado del bloque.

—Me alegro de que haya vuelto —le dijo—. Le he dado de comer a su gato mientras estaba fuera.

Vio que habían rellenado el cuenco de la comida y el del agua.

—No es mío.

—De quien sea. Yo le he dado de comer.

Dejó la lata y la jarrita sobre la mesa.

—No te había visto nunca por aquí —dijo, aunque las colillas daban fe de su presencia.

—Porque yo suelo venir de día y usted de noche.

Debía de saber que dormía sobre la tarima. De todos modos, esa noche iba a ser distinto. Montar el campamento suponía un trabajo demasiado arduo.

Will atravesó la azotea para acercarse a ella.

—Yo, cuando salí de la cárcel, era incapaz de soportar los espacios pequeños, pero hay gente que no aguanta estar al aire libre. Aquí arriba se pondrían histéricos.

Jude volvió a sentirse mareada y dijo:

—Me tengo que ir. Tengo que tumbarme.

Alargó la mano hacia la pesada puerta de metal y tiró de ella. Will la sostuvo por encima de su cabeza y se unió a ella en la escalera dejando que la puerta se cerrara de golpe tras ellos.

A Jude no le gustaba ese sonido.

Al llegar a su planta, Will la siguió hasta su apartamento y, al ver la bolsa blanca de papel con el logotipo de la farmacia, preguntó:

—¿Con qué la han drogado?

¿Tanto se notaba? Recogió la bolsa, la rasgó por donde estaba grapada y le tendió tres frascos de medicamentos. ¿A quién quería engañar? Claro que se notaba.

Will leyó las etiquetas e hizo ademán de devolvérselos.

—Esto es cosa seria. Nada menos que el cóctel que le dan a la gente del pabellón psiquiátrico.

Un antipsicótico, un tranquilizante y un somnífero.

—¿Lo dices por experiencia?

—Yo he tomado ese tranquilizante, puede que la mitad de esta dosis, y me tenían como un vegetal. Casi catatónico. Tardé en volver a adaptarme. No, no he querido decir que no se lo tome —añadió al darse cuenta, al parecer, de que el comentario no había sido el más apropiado ante alguien en la situación de ella. Le devolvió los frascos—. Ya sé que ha sonado a eso, pero lo único que quería decir es que puede que le cueste funcionar durante un tiempo.

—De todos modos, no tengo nada que hacer. —Se dejó caer en el sofá. Con un gesto indolente, estampó los frascos sobre la mesa—. Me han despedido.

—Vaya. Lo siento mucho.

—Tranquilo. Me queda para seguir pagando el alquiler.

—No, si estoy tranquilo. De todos modos, el edificio está medio vacío.

—Tengo que dormir, conque…

—Voy a estar pendiente de usted hasta que se recupere. Solo como un amigo que cuida a otro. Si necesita algo, sea la hora que sea, deme una voz. ¿Entendido?

—Entendido.

Cuando se fue Will, se echó una píldora a la palma de la mano, se la metió en la boca y se la tragó. Hizo efecto enseguida. Minutos después estaba tumbada de espaldas en el sofá y empezaba a experimentar la catatonia de la que había hablado Will. Sonó el teléfono. Necesitó una eternidad para sacarlo del bolsillo de atrás del pantalón.

Miró el nombre que aparecía en la pantalla: Uriah Ashby. Seguía observándolo cuando dejó de sonar el aparato y se desvaneció el nombre. Instantes después oyó el tono de un mensaje de texto. Obviándolo, lanzó al suelo el móvil y cerró los ojos y esperó a que la envolviese la negrura.

# Capítulo 46

Todo era mejor. Esa fue la conclusión a la que llegó Jude casi una semana después de salir del hospital mientras vagaba por el mercado de productos agrícolas situado en las inmediaciones de su apartamento una radiante mañana de domingo.

Ni siquiera le importaba no haber respondido las llamadas ni los mensajes de Uriah. Uriah formaba parte de su antigua vida, su vida de policía, de inspectora. Eso había dejado de tener relevancia. La persona que había sido había desaparecido por completo y el breve periodo que había dedicado a investigar asesinatos le parecía ya poco más que un sueño.

¿Cómo se le habría ocurrido reincorporarse?

¿Cómo se les habría ocurrido a ellos permitírselo?

Se detuvo para examinar unos tomates de un rojo particularmente intenso.

—¿Cuánto vale? —preguntó mientras levantaba la caja de cartón verde.

—Cinco dólares.

Metió la mano en la bolsa que llevaba en bandolera, abrió un monederito de cremallera, sacó un billete de cinco y se lo tendió a la mujer de detrás del mostrador, que se lo metió en el bolsillo de su delantal amarillo antes de meter los tomates en una bolsa con sus uñas llenas de tierra y dársela a Jude.

No estaba lista para volver. No lo estaría nunca, pensó mientras se abría paso por entre la aglomeración de clientes.

Cada vez que encendía el televisor diminuto que había adquirido en una tienda de segunda mano y veía noticias relativas a otro homicidio, a cualquier homicidio, sabía que aquello no tenía nada que ver con ella. Ni siquiera cuando la prensa se hacía eco del capítulo más reciente de su propia historia y lo ilustraba con fotografías tomadas el día de su salida del hospital, imágenes en primer plano en las que aparecía asiendo con fuerza la bolsa blanca de medicamentos, sentía que tuviera que preocuparse.

Ya ni siquiera le importaba dormir dentro. Mejor así, ¿no? Cuando pensaba en las noches que había pasado en la azotea, no podía sino reconocer que se trataba de la conducta propia de una loca.

Seguía yendo allí una vez al día para dar de comer al gato, pero solo para eso. Echaba el contenido de la lata en el cuenco del animal y corría a bajar de nuevo por miedo a volver a convertirse, si se quedaba allí mucho tiempo, en la persona que pensaba que dormir en una azotea era normal.

Aun así, todavía se sentía mal cuando los medios hablaban de su padre. Eso todavía no lo había superado. El desagradable acontecimiento ocurrido en su mansión solo había conseguido hacerlo más popular. Después, sin mencionar en ningún momento el arma que había sacado, solo que se había puesto como una loca, convocó una rueda de prensa en su despacho y confesó que su hija tenía problemas, que los había tenido durante años, pero se habían agravado con el secuestro. No cabía culparla. En todo caso, tal vez hubiera que achacarlo al sistema de salud mental. También quizá a una sociedad que avergonzaba a quienes tenían problemas mentales. De cualquier manera, lo ocurrido había ayudado a arrojar luz sobre el asunto. En consecuencia, prometió hacer de la salud mental una de las prioridades de su programa político.

Todo el mundo aplaudió.

El público lo adoraba.

Al ver su rostro en la pantalla del televisor se había sorprendido queriendo adorarlo ella también. Recordaba que en otros tiempos lo había querido.

Antes de dejar el mercado, compró un ramo de fresias a una niña hmong con un vestido estampado y chanclas blancas. Se llevó las flores a la nariz y aspiró su aroma dulce... sin sentir nada.

Eso era lo que hacían las mujeres: comprar flores en el mercado para llevarlas a casa y ponerlas sobre la mesa. Al día siguiente acudiría a una reunión del club de lectura de la biblioteca y esa misma noche vería otra clase de calceta en YouTube. A lo mejor iba a verla Will con comida o para pedirle si quería ir a un concierto en el parque o a pasear por el lago.

Y Jude iría, porque eso era lo normal.

Al llegar a la esquina, pulsó el botón del semáforo y esperó a que se pusiera en verde.

—¡Inspectora Fontaine!

Se volvió y vio a una mujer rubia con vaqueros y sudadera con capucha turquesa que apretaba el paso hacia ella. Cuando se acercó, sintió que se le hacía un nudo en el estómago. Era Ava Germaine.

Aquella madre afligida le había dejado quizá veinte mensajes en el contestador. Jude no había respondido a ninguno y, de hecho, después de los tres primeros había empezado a borrarlos sin escucharlos.

En el semáforo apareció el muñequito en verde y los números que contaban los segundos que faltaban para que volviera a cambiar. Jude hizo caso omiso de la mujer y dejó la acera con movimientos rápidos.

Ava Germaine corrió para alcanzarla con una caja de zapatos blanca y rosa metida bajo el brazo como un balón de fútbol americano. Consiguió llegar a su lado a mitad de camino.

—Llevo un tiempo intentando hablar con usted —dijo sin aliento—. Le he dejado mensajes.

Cuando salvaron la calzada quedaban tres segundos. El apartamento de Jude estaba a pocas manzanas de allí. No quería que Ava la siguiese hasta allí y parecía evidente que aquella mujer no iba a darse por vencida. Así que respiró hondo y se volvió a mirarla.

Tenía un aspecto distinto del de la última vez, menos desaliñado. Puede que se hubiera cortado el pelo y, además, se había maquillado un poco.

—Ya no soy policía. Supongo que habrá visto las noticias. No tenía que haberme reincorporado.

—Usted ha sido la única persona que se ha puesto en contacto conmigo en dos años —dijo Ava—, la única que me ha dado esperanzas.

«Esperanzas infundadas», pensó ella sin decirlo. Aunque ya no sentía gran cosa, habérselas dado le causaba cierto desasosiego.

—Lo siento —repuso—. Tiene que ir a hablar con algún agente de la unidad de personas desaparecidas.

—¡Ya lo he hecho! Dicen que sí con la cabeza y hacen como si estuviesen tomando notas, pero seguro que las tiran a la basura en cuanto me voy. ¡Les da igual!

—No creo... —La verdad era que habían hecho todo lo que podían.

—¿No puede seguir buscándola? —preguntó la madre—. Aunque ya no sea policía, puede seguir buscándola, ¿verdad?

—Lo siento.

—No tengo mucho dinero, pero algo puedo pagarle.

—No es por dinero.

Ava estaba actuando como si Jude pudiese arreglarle la vida, salvarla, devolverle a su hija. Ella se dio cuenta horrorizada de que había estado a punto de preguntar a aquella madre consternada si había pensado aficionarse a hacer calceta. En lugar de eso, le dio las flores con un movimiento brusco.

—Tome.

A lo mejor servían de algo. A lo mejor el hecho de ofrecérselas absolvía de algún modo a Jude del daño que había hecho al ponerse en contacto con ella para interrogarla. Lo más probable, sin embargo, era que, a lo sumo, aquel olor empalagoso se encargaría de grabar aquel momento para siempre en el cerebro de ambas, de marcar el día en el que Jude se dio cuenta al fin, plenamente, de lo mal que estaba, el día en que Ava Germaine reparó en que nada ni nadie iban a hacer nada más por ayudarla. Lo que no sabía Ava, y lo que probablemente no reconocería jamás, era que su hija estaba muerta.

Toda la policía lo sabía.

Si después de cuarenta y ocho horas sin noticias de la víctima de un secuestro se daba por supuesto que debían de haberla matado, después de tres años y medio...

Jude era la insólita excepción. Su misma existencia había dado esperanzas a aquella pobre en más de un sentido, al ir a verla y hacerle promesas que no iba a poder cumplir y por el simple hecho de seguir respirando.

—Tome usted esto. —Ava puso la caja en las manos de Jude—. Puede que la ayude a encontrar a Octavia.

Dicho esto, se dio la vuelta y echó a correr, dejándola en medio de la acera con la mirada fija en la caja de zapatos mientras a lo lejos sonaban las campanas de una iglesia.

# Capítulo 47

En el apartamento, Jude puso la caja sobre la mesita sin saber muy bien lo que hacer con ella. ¿Meterla en el armario? ¿Dejarla debajo del sofá? Abrirla no, desde luego. Ni siquiera esas ideas le impidieron tomar nota de la marca de los zapatos (Skechers) y del número (un treinta y siete).

Se encontró pensando en las peculiaridades físicas de las niñas desaparecidas, en lo que sabía y en lo que tendría que saber en el supuesto de que estuviera al cargo de la investigación. Comparando los casos de desaparición con los de las chiquillas que habían aparecido asesinadas.

Con todo, consiguió no prestarles atención.

Fue a la cocina y llenó un vaso de agua para tragarse los fármacos, que tomó un poco más tarde de lo que acostumbraba tal como solía hacer desde hacía unos días cuando tenía algo planeado por la mañana. Una vez que hacía efecto la medicación resultaba difícil hacer nada durante varias horas y la mitad de las veces le era imposible recordar lo que había hecho o dónde había ido. El médico decía que acabaría por acostumbrarse, pero ese momento, desde luego, no había llegado todavía.

Ahora que le habían reajustado el cerebro, sabía que la conducta que había ofrecido en la mansión del gobernador no había sido la de una persona cuerda y, cada vez que se molestaba en reflexionar al respecto, ponía en duda cuanto había hecho y sentido desde la muerte de su madre. Hasta lo que había hecho tras la huida. Volver a homicidios. Aseverar que podía leer a vivos y muertos. Eso se había acabado ya, al menos desde que había empezado con la medicación.

Cuando volvió a la sala de estar se dejó caer en el sofá, se colocó la almohada bajo la cabeza y se dispuso a olvidar la última hora y pico que había vivido. Miró hacia donde había dejado la caja de zapatos. Hasta que al final tendió la mano para recogerla, se la apoyó en el estómago y levantó la tapa.

Supuso que Ava habría revisado las pertenencias que contenía, que lo que había en su interior no era, sin más, algo que había guardado allí la niña desaparecida de forma azarosa. La niña. Si Octavia seguía con vida, algo muy improbable, ya no era una niña. Tendría ya diecinueve años. Sería mayor para votar. Sería mayor para servir en el Ejército.

Jude observó las fotografías. Una chica guapa de pelo liso de color rubio oscuro y sonrisa perfecta. Imágenes suyas con otras muchachas. Imágenes suyas con chicos. En varias se repetía la cara de uno en particular.

Si estuviese al cargo de aquel caso, preguntaría a Ava por los amigos de Octavia y quizá hasta hablaría con los que aún vivieran en la zona.

En la caja encontró una pulsera adornada con flores que se había deshecho y un llavero de piel de la Black Bear Station. La mitad de los adolescentes de Minesota debían de tener algo de aquella gasolinera, pues era parada tradicional de camino a la orilla septentrional del lago Superior.

Casi al fondo de la caja había un diario con mariposas en la tapa. Una vida interrumpida.

La caja y su exiguo contenido representaban ese jalón del trayecto vital de una chiquilla en el que el mundo está a la espera, en el que es posible ser cualquier cosa y cualquier persona, en el que son inevitables el amor y la felicidad. Dieciséis años.

Aunque su propia vida había sido un desastre demencial a aquella edad, Jude recordaba todavía la sensación de magia, esperanza y promesa.

Abrió el diario.

La letra era juvenil, de trazos redondos y amplios, y Jude se imaginó a la muchacha de cabello rubio oscuro sentada en la cama con las piernas cruzadas y una leve sonrisa en los labios rosa mientras escribía.

Al ver la fecha, vio que la primera entrada era de un año antes, más o menos, de la desaparición de Octavia. Apartó la caja de zapatos y se dispuso a leer.

Las páginas hablaban de amigas, chicos y clases, aunque sobre todo de amigas y chicos. La pérdida de la virginidad, la primera borrachera…

A mitad de diario aproximadamente, Octavia empezaba a hablar de las salidas que hacía a hurtadillas y de las veces que le decía a su madre que se quedaba a dormir en casa de una amiga cuando, en realidad, acudía a fiestas celebradas en la ciudad y fuera de ella.

Hasta ese punto, el diario había dado la impresión de ser, ni más ni menos, lo que se esperaba de un documento así: la expresión de cuanto poblaba el corazón de una chiquilla, sin secretos. Sin embargo, después de la mitad parecía diferente. Podía ser que Octavia se hubiera cansado de escribirlo o quizá que su vida se hubiera vuelto demasiado ajetreada, pero lo cierto es que las entradas se mostraban evasivas. Seguía habiendo referencias a las fiestas a las que acudía fuera de la ciudad, pero no contenían detalle alguno. Y los novios, a los que antes mencionaba por el nombre, se habían convertido en asteriscos.

En una de ellas, aseveraba que había vuelto a casa con los brazos y las piernas rasguñados por «un matorral lleno de espinas». Su madre le había preguntado por las heridas y ella le había contado que se había caído en el rosal de casa de su amiga.

Aquello le pareció importante, pero no podía descartar que fuesen las drogas, que estaban saturando el organismo de Jude, haciendo que le pesara el cuerpo y embotándole la mente. Se afanó en mantener los ojos abiertos, en no dejar que se le nublara el pensamiento.

Jugaba a aquello a diario y sabía que no tenía mucho tiempo. Antes de perder el conocimiento, corrió a hacerse con el teléfono, buscó entre los nombres y llamó al departamento de medicina forense para hablar con Ingrid Stevenson.

Se sorprendió al ver que respondía la propia doctora Stevenson.

—Estoy investigando el caso de la decapitación —explicó Jude.

Silencio y, a continuación, lo siguiente:

—Pensaba que ya no trabajabas en homicidios.

—Estoy a tiempo parcial —mintió—, solo mientras se resuelven los casos de Masters y Holt. A estas alturas les pareció preferible a meter a gente nueva. —¿Aquello tenía sentido? ¿Razonaba todavía?

Tuvo que sonar convincente, porque la doctora Stevenson le preguntó en qué podía ayudar.

—Estaba repasando mis papeles. —Movió las páginas del diario para que hiciesen ruido—. ¿Tenía arañazos en las extremidades el cadáver de Lola Holt?

—Dame un segundo mientras busco los archivos del caso.

Jude oyó teclear e imaginó a Ingrid en su oficina, delante de un monitor.

—Laceraciones en diversas partes de las piernas que no eran por abrasión.

—¿Te importa decirme qué te sugieren las mismas? —Había empezado a arrastrar las palabras. Se incorporó poniendo los pies en el suelo. El apartamento empezó a moverse. Cerró los ojos y echó hacia atrás la cabeza mientras se estabilizaba, tomando entre tanto breves bocanadas de aire.

—Yo diría que son de alguna planta espinosa. Probablemente espino cerval, que se está convirtiendo en toda una plaga en el norte.

Hablaron un poco más. Jude le dio las gracias y estaba a punto de colgar cuando Ingrid dijo:

—Me alegra saber que sigues en el caso. Por las noticias, tu situación parecía deprimente.

—Ya sabes que a la prensa le gusta exagerarlo todo.

—Desde luego. —La forense se echó a reír—. No recuerdo nada que hayan dicho sobre mí que fuese del todo cierto. Sin embargo, cuando veo yo las noticias, resulta que me creo todo lo que me dicen. Tengo que dejar de hacerlo.

Jude volvió a dar las gracias con la lengua un tanto dormida. Estaba guardando el diario en la caja cuando le llamó la atención una cadena delgada. Se trataba de una gargantilla, que sacó y sostuvo en alto.

Se trataba del mismo corazón que había visto antes, aunque el que tenía delante llevaba grabado el nombre de Octavia. «Les da a todas colgantes grabados», pensó antes de dejar caer el adorno en la caja, cerrar de un golpe la tapa y perder el sentido.

# Capítulo 48

Se despertó en el sofá, desorientada y sin fuerzas, sin más que un leve recuerdo del contenido del diario y de su llamada al despacho de medicina forense. El café y la ducha tampoco fueron de gran ayuda, aunque eso ya lo suponía.

Aquella noche reconoció la llamada de Will y descorrió el cerrojo de la puerta para dejarlo entrar.

—¿Viene a dar una vuelta en moto? —Fue a la cocina y comprobó que se hubiera tomado la medicación del pastillero que tenía marcado con los días de la semana levantando la tapa y cerrándola con un golpe del dedo. Ya que estaba allí, se puso a fregar platos. Verlo dar vueltas por su apartamento, haciendo tareas domésticas aquí y allá, había dejado de parecerle extraño—. ¿Qué has comido hoy? —preguntó volviendo la cabeza.

—He comprado algo en el mercado de productos agrícolas.

—¿De verdad? No se acordaba. Había perdido peso y él siempre se encargaba de comprobar que hubiese comido. A Jude se le olvidaba. Otro efecto secundario del tratamiento que estaba tomando.

—¿Qué me dice de lo de la moto?

Se refería a la suya propia, claro, porque ella no estaba, ni mucho menos, en condiciones de llevar la suya, que volvía a estar aparcada en el edificio después de que Will hubiese ido a comisaría a recogerla. Jude no tenía muy claro aún si le gustaba que la llevase en moto. Quizá sí y quizá no.

—Creo que me voy a quedar haciendo punto.

Will soltó una carcajada y meneó la cabeza.

—Usted y su calceta. Tiene unas cosas...

—Me sienta bien.

—No lo dudo.

—Deberías probarlo. —Aquel sencillo empeño en mantener una conversación irrelevante le resultó agotador.

—Yo voy a dar una vuelta. ¿Quiere que le eche de comer al gato antes de irme?

—Ya lo hago yo.

—No se olvide del somnífero.

—Tranquilo.

Se acercó y se detuvo a un par de palmos de ella. Cazadora vaquera sin mangas, coleta, tatuajes, metro ochenta y cinco y más de noventa kilos... Resultaba gracioso que fuera casi una madraza.

—Vendré a verla mañana por la mañana. Llame si necesita algo y acuérdese de cargar el teléfono, que últimamente deja que se le agote la batería. Hay helado en el congelador. Coma un poco antes de irse a la cama, que necesita calorías.

Jude asintió y él se fue.

Cuando la dejó sola, tomó una lata de comida para gato del armario y subió las escaleras de la azotea. Vació el contenido con una cuchara metálica en un cuenco de origen desconocido. Un día había aparecido allí sin más y supuso que debía de haberlo comprado Will en una tienda de animales.

Había acabado de dejar comida al gato cuando oyó una motocicleta que salía del aparcamiento subterráneo del bloque. Se acercó al límite de la azotea y vio el vehículo de Will alejarse con un rugido calle abajo. Su mirada fue a dar a continuación en un coche en cuya presencia había reparado hacía unos días. Le habían retirado ya la vigilancia policial y, sin embargo, aquel automóvil beis estaba estacionado donde solía apostarse Grant Vang. Y dentro había alguien.

Probablemente no era nada. A lo mejor no era nada. Ojalá no fuese nada.

Su efímera reincorporación parecía un sueño lejano. Hasta la cabeza que había encontrado en su casco se le hacía ya irreal, como algo que hubiese visto en una película mala.

A Uriah sí lo recordaba. Quizá era lo que más claro tenía en la memoria, pero no podía olvidar su traición, por más que supiera que no hacía sino cumplir con su deber. Puede que fuera eso lo que más le fastidiaba, que se limitase a cumplir con su deber. Que la llevase al hospital sin tratar de defenderla ni de ponerla sobre aviso había subrayado su falta de lealtad para con su propia compañera.

Mientras pensaba en ello, sacó el teléfono de los pantalones y se desplazó por la breve lista de nombres para detenerse en el de Uriah y, tras una breve pausa, borrarlo con una simple pulsación.

El gato no apareció.

El cielo se llenó de estrellas y a Jude le dio igual.

Volvió a su apartamento, cogió las agujas de punto y se puso a ver un tutorial de YouTube en el móvil. Quince minutos después, dejó a un lado las agujas y la lana. A lo mejor debería dedicarse a la pintura.

En la cocina, abrió la tapa del compartimento en que tenía los fármacos del domingo, llenó un vaso de agua y se echó el somnífero a la mano. En ese instante advirtió que su vida no era mucho mejor que la que había conocido en el sótano, ni tampoco muy distinta.

Desde donde estaba veía una esquina de la caja de zapatos que asomaba de debajo del sofá. Esos rasguños... Alguien debería investigar esos rasguños. Y la gargantilla. La gargantilla podía ser relevante.

Debería llamar a Uriah. Acto seguido se acordó de que lo había borrado. De todos modos, podía ser que tampoco a él le importase mucho. ¿Acaso él iba a tener tiempo de seguir una pista tan endeble?

No.

Pero ella sí.

Fue con el somnífero al cuarto de baño, lo arrojó al inodoro y tiró de la cisterna.

Mucho rato.

Horas después, seguía dando vueltas en la cama, incapaz de dormir, lamentando haberse deshecho de la píldora somnífera y pensando en levantarse para tomar otra del frasco marrón que tenía en la encimera de la cocina, cuando oyó una llave en la cerradura.

El instinto la empujó a alargar el brazo para hacerse con su pistola, pero se la habían quitado, por imprudente que pudiera parecer a la vista del número de personas que habían querido hacerle daño. Estaba a punto de salir de la cama para esconderse cuando llegó a su nariz un olor que conocía bien, mezcla alquímica de humo salido del tubo de escape, cerveza, cigarrillos baratos y sudor masculino.

Will.

Se quedó en la cama con los ojos entornados y sin apenas respirar.

Oyó cerrarse la puerta. Oyó pasos leves al acercarse él al dormitorio.

Cuando llegó al umbral, se detuvo, convertido en una silueta oscura recortada contra la penumbra del apartamento, que nunca llegaba a tiniebla por la luz que se colaba de la calle.

¿Había ido como amigo, solo para ver cómo estaba?

¿O tenía intenciones más siniestras?

Él estuvo allí cinco minutos nada menos, observándola con la respiración pesada, y luego se fue y volvió a cerrar con llave.

Jude soltó el aliento, preguntándose si podría volver a sentirse segura en algún lugar. Si podría dejar en algún momento de sentirse víctima. Con el teléfono en la mano, pensó en llamar a Grant. Entonces recordó el coche que había aparcado frente al edificio y lo guardó. No podía confiar en nadie. Solo en ella misma. Y tampoco podía estar segura por completo de ella misma.

# Capítulo 49

Su niña.

Él llegó por fin. Apenas se había lanzado a comer lo que le había llevado cuando se arrancaron la ropa y él la folló como solía follarla. En la oscuridad, ella le quitó el pasamontañas para poder besarlo sin el tejido de por medio. Estuvieron horas así, hasta que a él le fue imposible tenerla erguida. Aquello la sacó de sus casillas, porque follar era lo único que tenía en la vida, lo único que rompía la monotonía. Intentó excitarlo de nuevo, pero no lo consiguió de ningún modo y él acabó por caer desfallecido de espaldas en el camastro.

Nunca se había quedado dormido allí. Jamás.

Ella fue de puntillas hasta la linterna, la encendió y regresó en silencio hasta la cama con la luz en alto.

No tenía ni idea del tiempo que llevaba viviendo en aquella habitación diminuta. A juzgar por la acumulación de diarios, habría dicho que varios años. Había pasado la mayor parte de aquel tiempo con una imagen concreta de su secuestrador en la cabeza. Se había aferrado a aquella imagen, obsesionándose con él cuando se marchaba y embelesándose cuando estaba con ella.

Si en ese momento hubiese ido a verla un dibujante de retratos robot, le habría descrito a la perfección hasta el último pelo. El color de sus ojos, la forma de su mandíbula y de sus labios...

Entonces, ¿quién coño era ese desconocido que yacía desnudo delante de ella? El hombre de sus sueños no, desde luego.

No se parecía en nada a su hombre. *En nada.*

Lo miró fijamente, como si así pudiera hacer que cambiaran su cara y hasta su cuerpo. Tenían que cambiar.

Lo más curioso era que reconocía aquel rostro. ¿No era extraño? Aunque, claro, era la primera vez que veía los rasgos de una persona en años. ¿No le estaría jugando una mala pasada su cerebro?

No, era él. Estaba convencida.

Seguía dormido. Podía escapar. ¿Qué le iba a impedir irse sin más? Buscar las llaves, buscar el coche de él, salir pitando y dejar boquiabiertos a sus padres plantándose de pronto en la puerta de su casa.

Todavía estaba trazando su plan cuando él abrió los ojos y los alzó para mirarla. Su expresión pasó por una sucesión de transformaciones a medida que se hacía cargo de la gravedad de la situación.

Lo había visto.

Podía identificarlo. Ella se dio cuenta en ese momento de lo que eso conllevaba para ella. Si no la mataba, significaba que nunca la dejaría escapar. Nunca.

—No pasa nada —susurró con la esperanza de aplacarlo—. Solo quería verte. —Bajó la luz, de modo que cambiaron las sombras y, con ellas, el rostro de él, que se le figuró aún más aterrado—. Tranquilo, que no se lo voy a decir a nadie. Nunca diré nada.

—De eso puedes estar segura.

Dicho esto, se incorporó y, aunque ya no tenía sentido, puesto que ella ya lo había visto, recogió el pasamontañas y se cubrió la cara.

Como un verdugo.

Ella reculó hacia la pared y tiró sin querer un rimero de diarios, de palabras que representaban su vida, su amor.

A veces se tenía a sí misma por una adulta y otras, por una niña. El tiempo que había estado presa la había visto madurar, pero también sabía que la había torcido y la había atrofiado. A veces veía la existencia que le había tocado como un ejemplo lamentable del papel de la mujer y de la necesidad que sentía el hombre de dominarla. Porque algunas veces se preguntaba si aquella situación desastrosa era muy distinta de la que sufrían otras muchas de su sexo a las que no encerraban en cuartuchos diminutos. Otras, interpretaba aquello como la obra desquiciada de un loco.

Él caminó hacia ella lentamente, con un propósito claro. Sus ojos reflejaban la luz de la linterna.

Cuando estuvo lo bastante cerca, ella lanzó un chillido, corrió hacia él y le lanzó la linterna. A ambos los sorprendió que la linterna fuera a darle en la cabeza.

Ella había sido siempre muy dócil.

Y, además, lo había amado. Quizá lo amaba aún o podía volver a amarlo. En su mente, su rostro ya había empezado a convertirse de nuevo en el que había creado para él hacía años.

La linterna cayó al suelo y el cuarto quedó a oscuras. Ella sintió una corriente de aire y la mano de él que la golpeaba, que la empujaba. Recibió un puntapié en el estómago y cayó al suelo de espaldas. Sus diarios se desmoronaron a su alrededor y pensó que iba a tener que volver a colocarlos y que no iba a ser tarea fácil. Entonces empezó a preguntarse si viviría para amontonarlos de nuevo. Si no, ¿qué iba a ser de ellos? ¿De todas aquellas palabras? ¿De aquellas palabras suyas de amor y esperanza?

—Eres mayor de lo que pensaba —dijo con voz desvaída. Fue una simple observación, destinada más a ella que a él—. Demasiado mayor para mí.

Ese último comentario lo encendió de veras.

—Si hay aquí alguien demasiado mayor, eres tú.

Volvió a darle una patada, aunque ella seguía alegrándose del golpe que le había asestado antes. Quizá más tarde se reiría a carcajadas, si seguía con vida, del ruido que había hecho la linterna al estrellarse contra el cráneo de él.

# Capítulo 50

Jude tuvo que hacer frente al síndrome de abstinencia.

No fue demasiado duro, porque tampoco había estado mucho tiempo medicándose. El único efecto negativo real fue el insomnio, aunque fingía estar dormida cuando aparecía Will para hacer su espeluznante ronda nocturna, como también fingía tener la lengua gorda estropajosa o no sentir interés por nada.

—Estoy muy cansada —le decía cuando él le preguntaba si le apetecía hacer algo.

Tres días.

Eso fue lo que tardó en empezar a pensar con claridad.

Al tercero, se dirigió al aparcamiento y se montó en la moto, pero cuando giró la llave en el contacto, no ocurrió nada. Se apeó y comprobó todo lo que le habían enseñado a comprobar.

Faltaba una bujía.

No era algo que pudiera caerse sin más. De hecho, para quitarla hacía falta una llave especial. Y, estando la moto estacionada en un lugar seguro, la lista de personas que podían haberlo hecho se estrechó de inmediato.

Se había convencido de que estaba loca, de que estaba paranoica y su cerebro había acabado por ceder tras pasar años en el sótano... o quizá antes. Sin embargo, tenía ante ella una prueba de que había alguien que no quería verla marchar. Eso sí, podía ser que aquello no fuese sino obra del pirado que trabajaba como encargado en su bloque de apartamentos.

Subió por las escaleras a la planta baja; se dirigió a la entrada del edificio, donde estaban las hileras de buzones empotradas en la pared, y salió por la puerta de dos hojas. En la calle, a su izquierda, estaba el coche beis.

Oyó pasos acercarse por la acera desde el sentido opuesto y vio a Will que caminaba hacia ella dando grandes zancadas con gesto preocupado.

Dejó caer los hombros y distendió los músculos de la cara.

—¿Qué pasa? —preguntó él con el brazo tendido por encima de su cabeza para asir la puerta y mantenerla abierta.

—Pensaba salir. —Jude se pasó una mano por la frente con la esperanza de imitar el gesto propio de quien se encuentra confundido—. Pero creo que no me apetece.

—Hace muy buen día. Si quieres, podemos dar un paseo por el lago.

Sus palabras parecían tan inofensivas… ¡Parecían inofensivas! De nuevo volvió a dudar de ella misma. No estaría mal dar un paseo por el lago.

Pero él entraba en su cuarto de noche.

Sí, para ver si estaba dormida.

¿Tan mal estaba? ¿Tan alarmante resultaba?

Sí. ¡Claro que sí!

—Estoy muy cansada —dijo.

Will asintió para hacerle saber que lo entendía.

—Voy a ver la tele y luego me iré a la cama.

—Bueno, pues después me paso para ver cómo lo llevas.

De eso no le cabía la menor duda.

—Ah, por cierto. —Fingió recordar de pronto un detalle sin importancia—. He estado en el aparcamiento, echándole un vistazo a la moto, y no he conseguido arrancarla. ¿Puedes mirarla?

—Tenía que habértelo dicho. Le he quitado una bujía para cambiarla. No te he dicho nada porque, de todos modos, tampoco la estás usando.

Ni una pizca de culpabilidad. Además, tenía sentido. Una bujía nueva.

Más tarde, cuando apareció en el apartamento, lo dejó fregar los platos y dar de comer al gato. Prometió tomarse la píldora, aunque, cuando él se fue, la tiró al inodoro. Se hizo la dormida cuando él fue a verla y, cuando se marchó, salió de un salto de la cama, se puso las botas, se enfundó en una sudadera negra con capucha, agarró la mochila y metió en ella sus pertenencias y algo de ropa, además de la caja de zapatos que le había dado Ava.

Una vez lista, salió a hurtadillas del apartamento y se cubrió el pelo blanco con la capucha mientras subía las escaleras de la azotea. La mirada furtiva que echó a la calle no reveló sorpresa alguna: el coche seguía allí y había alguien en su interior. Vio el fulgor de un cigarrillo.

Doblando las rodillas y agachando la cabeza, corrió hasta el árbol que había al otro lado del edificio, se aferró a una rama y descendió, deteniéndose al llegar a la más baja, que crecía a una altura considerable del callejón. Respiró hondo y se soltó, con lo que cayó rodando al pavimento.

Magullada, aunque sin huesos rotos, se puso en pie. Ajustó las correas de la mochila y se mantuvo pegada a las sombras más oscuras del callejón mientras se alejaba del apartamento y de la persona que hacía guardia en el coche.

Se dirigió al cajero automático más cercano, retiró el máximo diario permitido, se metió el dinero en un bolsillo y, sacando el teléfono, lo contempló un segundo antes de lanzarlo al suelo y aplastarlo con el tacón de la bota.

# Capítulo 51

Tenía que ir al norte, a la zona en la que había aparecido el cadáver de Lola Holt. No muy lejos de allí se encontraban la cabaña y la finca de los Schilling, en las que había muerto su madre. Entendía, lógicamente, que lo más seguro era que no hubiera relación alguna entre aquellas dos circunstancias, pero la proximidad de ambos lugares, sumada a las gargantillas que podían proceder de la gasolinera Black Bear Station… Ambas eran, a lo sumo, pistas endebles, pero no por ello dejaban de ser pistas. Así y todo, podía ser que se tratara, sin más, de un deseo apremiante de volver al sitio al que tanto cariño había tenido su madre, el sitio en el que había hallado la muerte.

Pensó en robar un coche o en comprar un trasto barato, en hacer autoestop o en subirse a un autobús de los que iban a los casinos del norte. Al final, se decidió por algo que bien podía ser la más desquiciada de todas las ideas que se le ocurrieron. Tomó un autobús urbano hasta la casa de Ava Germaine, manteniendo en todo momento la cabeza baja y con la capucha puesta.

Al amparo de la noche, llamó con los nudillos a la puerta principal hasta que oyó un ruido. Se encendió la luz del porche y puede que Ava se asomase o no a la mirilla.

—¿Quién es?

—Jude Fontaine. La inspectora Fontaine.

Se abrió la puerta y la recién llegada entró con discreción y la cerró tras sí.

—Necesito que me ayude. —No entró en detalles, porque ninguno tenía demasiado sentido y, además, sabía que sus conclusiones rayaban en la paranoia. Quizá se trataba precisamente de eso. Quizá había sido siempre esa la explicación—. Tengo que salir de la ciudad y necesito un coche.

Se había presentado en zapatillas de andar por casa y en pantalones de deporte grises en una casa que olía a humo de cigarro.

—¿Qué es lo que pasa? —preguntó Ava—. ¿Adónde va?

—Al norte del estado. Lo único que puedo decirle es que voy siguiendo una pista.

—¿Sobre Octavia?

—Sí.

Ava se llevó una mano temblorosa a la boca mientras clavaba en ella unos ojos llorosos.

—Quiero ir con usted.

—No puede. —No hizo ningún intento por suavizar la respuesta.

Aceptando al parecer que no iba a obtener más información de Jude, su anfitriona rebuscó en una chaqueta que yacía abandonada en el sofá para sacar un juego de llaves. Retiró dos del llavero y se las metió en un bolsillo antes de tender el resto a la inspectora.

—Va a tener que echar gasolina, porque debe de quedarle un tercio del depósito.

Jude cerró los dedos en torno a las llaves.

—Si me han seguido hasta aquí y le preguntan, dígales que la he obligado a darme el coche y no le he revelado adónde iba.

—Está aparcado en la calle. Un Corolla plateado. Era de Octavia. Lo tenía guardado en el garaje, pero, cuando perdí el trabajo y la casa y me quedé sin coche, empecé a usar el suyo. No me hizo ninguna gracia, porque quería que al volver a casa lo encontrase tal como lo dejó.

Aquel vehículo representaba la esperanza de una madre.

—Acababa de aprobar el examen de conducir. Estaba tan orgullosa de ese coche… En aquel momento parecía un gasto desmesurado, pero yo pensaba que tener su propio medio de transporte sería bueno para su seguridad. —Rompió a llorar, pero acto seguido se dominó y siguió hablando—. Parece que fue ayer y, a la vez, da la impresión de que haya ocurrido hace años. Y la vida… Tengo la sensación de estar moviéndome en el sueño de otra persona. ¿Sabe lo que es?

—Sí.

—¿Ha leído su diario? ¿Ha visto la parte en la que dice que iba a las fiestas que celebraban en los bosques del norte? Yo ni siquiera sabía que hiciera esos viajes hasta que lo leí y eso fue después de su desaparición. No tenía ni idea de que fuese tan reservada.

—Como la mayoría de los adolescentes.

—Supongo. —Ava abrió la puerta y se apartó para dejarla pasar—. Tenga cuidado y sepa que, si no la encuentra, seguiré estándole agradecida por haberme escuchado, por haber actuado. —Se le ocurrió algo más—. Es usted como Juana de Arco.

—¿Esa no estaba loca?

—Eso es lo que decían de ella.

Jude se sorprendió con una carcajada. A renglón seguido, se dio la vuelta, corrió hacia el automóvil y desbloqueó las puertas antes de llegar a él. Lanzó la mochila al asiento del copiloto, se metió y arrancó calle abajo.

El trayecto fue rápido y sin incidentes. Noventa minutos más tarde llegó a la gasolinera, llenó el depósito y entró. La iluminación del interior era extraña, como lo es siempre en mitad de la noche ese tipo de luz, que hace que uno se sienta narcotizado aunque no lo esté. El lugar estaba vacío a excepción del dependiente que había al otro lado del mostrador, sentado en una banqueta y con la cabeza de pelo oscuro inclinada sobre un tebeo.

Al fondo del local encontró la máquina de estampación, sorprendida solo a medias de que siguiera allí. Los colgantes parecían los mismos: corazones, círculos y óvalos dorados o plateados.

Metió dinero, pulsó las teclas precisas y observó mientras el aparato grababa el adorno de forma mecánica. Cuando acabó, lo recogió del cajón metálico. No era experta en ciencia forense y tendría que comparar las dos gargantillas, pero parecía idéntica a la que había encontrado en la caja de zapatos. A lo mejor también a la que encontraron en el cadáver de Delilah Masters.

«¿Y qué prueba eso?».

Nada.

Se colocó al cuello la cadena y cerró el broche. En el mostrador, compró agua y un par de barras de cereales y pagó todo en metálico, incluido el combustible. Pensó en enseñar al dependiente una fotografía antigua de Octavia, pero no quería llamar la atención, sobre todo teniendo en cuenta que resultaba muy poco probable que aquel hombre fuese de alguna ayuda en un caso tan antiguo.

—Bonito nombre —dijo el joven del tebeo señalando con la mirada la gargantilla mientras le depositaba el cambio en la palma de la mano—. Que tenga un buen día.

—Igualmente.

Treinta minutos después, dobló hacia el camino que llevaba a la propiedad de su padre. La sorprendió encontrarlo con tanta facilidad y sin la ayuda de un GPS, aunque lo cierto era que, si bien llevaba más de veinte años sin volver allí, durante aquel tiempo había visitado muchas veces el lugar en su cabeza.

Las malas hierbas habían invadido el camino como ocurría en los campos del norte con todas las sendas sin transitar, pero no tanto que hicieran suponer que no había pasado por allí vehículo alguno en mucho tiempo. Las rodadas estaban libres de vegetación, en tanto que en la faja central crecían hierbas altas que rozaban los bajos del coche. Los haces de los faros botaban a medida que las ruedas recorrían el firme irregular. Miró el reloj del salpicadero. Quedaban tres horas para que amaneciera.

Antes de llegar a la cabaña apagó las luces y el motor. Registró la guantera y encontró enseguida una linterna. Accionó el interruptor con el pulgar y se sintió agradecida al ver que aún tenía pilas.

Salió del coche y cerró con cuidado la puerta sin llegar a bloquearla. Si había alguien en la vivienda, no quería anunciar su llegada con un portazo. Con la linterna apuntando a sus botas y las correas de la mochila al hombro, echó a andar por el sendero sin pasar por alto que no había rodadas frescas.

Tras un recodo se presentó ante ella la cabaña. Un barrido rápido con la linterna le hizo ver que no había vehículos. Se acercó a la casa como quien accede al lugar de un crimen, con cuidado, fijándose en la tierra que manchaba los escalones de madera y el porche y en la ausencia de huellas de zapato. Hacía mucho que no iba nadie por allí.

La puerta estaba cerrada con llave. Era de esperar.

Se asomó a varias ventanas en busca de signos que delatasen la presencia de detectores de seguridad en los marcos o de sensores de movimiento en las esquinas del techo y, al no ver rastro evidente alguno de un sistema de alarma, agarró un tronco de un montón de leña y lo estrelló contra una de las ventanas para hacer añicos el cristal. Tras apartar las esquirlas de mayor tamaño, pasó la mochila por el vano y entró. Dentro, palpó la pared en busca de un interruptor y se sorprendió ligeramente al ver que se encendía una lámpara de mesa.

La cabaña era más pequeña de lo que recordaba y tenía el techo bajísimo. El tamaño la llevó a preguntarse si no se había confundido de lugar. Sin embargo, a medida que iba de un lado a otro fue dando con objetos que reconocía, como el retrato familiar de la pared de la sala de estar, de antes de que ocurriese todo. Se extrañó de que aún estuviera allí.

El padre de Jude estaba de pie tras ella con las manos apoyadas en sus hombros. También estaban en la imagen su madre y Adam. «Una familia feliz». Miró más de cerca a su madre y se preguntó si estaba feliz el día que se había hecho aquella foto. Sí. Se le veía en la expresión de la cara y en la postura que había adoptado para sentarse. Con independencia de lo que ocurriera el día de su muerte, su madre había sido feliz. Eso no podía negarse.

La cabaña no era un lugar lujoso, sobre todo teniendo en cuenta que pertenecía a un gobernador. Tenía que reconocer que su padre había renunciado a venderla y adquirir con el dinero una propiedad refinada y cara en una zona más popular. El interior era de madera, construido, si mal no recordaba, en la década de los cincuenta, y oscuro. Estaba impregnado de cierto olor a moho combinado con algo orgánico que bien podía proceder del pozo séptico. Contaba con un salón comedor, una cocina y tres dormitorios. Frente a ella había una mesa rústica de madera para ocho personas. No había línea telefónica ni Internet.

Estar allí parecía irreal. De hecho, tuvo que recordarse que había acudido con un propósito, pensar en los rasguños y en el colgante de las muchachas y retomar su plan de registrar el lugar de forma tan minuciosa como le fuera posible. Una locura.

La cama del dormitorio de sus padres era como las que podían encontrarse en tantas otras cabañas del norte de Minesota. La estructura estaba hecha de troncos y el colchón estaba cubierto por una colcha de cuadros escoceses. Se obligó a acercarse y, tomando una almohada, se la llevó a la nariz y aspiró. No olía a su madre. Aliviada y desengañada a un tiempo, la dejó en su sitio y siguió examinando la cabaña, deteniéndose al llegar al que había sido su cuarto, una habitación de techo aún más bajo que hacía pensar que en otro tiempo había tenido que ser parte de un porche.

Dios. Tenía el mismo cubrecama, rosa y morado, de su infancia. Qué locura. Era como si aquel lugar se hubiera mantenido intacto solo para fastidiarla. Por un instante pensó en volver al coche y huir de allí, huir lejos de Minesota, de su padre y del lugar en que había muerto su madre. Lejos de cuanto le recordaba la unidad de homicidios, del hombre que la observaba mientras dormía, de los hombres que atacaban a mujeres en la calle y de los que decapitaban chiquillas.

Odiaba ser una víctima. Puede que eso lo explicara todo. Decidirse a actuar. Romper una ventana. Apuntar a su padre con un arma. Los tipos duros no eran víctimas.

A lo lejos se oyó el grito triste e inquietante de un somormujo. Hacía años que no oía aquella llamada.

Salió del cuarto y abrió la puerta de atrás para pasar al zaguán y, de ahí, al porche en dirección al lugar del que provenía el sonido. La senda que llevaba al lago estaba cubierta de maleza. La hierba le rozaba las rodillas y le empapaba los vaqueros mientras se abría paso hasta el borde del agua para contemplar la luna como había hecho siendo una niña. Recordó haber estado en aquel mismo punto, aferrada con fuerza a la mano de su madre. Muerta de sueño, en pijama, deseando irse a la cama y, al mismo tiempo, consciente de lo especial que era aquel momento.

Recorrió la ribera con el haz de la linterna. El embarcadero no estaba en el agua, sino en sus inmediaciones, a la espera de que alguien lo reparase, y la embarcación debía de haber desaparecido hacía mucho. Volviendo la vista atrás, se dio cuenta de que su vida parecía artificial, como parte de un guion.

Regresó a la cabaña, puso la mochila sobre la mesa, sacó la caja de zapatos y buscó el colgante antes de quitarse el que había hecho en la Black Bear Station para compararlo con él.

Eran idénticos.

Pero ¿qué quería decir eso, si es que quería decir algo?

Se bebió la botella y dio cuenta de una barrita de cereales. Entonces, agotada, se tendió en la cama de su niñez y se quedó dormida.

# Capítulo 52

Uriah dedicaba cada momento de vigilia, de desvelo, a las jóvenes asesinadas. Los recuerdos de su mujer desafiaban su poder de concentración. Y sí, Jude también. Se sentía mal por cómo había salido todo.

Necesitaba dormir. Si pudiera descansar solo unas horas, a lo mejor su cerebro funcionaría mejor. Sin embargo, su desesperación le arrebataba lo que tanta falta le hacía. Habían dado las cinco de la madrugada cuando se rindió. En lugar de pensar en el caso, obligó a su cerebro a avanzar en otra dirección con la esperanza de que, cuando volviera a abordar el enigma, lo hiciera con un enfoque distinto.

En la cocina, echó café molido en la cafetera, llenó el depósito de agua y pulsó el botón de encendido. Mientras iba cayendo el líquido gota a gota, recorrió el apartamento en penumbra, sin encender ninguna luz estridente. Puso un vinilo en el tocadiscos y buscó en la librería algo antiguo, quizá un clásico.

Los libros que le había dado Jude no estaban ordenados y él los había colocado a la carrera en los estantes a fin de sacarlos cuanto antes de la caja y apartarlos del suelo. Vio un ejemplar de *A través del espejo*. Parecía una primera edición, ilustrada con grabados en blanco y negro. Quizá Jude quisiera recuperarlo.

Lo sacó de la estantería y lo abrió con cuidado. En la portadilla había un exlibris recargado, un grueso rectángulo de papel con el nombre de *Natalie* escrito a mano bajo una litografía de un chiquillo leyendo bajo un manzano que había pegado allí una mano inexperta mucho después de la fecha de edición, hacía tal vez unos veinte o treinta años.

Tal vez por la falta de sueño o por lo que había ocurrido con Jude y con Ellen, por no hablar de la investigación que tanto lo acuciaba, sintió una oleada de melancolía.

Era lo que le pasaba con las antigüedades, sobre todo si se trataba de libros y de música. Los libros y la música antiguos lo reconfortaban y, sin embargo, en ocasiones también le provocaban una tristeza insoportable al hacerlo consciente del paso del tiempo.

Sin niños.

Sin perro.

Con Ellen muerta.

Y sus padres cada vez más ancianos.

¿Qué le quedaba?

Su trabajo.

Su trabajo y aquel salón lleno de objetos melancólicos. Mientras, en la calle, estaban asesinando a jovencitas, a niñas que jamás se harían mayores, que jamás descubrirían quiénes eran ni llorarían el paso del tiempo.

Todas ellas deberían tener derecho a llorar.

No estaba haciendo bien su trabajo.

La víspera había hablado con Ortega de hacer que interviniera el FBI. Tenían que haberlo hecho antes, pero había que demostrar que existía una conexión entre el asesinato de Holt y el de Masters.

Desde la cocina, la cafetera dejó escapar una última bocanada de vapor mientras el diminuto apartamento se llenaba del aroma de la variedad de tueste medio de Peace Coffee. Aquel olor también resultaba reconfortante. Podía estar observando un cadáver con una taza de café en la mano y una sola inhalación bastaría para calmarlo.

Menuda estupidez.

Con cuidado, pasó las páginas del libro. El gesto suscitó otra fragancia que le embelesaba: la del papel viejo y las encuadernaciones antiguas. Sonrió levemente al recordar que Jude había identificado aquel como el olor que lo caracterizaba a él.

Aunque sabía que se trataba de una combinación tóxica de papel caduco y esporas de moho, no dudó en olerlo. Había oído hablar de gente que había desarrollado enfermedades pulmonares por vivir cerca de libros viejos. Un argumento nada desdeñable en favor de las ediciones electrónicas, suponía.

Sintió la necesidad de llamar a su padre, pero tuvo que recordarse que era demasiado temprano. Él nunca se llevaba el trabajo a casa y Uriah se sorprendió preguntándose si tenía algún caso que no hubiese sido capaz de resolver y le royera las entrañas.

Porque en las ciudades provincianas también cundía el mal.

La siguiente vuelta de página reveló un recorte del *Star Tribune*. El papel estaba amarillento y los dobleces, según pudo comprobar al dejar a un lado el libro y abrir la noticia, marcadísimos. No era fácil determinar si lo habían doblado y desdoblado un centenar de veces o si daba esa sensación por el hecho de haber estado aplastado en el interior del libro.

Hablaba de una niña mineapolitana de trece años llamada Hope DeMars que había desaparecido hacía veintisiete.

Llevó el recorte a la cocina, donde la luz era más intensa, para ver mejor la fotografía de una chiquilla agraciada de pelo rubio y liso y sonrisa hermosa. Se parecía un tanto a la del lago.

Abrió un cajón y sacó una lupa. Se la había regalado su madre, porque ¿qué investigador de policía no necesitaba una? Observó a través de ella el colgante de la niña: un corazón que llevaba grabado su nombre.

Volvió a la sala de estar y abrió su portátil. Haciendo labores de «espionaje de código abierto» introdujo su nombre en Google y encontró más noticias y más fotos. En muchas de ellas llevaba puesta la gargantilla. Entonces buscó también artículos sobre la muerte de la madre de Jude, que se había producido en su propiedad del norte de Minesota. Adam Schilling tenía doce años y estaba disparando a unas latas en el bosque cuando Natalie se puso en su línea de fuego. Según la prensa, Jude estaba en la cabaña cuando ocurrió el accidente. A simple vista, la noticia no tenía nada de inverosímil. Esa clase de percances con armas de fuego era demasiado frecuente.

Volvió adonde había dejado *A través del espejo* con la intención de pasar una a una las páginas por si tenían algo más que pudiera haberse saltado. Cuando llegó a la última, se dispuso a cerrar el libro y notó algo que se movía, como si se deslizase.

Del cajón de la cocina sacó entonces un cuchillo de pelar. Destrozar un libro nuevo no le habría producido remordimiento alguno, pero ¿uno antiguo? Eso era un crimen. Abrumado por la culpa, volvió a la portada y pasó los dedos por la superficie irregular del exlibris. Con la hoja del cuchillo, despegó los bordes del papel y lo despegó para dejar al descubierto un colgante barato de color dorado con forma de corazón. Lo levantó por la cadena y se lo acercó para leer lo que llevaba escrito: «Hope».

Se quedó sin aliento. ¿Cómo había que interpretar aquello? ¿Quién lo había puesto ahí?

—Mi madre también coleccionaba libros —le había dicho Jude.

¿Lo habría escondido allí Natalie? Todos los hilos de los que habían estado tirando y habían dado la impresión de estar desconectados se enlazaron de pronto: las chicas asesinadas, una joven adolescente llamada Hope y, sí, quizá también el periodista y Octavia Germaine.

Aquel colgante lo cambiaba todo.

Sacó el teléfono y llamó al número de Jude.

Sin línea.

Lo más seguro era que hubiese dejado de pagar las facturas.

Uriah dedicó la hora siguiente a tratar de imaginar distintas posibilidades, de las cuales la más alarmante estaba relacionada con la madre de Jude. Si estaba en posesión de la gargantilla de una de las desaparecidas, su vida podía haber corrido peligro. Eso podía querer decir que Jude no había estado desencaminada. Puede que no en lo que se refería a la implicación de su padre, cosa que seguía pareciéndole disparatada, sino en lo tocante a que su muerte no había sido un accidente.

Una hora después del amanecer, se puso el traje negro y la corbata y se dirigió al laboratorio criminal del *sheriff* del condado de Hennepin, donde pidió examinar las pruebas de la muerte de Natalie Schilling.

La administrativa que lo atendió buscó en su ordenador y, sin levantar la vista de la pantalla, le comunicó:

—Se destruyeron hace cinco años.

—¿Que se destruyeron? ¿Por petición de quién?

Más tecleo.

—De la comisaría de policía de Mineápolis. La firmó el juez McCall.

Tampoco eso era insólito. Las pistas no podían guardarse eternamente, sobre todo cuando no eran de un caso de asesinato. El espacio del que disponían era limitado.

—Gracias.

Estaba bajo la luz fluorescente del pasillo cuando se puso a vibrar su teléfono. Miró el nombre, Ingrid Stevenson, y respondió.

—Te acabo de enviar por fax los resultados del análisis capilar de Masters y Holt. Las dos tenían GHB en el organismo.

El GHB, sustancia controlada de clasificación I, era popular entre los violadores, aunque también se usaba en fiestas, de modo que cabía la posibilidad de que las chicas lo tomasen por voluntad propia.

—Puede que se ahogara por estar bajo los efectos del GHB.

—Gracias, Ingrid. ¿Algo más?

—Hace unos días me llamó Jude Fontaine.

—Ah, ¿sí? —No esperaba oír algo así.

—Tuvimos una conversación muy interesante sobre flora. Seguro que te lo contará cuando la veas.

—Jude Fontaine ya no trabaja de inspectora.

—Ella me dijo que seguía investigando el caso de la decapitada.

—Pues no. Ya no está en el cuerpo, así que, si te vuelve a llamar, no le cuentes nada.

—Lo siento. —Casi era posible verle el gesto mortificado a través de la línea telefónica.

—No te sientas culpable. Jude puede ser muy convincente. ¿Qué es lo de la flora?

Después de haber escuchado que Fontaine ya no era inspectora, Ingrid Stevenson necesitó unos instantes para centrarse.

—Me preguntó si Lola Holt tenía rasguños en las piernas y le dije que sí.

¿Qué hacía Jude buscando información de aquel caso?

—¿Algo más?

—Hablamos de la zona en la que se encontró el cadáver. En ese condado abunda el espino cerval. El Departamento de Recursos Naturales emprendió hace poco una campaña para erradicarlo, de modo que la prensa ha hablado mucho del tema.

Uriah recordó las zarzas con las que se enganchó la ropa en el lugar del hallazgo. Dio las gracias a Stevenson y colgó antes de dirigirse a su coche para poner rumbo al apartamento de Jude.

# CAPÍTULO 53

Estaba recorriendo a pie la acera en dirección al piso de Jude cuando se detuvo al llegar al vehículo de incógnito del detective privado. Vang había dejado de vigilar hacía unos días por falta de fondos, de modo que Uriah había contratado a un investigador para que le echara un ojo al menos durante un tiempo, hasta estar convencido de que no corría ya peligro ni suponía amenaza alguna para el gobernador. Dio con los nudillos en el maletero y el detective, un joven llamado Tyler Ford, bajó la ventanilla.

El inspector se inclinó hacia él doblándose por la cintura y preguntó:

—¿Ha habido movimiento?

Tyler negó con un movimiento de cabeza.

—Hoy no ha salido ni ha entrado en todo el día. —Miró el reloj—. Acaban de dar las ocho. Todavía es temprano para ella. Los días que llego a verla suele ser a última hora de la mañana.

Ya en el bloque, Uriah llamó al portero automático sin recibir respuesta alguna. Dado que no había contestado ninguno de sus mensajes de texto, estaba convencido de que no iba a querer hablar con él.

Buscó al encargado del edificio, que se tomó su tiempo antes de responder con un breve: «¿Eh?», a través del vetusto interfono.

Uriah se presentó. Pasado un instante se oyó zumbar la puerta y entró. En el vestíbulo mismo había un apartamento en cuya puerta se leía: «Encargado». Debajo estaba el nombre de Will Sebastian. Antes de que pudiera llamar, abrió un fulano grande con el pelo largo y un montón de tatuajes. Daba la impresión de que lo hubiese despertado, porque tenía la cara hinchada y aliento mañanero. Sin siquiera decir hola, lo miró desde el umbral, con una mano apoyada en alto en el marco de la puerta y ojos recelosos.

—Tengo que ver a Jude Fontaine. —El inspector le enseñó la placa.

—Sé quien es usted y estoy convencido de que Jude no quiere verle.

—Eso es lo de menos. —Sin esperar a que estallara el enfrentamiento que se avecinaba, tomó la escalera para subir a la cuarta planta. Al ver que tampoco obtenía respuesta alguna al golpear la puerta de manera enérgica e insistente, miró por la azotea y, a continuación, regresó al apartamento. Allí encontró al encargado de pie delante de la puerta—. Ábrala —le dijo.

—No puedo. —Sin apartar la mirada de la de Uriah, Sebastian picó con fuerza mientras llamaba a Jude por su nombre.

—Puede que le haya pasado algo. Que se haya pasado con la dosis de medicamentos. Abra la puerta.

El tatuado se echó hacia atrás el pelo que se le había escapado de la coleta haciendo rastrillo de sus dedos y, después de un suspiro, sacó un puñado de llaves del bolsillo de sus vaqueros.

Los dos registraron el reducido espacio del apartamento.

—Aquí no está. —Sebastian se mostró agitado ante el descubrimiento.

Había signos de una partida apresurada: cajones abiertos, las puertas de los armarios de par en par… Sobre la encimera de la cocina había tres frascos de fármacos.

Uriah leyó las etiquetas.

—¡Vaya! —No era cosa de risa.

—Creo que ha dejado de tomarlo —dijo Sebastian—. Yo ya sospechaba algo.

El inspector le dio su tarjeta.

—Llámeme si oye o ve algo, sea la hora que sea. —Con esto, bajó al trote las escaleras y salió del edificio. Al llegar a la calle, se detuvo ante la ventanilla abierta del coche del detective.

—Vete a casa si quieres.

Tyler alargó el cuello.

—¿Eh?

—Jude Fontaine se ha ido. Ha tenido que salir a hurtadillas esta noche o por la mañana temprano. Ya no voy a necesitar tus servicios.

—¡Vaya, hombre! —Avergonzado. Normal.

Mientras veía alejarse el vehículo, Uriah volvió a llamar a Jude y recibió el mismo mensaje. A continuación llamó al especialista en datos personales con que contaba la comisaría.

—Necesito que investiguéis las tarjetas de crédito de Jude Fontaine. —El experto era joven y muy bueno, además de rápido cuando se trataba de recabar pruebas—. También necesito el registro de su tarjeta telefónica y los movimientos de su banco correspondientes a las últimas cuarenta y ocho horas.

Treinta minutos después, mientras estacionaba su coche en el aparcamiento de la comisaría, recibió la respuesta a su petición.

—Con la tarjeta de crédito no ha comprado nada —dijo el especialista—, aunque parece que ha sacado todo lo que le permitía el cajero. Tenemos dos retiradas de fondos a pocas manzanas una de la otra y las dos poco después de la medianoche. Después de eso no hay nada. Su teléfono tampoco ha dado señales de vida desde hace un par de días. Lo último es una llamada a un tal Will Sebastian.

Uriah le dio las gracias antes de llamar a la jefa de policía.

—Fontaine ha querido desaparecer del mapa. Se ha deshecho del teléfono y ha sacado todo lo que le permitía el cajero. —Añadió algo que no quería añadir—: Habría que ponerse en contacto con el gobernador para advertirle que no debería alejarse de casa en todo el día. Su vida podría correr peligro. —Quizá Jude no quería otra cosa que desaparecer y empezar de cero, pero parecía poco probable. Sobre todo, teniendo en cuenta que la obsesión que tenía con su padre no había hecho sino intensificarse con los años.

Cuando acabó de hablar con Ortega, envió un mensaje de texto a Vang para informarlo de la situación.

Uriah llamó con energía a la puerta principal de una casucha ruinosa de Frogtown, un barrio venido a menos y olvidado después de que empezase a funcionar el tren ligero y que había terminado convertido en una de las zonas con más criminalidad de todo Saint Paul.

A la mujer que salió a abrir la vida parecía haberle dado una paliza. El pelo descuidado le olía a cigarrillos baratos. Tampoco es que llevase mucho tiempo levantada. Le enseñó la placa, se presentó y dijo:

—Tengo que hablar con Ava Germaine.

—Yo soy Ava Germaine.

Uriah podía ser encantador y muy persuasivo, de modo que, diez minutos después, confirmadas sus sospechas, volvía con paso rápido al coche, con el teléfono en la oreja y hablando con Molly, su experta en información de la comisaría.

—Averigua si el gobernador sigue teniendo propiedades en el norte de Minesota.

Mientras se situaba tras el volante del coche, oyó teclear y, a continuación, la voz de Molly:

—Lleva más de treinta años de titular de la misma finca: veinte hectáreas de terreno y una cabaña de tres dormitorios a orillas de un lago situado al este de Little Falls. Está a menos de dos horas de Mineápolis, en una zona que no es ninguna maravilla. Yo me habría esperado que tuviera algo más bien en la margen septentrional. —Más teclas—. Desde luego, si yo viviera en la mansión del gobernador, no saldría de la ciudad en la vida. —Estaba a punto de poner fin a su comentario personal cuando añadió—: Cuando yo estaba en secundaria, celebraban fiestas allí para sus ayudantes y te puedo decir que el sitio es la pera.

—No irías a nadar a su piscina por casualidad. ¿Eran fiestas de bikini?

—¡Qué dices! ¡Ya me habría gustado a mí! Eran actos aburridos, sosos y formales.

Tras quedarse de golpe sin pista, dijo Uriah:

—Molly, necesito las señas de esa propiedad.

—Ahora mismo.

Cuando se las dio, el inspector las introdujo en el GPS de su vehículo.

—Gracias. —Colgó antes de que ella pudiese lanzarse a contar otra de sus anécdotas e hizo una llamada más, esta vez para pedir una orden de búsqueda y captura contra Jude. Dio el color, la marca, el modelo y la matrícula del coche que llevaba.

# Capítulo 54

Boca arriba en la cama sin deshacer de su antigua habitación, vestida y con las botas puestas, Jude se despertó al oír un ratón que arañaba el techo del cuarto. El reloj que tenía a su lado daba las nueve y cuarenta y cinco de la mañana. ¿De verdad?

Teniendo en cuenta lo que había ocurrido en aquella propiedad y la ruptura que había provocado aquello en la familia, la sorprendió encontrar cierto consuelo en el hecho de levantarse en la cama donde había dormido en su infancia. Había llovido mucho y ella se había encargado de borrar casi por completo su propio pasado, pero, en cierto modo, resultaba tranquilizador saber que su antiguo yo había dormido y jugado allí. Su presencia en la cabaña modificaba los confines de su propia identidad y extendía la definición que acababa de hacer de ella misma.

Mientras observaba el techo que tenía sobre la cabeza intentando localizar el punto en el que oía roer, reparó en una anomalía en el armazón de madera.

Un altillo.

Había olvidado por completo su existencia hasta ese momento. De hecho, el único recuerdo que tenía era de su padre aupándose para sacar cajas de aquel agujero negro cuando ella tenía cinco o seis años.

Fuera de la cama, se hizo con la silla que había en un rincón y la arrastró por el suelo para colocarla justo debajo. Entonces se subió a ella y presionó el techo hasta liberar una placa y revelar el marco de una trampilla. Aquel movimiento asustó al ratón, que dejó de hacer ruido.

La tapa de la trampilla no tenía nada con lo que agarrarla. El único modo de acceder al espacio de arriba consistía en empujarla hacia arriba y apartarla y eso fue lo que hizo.

A través de la abertura llegó a ella un olor que había olvidado pero conocía, un olor que no lograba localizar, que le provocó una punzada en el pecho y le oprimió la garganta.

Una vez apartado el recuadro de madera, palpó la oscuridad. Sus dedos tocaron las aristas de una caja de metal. Siguió buscando a ciegas y tanteó el borde raído de un libro de gran tamaño. Lo asió y tiró de él.

De pie en la silla, contempló el objeto que tenía en las manos y entendió por qué el olor le había resultado tan familiar y tan doloroso a la vez. Era su álbum de recortes. El álbum de recortes que había desaparecido de entre sus pertenencias.

Fue pasando las páginas, deteniéndose en las fotografías de la cabaña que había tomado su yo joven como si las imágenes pudieran resolver lo que ella había considerado el misterio de la muerte de su madre. Su primer caso. Su primer caso sin resolver.

Eric debió de encontrarlo entre sus cosas y dárselo a su padre. Parecía la explicación más razonable. Pero qué hacía allí era todo un enigma.

Sin perder más tiempo en conjeturas, lanzó el álbum a la cama y fue a sacar la caja de metal, que arrastró hasta la abertura y la levantó para hacerse con ella.

También la reconoció. Un objeto gris diseñado para contener documentos legales y cerrado con un candado. En una de las esquinas tenía una carita sonriente de color amarillo. Recordó el día que la había pegado allí, sentada al escritorio que tenía su padre en el hogar de Mineápolis. Estaba trabajando cuando ella entró a saludarlo y él la puso sobre su regazo. Ella intentó ponerle la pegatina en la mejilla, pero él rio y le acercó la caja.

Allí estaba. La caja llegada de su pasado, de una niñez que había parecido perfecta durante un breve periodo.

Bajó de la silla y llevó la caja a la mesa del comedor. Usando el atizador de la hornilla de leña, rompió el candado y abrió la tapa.

A primera vista, el contenido no se apartaba de lo que habría cabido esperar. Sobres de tamaño folio que bien podían contener documentos relacionados con la propiedad. Sin embargo, encima de uno de los rimeros de sobres había una Polaroid Land Camera y dos paquetes de papel fotográfico. Aunque la Land Camera estaba ya anticuada, todavía era posible encontrar película en tiendas de segunda mano y en eBay.

Jude siempre las había conocido como «cámaras de asesinos en serie». Aunque no dejaba de ser un cliché, dichos criminales gustaban de documentar sus homicidios y las Polaroid eran el único modo de evitar que los descubriesen. Conservar un registro de lo que habían hecho a sus víctimas formaba parte de su obsesión. Necesitaban aquel soporte visual, aquella documentación.

Sin fotos era como si no hubiese ocurrido.

Exactamente igual que otras personas querían tener siempre instantáneas de sus vacaciones.

Cada vez más asustada, abrió el primer sobre. Dentro había una fotografía de una adolescente que llevaba puesto un colgante dorado con forma de corazón.

# Capítulo 55

Jude no reconoció a la chica de la foto. Estaba de pie frente a una pared de cemento manchada de moho, descalza y con un vestido estampado ligero que podía haberse fabricado en cualquier lugar en los últimos diez años. La imagen no tenía demasiada calidad. Estaba borrosa y falta de luz, de modo que no era fácil determinar si tenía en el cuerpo signos reveladores de abuso.

¿Dónde habían sacado la foto? Parecía un sótano, cosa que la cabaña no tenía. En la propiedad había habido otra construcción hacía años, pero la habían demolido hacía mucho tiempo y habían rellenado el sótano con escombros.

Sus ojos fueron a la garganta y las muñecas de la joven. Los del laboratorio digital iban a tener que reproducir la imagen y limpiarla para que la policía pudiese ver algo, pero ella no necesitaba ver marcas, magulladuras ni heridas. El lenguaje corporal de la chica lo decía todo.

Su sonrisa no iba más allá de la boca, cuando la felicidad se refleja en toda la persona: en los músculos, los nervios y los ojos. En lugar de eso, la inclinación de sus hombros hablaba de agotamiento y la tensión de sus extremidades, de terror. Tenía los ojos totalmente inexpresivos, huérfanos de toda emoción perceptible.

Su miedo podía no ser evidente para la mayoría. Otros podrían ver allí a una niña guapa y feliz.

Necesitaba a un equipo de científicos forenses. No debía tocar nada más. Pero ¿quién iba a creerla? ¿Quién iba a acudir? A fin de cuentas, ¿no era posible que hubiera dado con una foto de una muchacha cualquiera, una cría de la que estuviera enamorado quienquiera que hubiese hecho la fotografía? Quizá se trataba de un secreto de familia, de una hija natural.

No parecía muy probable.

Jude puso la foto al lado del colgante que había dejado en la mesa y abrió el sobre siguiente.

Otra niña.

Esta sí la reconoció.

Octavia Germaine.

La pose era similar a la de la anterior. La imagen, oscura, se había tomado ante la misma pared de bloques de cemento. La misma sonrisa falsa de la otra. Brazos y piernas desnudos. Otra instantánea mala en la que no se veía signo alguno de violencia.

Pero aquellos ojos…

Y todo el cuerpo. Tenía una de las manos totalmente abierta, como una garra, como si estuviera tratando de atrapar algo más que aire, y con los nudillos bien definidos. La otra quedaba medio oculta tras la falda, aunque no tanto como para que Jude no alcanzara a ver que tenía el puño apretado. Además, tenía agarrotada la cabeza, como incapaz de relajarse lo bastante para adoptar una postura natural.

Apartó la foto, se reclinó en la silla y dejó escapar el aire que había estado conteniendo. Seguía sin tener pruebas sólidas de nada, pero una fotografía de Octavia debía de bastar para que enviasen a un equipo.

Siguió abriendo sobres y las cosas fueron de mal en peor. Encontró las pruebas desgarradoras que necesitaba: instantáneas de cuatro crías muertas con otros tantos colgantes que cayeron sobre la mesa con un enredo de gargantillas.

Todas las imágenes eran similares. Las habían tomado en lo que parecía una zona boscosa, lo que la llevó a pensar que tenían que haberlas enterrado cerca de allí, en la finca de su padre. Habían envuelto los cadáveres en plástico transparente antes de arrojarlos a una zanja y lo habían apartado para revelar los rostros de las jóvenes. La similitud que guardaban las posturas de todas sugería que se trataba de enterramientos rituales, como si el asesino hubiera querido rendirles homenaje. O lo que entendía por tal cosa su mente enferma y malvada.

Ninguna de las muertas era Octavia.

El pulso se le aceleró. ¿Estaría viva aún?

¿Quién había escondido allí aquella caja? ¿Su padre? ¿Adam? ¿Cualquier otra persona?

Quedaba un sobre por abrir.

Saltaba a la vista que era viejo y que llevaba mucho tiempo en el fondo del montón. Estaba muy aplastado y el cartón se había oscurecido. Cuando lo sacó de la caja, percibió el olor de los años, olor a papel viejo, polvo y recovecos.

Inclinó el envoltorio y cayeron seis fotografías sobre la mesa. Como una vidente, las alineó delante de ella.

No era lo que había esperado encontrar.

Su visión periférica se oscureció y la cabeza amenazó con estallarle. Apoyó el brazo sobre la mesa con la esperanza de detener así el temblor de su mano. No fue así. Se le contagió al brazo y, de ahí, al resto del cuerpo.

Las instantáneas se habían tomado hacía mucho, cuando Jude tenía ocho años.

Eran retratos de su madre tendida en el suelo con los ojos sin mirada de los muertos. Retratos salaces que hacían pensar que el fotógrafo había querido captarla desde todos los ángulos posibles.

En el caos que siguió al balazo en el corazón habían rasgado la blusa de su madre para abrírsela, quizá con la intención de salvarle la vida o con la de hacer que pareciese que lo habían intentado. Tenía los senos desnudos y cubiertos de sangre oscura y seca, lo que hacía de la herida abierta del pecho la estrella del espectáculo, si se pasaba por alto la falta de expresión de sus ojos.

Ya sabía por qué habían escondido el álbum de recortes en el techo junto con la caja de seguridad. El asesino quería tener a todas sus víctimas en un lugar especial.

Jude señaló mentalmente a Phillip Schilling como el principal sospechoso, sobre todo teniendo en cuenta la inclusión del álbum, pero cualquier inspector que se preciara diría que nada de lo que había encontrado constituía una prueba sólida contra él. Que todo aquello estuviera en casa de su padre no quería decir que le perteneciese a él.

Reunió las fotos en un montón para ponerlas todas boca abajo, incapaz de seguir mirándolas. Cuando las tuvo fuera del alcance de su vista, dejó escapar un gemido sonoro y se llevó una mano a la boca para presionar con fuerza. Había tenido la corazonada de que la cabaña albergaba secretos, secretos recónditos y oscuros, pero nada podía haberla preparado para aquello.

# Capítulo 56

Jude lo recogió todo. Sin prisa, aunque la acuciaba cierta sensación de urgencia. Tuvo cuidado de volver a poner las fotos en sus respectivos sobres y de no tocar más que lo que había que tocar. Cuando volvió a ponerlo todo en la caja, cerró la tapa y colocó aquellos pavorosos recuerdos en la mochila junto con la caja de zapatos y el colgante de Octavia. Las pruebas tenían que dejarse en el lugar de los hechos, pero no podía arriesgarse a dejarlas atrás.

Haciendo lo posible por obviar el temblor de sus piernas, salió de la cabaña por la puerta delantera y se dirigió al coche. Había destruido su teléfono, de modo que iba a tener que dirigirse a un lugar desde el que poder llamar a la oficina del *sheriff* para que, a su vez, llamase al BCA. Aunque la policía de Mineápolis no tenía jurisdicción en aquella zona, informaría también a Ortega, quien, con suerte, se lo haría saber a Uriah.

Un minuto después dobló la curva y vio el vehículo que le habían prestado donde lo había dejado. Disminuyó la marcha con un nudo en el estómago hasta estar lo bastante cerca como para confirmar que le habían pinchado las cuatro ruedas.

Llevado por una corazonada y recordando el comentario que había hecho Jude el día que habían viajado al lugar en que se había encontrado el cadáver de Lola Holt, Uriah salió de la ruta 10 y dejó el automóvil en el aparcamiento de la Black Bear Station. Dentro, sacó la placa y enseñó una fotografía de Jude tomada el día de su incorporación a la policía de Mineápolis que llevaba en el iPhone.

—¿Ha estado esta mujer en el establecimiento en las últimas horas?

La dependienta, una mujer blanca de mediana edad, miró a la foto y negó con la cabeza.

—Puede que en el otro turno. El mío empieza a las siete.

En ese momento sonó la campanilla que había sobre la puerta y entró un tipo fornido de pelo negro y liso.

—¿Tienes mi cheque? —preguntó a la del mostrador—. Que tengo que pagar la letra del coche.

La dependienta abrió la caja registradora.

—Debería preguntarle a Teddy —siguió diciendo a Uriah mientras señalaba con un gesto al que acababa de entrar—, que estaba trabajando cuando he fichado yo.

Uriah enseñó a Teddy la foto de Jude.

—Sí, sí que ha estado aquí. A las tres o así. Me pareció raro, porque se fue directa al fondo de la tienda y compró un colgante de la máquina. Y eso solo suelen hacerlo las crías o las niñas de instituto.

La mujer del mostrador le entregó el cheque. Él lo miró, lo dobló y lo metió en la cartera.

—Lo llevaba puesto cuando vino al mostrador y yo le dije que me gustaba el nombre de Octavia.

—¿Octavia? ¿Está seguro de que era esta mujer? —Volvió a sostener el móvil en alto para que le echara otro vistazo.

—Sí, señor. Ese pelo blanco es inconfundible. Además, era bastante seca, cortante. Me pregunté si no sería de alguna banda.

Uriah le dio las gracias y regresó a toda prisa a su coche, donde volvió a activar las indicaciones del GPS mientras aceleraba para salir del estacionamiento.

# Capítulo 57

Con las manos aferradas a las correas de la mochila, que se clavaban en sus hombros, Jude se internó en el bosque, agachándose para evitar las ramas de los árboles y saltando sobre rocas y arbolitos caídos mientras corría para alcanzar la carretera y poner distancia entre ella y quienquiera que le hubiese pinchado las ruedas. En cierto punto se detuvo a escuchar si la seguían. Cuando se volvió para proseguir su huida, oyó un rumor distante de hojas seguido por varias detonaciones.

En la ciudad, cuando la gente informaba de que había oído disparos, era frecuente que asegurasen haberlos confundido con petardos. Lo que ella oyó era igual, pero más fuerte. Y lo oyó tres veces muy seguidas.

Es curioso cómo reacciona el cerebro a cosas así. Aunque sintió el dolor al rojo vivo que le rasgaba el bíceps, aunque notó la sangre caliente que le caía por el brazo, se sorprendió pensando que era ridículo que nadie gastase fuegos artificiales un día soleado y sin nubes como aquel. Ante lo evidente, su cabeza seguía rechazando aquella conducta aberrante. Solo necesitó una fracción de segundo para hacerse cargo de la realidad de que alguien quería matarla.

Corrió atravesando un terreno de árboles jóvenes en busca de un lugar que pudiera brindarle protección. De atrás le llegaba el ruido de ramas al partirse. Bajó patinando una pendiente y llegó al fondo de un barranco poco profundo batiendo el suelo con los pies, rasgándose los pantalones con los espinos cervales y arañándose los brazos y las piernas como habían hecho las muchachas. Tropezó y vaciló un instante. Entonces se detuvo un segundo, solo un segundo, para apoyar la espalda en un árbol y cerrar los ojos con fuerza frente al dolor.

Pudo ser por la respiración agitada o tal vez por el rugido que imperaba en su cabeza, pero lo cierto fue que algo ahogó el sonido de la llegada de su perseguidor. No lo oyó acercarse. Alguien la llamó por su nombre. Reconoció la voz, aunque no la hubiera oído mucho en los últimos años. Sin embargo, el hombre al que pertenecía había tenido siempre un modo distintivo de decir *Jude*, con cierto tono burlón de desdén.

Abrió los ojos, parpadeó, se afanó en fijar la mirada. Ante ella tenía de pie a su hermano con una pistola en la mano.

—¿Cómo sabías que estaba aquí? —Había tenido muchísimo cuidado.

—Tu jefa, o, mejor dicho, tu antigua jefa, nos advirtió. Dijo que podía ser que tuvieses intenciones de ir a la mansión del gobernador. Sin embargo, cuando oí que te estaban buscando, llamé al contacto que tengo en la comisaría y me dijo que habías estado preguntando por la zona en la que se encontró el cadáver de Lola Holt. A partir de ahí, fue fácil suponer que querrías venir aquí.

De los dedos le cayó una gota de sangre que fue a darle en la bota. Su visión periférica quedó orillada de una negrura ondulante. «Adam. Pero ¿cómo era posible?».

—Tú mataste a esas chiquillas.

¿Cómo había podido pasarlo por alto? «Porque he estado demasiado obcecada con mi padre. Por eso». ¿Había matado también a Lola Holt? ¿A Delilah Masters? ¿Y Octavia?

—He cometido dos errores —dijo él.

En un primer momento, Jude pensaba que se estaba arrepintiendo de sus crímenes, pero no.

—Tenía que haber tomado medidas permanentes contigo desde el principio.

«Medidas permanentes».

—¿Me estás diciendo que tuviste algo que ver con mi secuestro? —Había tenido siempre una opinión pésima de él, pero jamás lo habría creído capaz de ser responsable de sus años de tormento.

—Sabía que Ian Caldwell tenía pruebas contra mí. —Como si esperase que lo entendiera, le dijo que el periodista se había jactado de sus intenciones de ponerlo todo en manos de Jude. Fue entonces cuando Adam decidió que había llegado el momento de prevenir—. Pensaba matarte como a Caldwell cuando se le ocurrió a Vang la idea del secuestro.

—¿A Vang?

—Mi contacto. Sin él, nunca podría haber estado seguro de que no suponías ninguna amenaza después de escapar. Él fue quien me garantizó que no recordabas nada de lo que hablaste con Caldwell.

Antes de que pudiese empezar a asumir la traición de Grant Vang, Adam escupió todo lo demás, empezando por su participación en la decapitación con la que había tenido la esperanza de amedrentar a Jude y a las demás chicas, y también confesó haber sido uno de los cuatro que la habían agredido en el callejón. Parecía orgulloso de todo excepto de la chapuza del cadáver de Lola Holt.

Jude se devanó los sesos en busca de un plan. Si se desplomaba y fingía haber perdido el sentido, tal vez pudiera darle la vuelta a la situación y hacerse con el arma. Antes de verse más débil aún, se apartó del árbol y dio un paso al frente. Adam no pareció advertirlo.

Necesitaba saber lo que había ocurrido aquel día en el bosque.

—¿Y a mi madre por qué la mataste?

—¡Eso fue un accidente! —Su rostro se contrajo con un gesto compungido casi cómico.

311

—No me lo creo. He visto las fotos. —Bajó la voz y adoptó un tono suplicante. Ya que la iba a matar, bien podía revelarle la verdad—. Tengo que saberlo.

—¡No lo entenderías!

—No, supongo que no. —Y a continuación—: ¿Cómo conseguiste el álbum de recortes?

—Fue Eric. Pensó que querría tenerlo la familia.

—¿Y papá sabía la verdad sobre la muerte de nuestra madre? ¿Sabía lo de las chicas?

De la espesura circundante llegó un ruido y los dos volvieron la cabeza para ver a Uriah Ashby salir de la espesura de árboles y matorrales como alguien fuera de contexto, vestido inapropiadamente con traje y corbata y con la pistola en la mano. Daba la impresión de que todo el planeta hubiese conocido su paradero y los disparos debían de haberlo guiado hasta allí.

Jude se obligó a centrarse de nuevo en la situación que tenía delante. Había recibido adiestramiento precisamente para circunstancias así y de Uriah cabía esperar lo mismo. Hasta podía ser que hubiese ido al encuentro de los dos con el propósito de provocar tal coyuntura: un segundo policía irrumpe en un momento de gran tensión y desvía la atención del agresor el tiempo suficiente para que pueda actuar el primero. La práctica estaba pensada para que tal cosa saliera sin pensarla, pero, dadas las condiciones en que se encontraba en ese instante, Jude no se veía del todo capaz de seguir los pasos que requería aquel baile.

Adam reaccionó de la mejor manera que hubiesen podido esperar, la más predecible. Se volvió hacia Uriah y siguió con la pistola su cambio de postura y de su campo de visión.

Sin tiempo para pensar, solo para desplegar la maniobra, Jude hizo acopio de la fuerza necesaria para dar una patada con violencia tan alto como le fue posible, de modo que su bota fue a dar en el muslo de Adam. Este cayó hacia delante y su semiautomática, que apuntaba en la dirección aproximada en que se hallaba el inspector, efectuó una rápida sucesión de disparos cuyo eco se oyó por todo el bosque. El aire se llenó de olor a pólvora mientras los casquillos rebotaban en el suelo.

En aquella confusión estruendosa resultaba difícil determinar si Uriah había llegado a disparar... hasta que Adam se desplomó para permanecer de rodillas un segundo interminable y caer de boca al fin sobre las hojas.

Ileso, el inspector se abalanzó hacia donde estaba y, de una patada, apartó el arma de la mano inerte de Adam. La pistola resbaló por el suelo al mismo tiempo que Jude se derrumbaba sin dejar de observar a los dos hombres por entre una neblina de dolor.

—¿Está muerto? —preguntó casi sin voz. «Octavia. No le he preguntado por Octavia».

Uriah hizo rodar a Adam hasta dejarlo boca arriba y exponer un charco de sangre y de tierra manchada. Le palpó el pulso y luego le desgarró la camisa para dejar al descubierto la herida que tenía en el pecho.

«Qué casualidad», pensó Jude. Había muerto en el mismo bosque que su madre y por una herida de bala casi idéntica. ¿Qué más se le puede pedir al karma?

Uriah dejó escapar un suspiro.

—Sí.

Jude no pasó por alto que Uriah había empezado ya a dudar de su propia reacción, preguntándose si no se había precipitado al disparar.

—No tenías otra opción. Erais él o tú.

—Lo sé. —Con todo, seguía dudando.

Jude llegó a gatas al lugar en que había caído la mochila durante el altercado. La asió y la estrechó contra su pecho con un brazo. Entonces empezó a ver borroso y cayó de espaldas.

—Qué azul es el cielo. ¿No tiene Minesota los cielos más azules que hayas visto nunca?

Uriah se apartó del cadáver para ponerse en cuclillas a su lado. Con un dedo, empezó a aflojarse el nudo de la corbata.

—No puedo creerme que te hayas puesto el traje para esto —dijo ella.

Uriah dejó escapar una risotada triste.

—¿Qué llevas en la mochila?

—Pruebas que te van a dejar boquiabierto.

—Puedes soltarla, que no creo que se vaya a ir muy lejos.

Jude la dejó escapar de entre sus manos.

—Octavia podría seguir con vida.

Si supieran dónde habían retenido a las crías muertas y tomado las fotografías. La pared de cemento la había llevado a sospechar que el lugar en el que las encerraba y las mataba debía de estar en otro sitio diferente por completo y que quizá usase la finca para enterrarlas, pero, de todos modos, habría que registrar todo aquel terreno.

—Tienes que hacer venir un equipo de búsqueda de inmediato.

Seguía tratando de digerir todo lo que acababa de ocurrir. Tenían que encontrar a Octavia, buscarla por los alrededores, porque habían matado a la única persona capaz de revelar su paradero.

Tras deshacer el nudo, Uriah se quitó la corbata.

—A ver ese brazo…

—Yo casi prefiero no mirar.

El inspector le levantó la manga de la camiseta por encima del hombro. Jude no quiso verse el brazo y optó por clavar los ojos en los de Uriah. Él hizo una ligera mueca de dolor y arrugó el entrecejo con gesto concentrado, pero evitó mantenerse impasible, porque sabía que, si lo hacía, delataría lo grave de la situación.

—Te va a doler un poco. La bala sigue dentro. —Le rodeó el brazo con la corbata y apretó el torniquete mientras Jude hacía varias inhalaciones cortas.

Cuando acabó, ella dejó caer la cabeza hasta apoyarla en el suelo a la espera de que remitiera aquel dolor lacerante. No fue así. Siempre se había preguntado cómo se sentiría un disparo y lo acababa de averiguar. Era como tener dentro un atizador al rojo vivo retorciéndose.

Uriah informó de la situación y la ubicación y pidió un equipo urgente de búsqueda antes de volver a guardarse el teléfono.

—Vamos a llevarte a un médico.

Jude volvió la cabeza hacia un lado y vio a Adam con la mirada puesta en el mismo cielo azul que acababa de admirar ella.

—¿Y él?

—Él no va a ir a ninguna parte. ¿Puedes andar? Supongo que podría cargar contigo, pero tampoco es que me muera de ganas.

Aquello tuvo gracia.

—¿Acabas de reírte?

¿Sí?

Le tendió la mano y Jude la estrechó con la del brazo sano. Uriah le puso la otra en la espalda para ayudarla con cuidado a levantarse. Una vez en pie, esperó unos segundos a que el suelo dejara de moverse.

—¿Bien? —preguntó él.

Jude asintió. Él siguió rodeándola con el brazo mientras se disponían a dejar la zona.

—Espera. Las pruebas.

Uriah recogió la mochila por una de las correas y se la echó al hombro.

—¿Cómo se te ha ocurrido venir aquí? —preguntó Jude arrastrando un tanto las palabras.

—Por Ava Germaine.

—Estaba convencida de que guardaría el secreto.

—Pero yo puedo llegar a ser muy persuasivo.

Llegaron al coche de él. Puede que Jude mascullase algo sobre mancharle los asientos de sangre y puede que él respondiese que no importaba, que le mandaría la factura del servicio de limpieza.

Pese al tono burlón de él, su forma de conducir una vez que entraron en el vehículo y llegaron a la carretera hacía patente la gravedad de la situación. Cada vez que ella daba una cabezada, él le hablaba, a veces con calma y otras con pavor evidente.

—Ya estamos llegando —dijo en más de una ocasión.

Jude no sabía adónde quería llevarla y tampoco se atrevía a preguntárselo. A Mineápolis no, suponía, porque tardarían demasiado tiempo.

Parpadeó tratando de mantener los ojos abiertos y los fijó en las manos de él, que se aferraban al volante manchadas de sangre. Quería hablar de las chicas muertas, de las chicas desaparecidas, de Octavia, de los colgantes y las fotos, de su madre y sus teorías, pero estaba muy cansada.

Entonces el coche frenó con un chillido y se abrió la puerta de su lado y aparecieron una camilla y personal sanitario con uniforme de color melocotón y estetoscopios negros. El azul del cielo dio paso a un techo de intensas luces fluorescentes y paredes verdes.

Sabía que no debía preocuparse por esas cosas en ese instante, pero sentía que en su interior estaba creciendo cierta semillita de satisfacción. No estaba loca.

# Capítulo 58

—Tiene dañado el músculo y otros tejidos, pero con el tiempo y con descanso debería ponerse bien —le dijo el joven facultativo—. Dudo que ese brazo vuelva a recuperar toda su movilidad, pero por lo menos está viva. ¿Qué más puede pedir? —Concluyó con una sonrisa de oreja a oreja.

Fue la mañana posterior a su ingreso en urgencias. Resultó que Uriah la había llevado a Little Falls. Al parecer, tenía un buen hospital con médicos competentes. Y muy jóvenes.

—He leído sobre usted —prosiguió el doctor.

Si no se equivocaba, se había quedado un pelín prendado de ella. Supuso que no debían de ver a muchas mujeres a esas alturas de la tundra helada. Acababa de hacerse un chiste. Interesante, porque, por supuesto, en Little Falls había mujeres. Y muy guapas, como la que aguardaba de pie cerca de la puerta, con una tablilla con sujetapapeles en la mano, lista para darle el alta.

Le habían dicho que la esperaba una agente para llevarla a Mineápolis y poco antes había visto una conexión en directo delante de la cabaña del gobernador, donde Phillip Schilling había prometido hacer cuanto estuviese en sus manos por ayudar a las fuerzas del orden con su investigación.

—Por encima de todo soy padre y mentiría si dijese que no estoy profundamente afligido por la pérdida de mi hijo pese a lo inadmisible de sus actos y su evidente implicación en la muerte de personas inocentes —había dicho—. Sin embargo, me alegra que nuestras calles vuelvan a ser seguras.

Jude supuso que el apoyo del público le abriría las puertas del Senado. Los presentadores habían empezado ya a recalcar lo bien que estaba llevando cuanto había ocurrido, incluido el drama con su hija. Tampoco faltaba quien la calificase de mala hierba junto con su hermano. Uriah se estaba llevando el mérito por haber descubierto la verdad y su padre había aseverado que el compañero —o antiguo compañero— de su hija había actuado de forma admirable no en uno, sino en dos aspectos.

—Al salvar también la vida de mi hija, a la que aún profeso un gran amor —había dicho el gobernador.

¿Debía sentirse mal por haber sospechado de él durante tanto tiempo?

Sí.

Y posiblemente lo hiciera una vez que hubiese acabado todo, pero, por el momento, tenía intención de volver a la finca familiar, donde se estaba llevando a cabo la investigación. Lo último que sabía, por lo que le había dicho Uriah al llamar para ver cómo se encontraba, era que se estaba dividiendo la zona en secciones para hacer una batida y que ya había voluntarios en camino para ayudar en dicha labor.

—Ha habido un cambio de planes —dijo Jude cuando se marchó el médico y tuvo la firma de la enfermera en el documento del alta—. Me voy al lugar de los hechos.

La agente apoyó las manos en su cinturón con gesto amable mientras trataba de asimilar la noticia. Por lo liso de su camisa sabía que aquella mujer llevaba chaleco antibalas. Había policías que se lo ponían a diario y otros que no. En ese caso, podía ser perfectamente que considerase peligroso pasar unas horas al lado de Jude, que quisiera volver sana y salva a su casa para ver a sus hijos, si es que los tenía.

—Si no me llevas, tendré que hacer autoestop —le dijo Jude—, cosa que ya te digo que no va a ser muy divertida estando, como estoy, recuperándome de una herida de bala. —Bajó la mirada hacia el cabestrillo gris azulado. Probablemente era mentira, pero si fracasaba su plan de reserva, alquilar un vehículo, iba a tener que recurrir a aquel.

La agente sabía cuándo tenía que ceder.

Después de informar del cambio de planes, la llevó al lugar de los hechos y la dejó salir al pasar la linde de la propiedad del gobernador, que los agentes de la científica habían acordonado con cinta amarilla.

Jude se apeó del coche, dio las gracias a la conductora y caminó hasta los agentes de uniforme del control. Se presentó, aunque sus expresiones hacían patente que sabían quién era. Aquello, sin embargo, no bastó para garantizarle el acceso.

—No puede pasar nadie —dijo uno de ellos.

—Llamad al inspector Ashby, que dará su visto bueno.

Hecha la llamada, no tuvieron que esperar mucho para ver aparecer a Uriah, que se detuvo levantando no poco polvo, apagó el motor y salió de su vehículo para dirigirse con grandes zancadas hacia donde estaba, balanceando los brazos y con gesto de padre enfadado. Tenía el pelo más rizado y revuelto que de costumbre, como queda cuando se expone demasiado tiempo a los elementos. Necesitaba afeitarse y llevaba aún la camisa blanca manchada de sangre de ella.

—Tenías que estar camino de Mineápolis. Además —dijo acercándose más a ella para que no lo oyesen los agentes—, ya no trabajas en homicidios.

—¿Y tú? Esta no es tu jurisdicción.

—El jefe de operaciones de campo de la policía estatal me ha pedido que le ayude. Y alguien tendrá que llevarlos hasta el cadáver de Adam Schilling.

—Aunque llevo años sin venir aquí, es probable que conozca estas tierras mejor que ninguno de los que participan en la batida. —Bajó la voz—. Podría ser de ayuda.

Uriah le miró el cabestrillo.

—¿Cómo tienes el brazo?

—Me duele. A rabiar. Pero ya se ha pasado el efecto de los analgésicos que me dieron anoche. Tengo la cabeza despejada.

De la dirección de la cabaña apareció un Cadillac negro que se dirigía a la carretera.

—Mi padre —anunció Jude al ver que el hombre del momento se detenía en el control, bajaba la ventanilla y decía algo al guardia, que sonrió y apartó la valla de madera para dejarlo pasar.

El gobernador sonrió a los inspectores, pero por suerte no paró.

—Estoy impresionado —aseveró Uriah observando las luces de posición y la estela de polvo—. Va al volante de su propio coche. —En ese instante cambió su foco de atención y se echó la mano al bolsillo para sacar el teléfono. Tocó la pantalla y bramó—: Hola. —Mientras escuchaba lo que le decían fue cambiando de expresión para adoptar una que Jude, cosa rara, fue incapaz de identificar. Como una combinación de incredulidad y miedo.

—¿Octavia? —preguntó ella esperanzada cuando él volvió a guardar el aparato.

El inspector volvió la vista en dirección a los agentes antes de decirle:

—Vámonos de aquí.

Caminaron juntos hacia el coche de Uriah, que la ayudó a entrar y cerró la puerta con fuerza. Se sentó al volante y encendió el motor, cambió de sentido en tres maniobras y volvió a tomar el camino de tierra en dirección a la propiedad de los Schilling.

—¿Qué pasa? —quiso saber Jude.

—Creen que podrían haber encontrado algo. Una despensa subterránea a poco menos de un kilómetro de la cabaña.

Jude se enderezó en su asiento.

—¿Han entrado?

—No. Les han dado órdenes de esperar. Están viendo cómo abordarlo. —La miró y percibió su intensidad—. Puede que no sea nada, pero también que encontremos más recuerdos de sus crímenes o que sea el lugar en que las asesinaba. No lo sabemos.

O que fuese el lugar en el que fotografiaba a las chiquillas.

# Capítulo 59

Dejaron el vehículo en el camino de tierra que llevaba a la cabaña y siguieron al comandante Mark Shultz, jefe de operaciones de campo, por un terreno densamente arbolado de abedules y pinos. Tras unos minutos, la espesura se despejó para revelar un claro antes oculto de hierba crecida hasta la rodilla.

—Me acuerdo de esos manzanos —dijo Jude—. Hace tiempo había aquí una casa, pero no estaba en condiciones de que la habitase nadie. Tenía las vigas podridas y el tejado hundido. Mi madre hizo que la derribaran, porque tenía miedo de que pudiera hacerse daño alguien.

En uno de los lados del claro había varios agentes congregados en círculo.

—Hemos encontrado algo que parece un almacén o un refugio subterráneo —aseveró Shultz—. Detrás justo de aquella elevación del terreno. Detrás hay un caminito de hierba medio desdibujado por el que se ve que han transitado vehículos.

—¿Hace poco? —preguntó Uriah.

—Sí, pero, por desgracia, algunos de los voluntarios se han entusiasmado demasiado y han pasado sobre él antes de que acotásemos la zona.

Lo siguieron hasta un montículo de tierra como los que anunciaban a menudo la presencia de las despensas subterráneas en las que se guardaban en otros tiempos frutas y verduras. Al fondo de un tramo breve de escalones de piedra excavados en la tierra había un oficial tratando de abrir una puerta con las cizallas.

Bajo la atenta mirada de Uriah y Jude, rompió el candado y apartó las cizallas. Los agentes sacaron las armas mientras el hombre que había destrozado la cerradura empujaba la puerta para abrirla. Sin embargo, retrocedió de inmediato llevándose las manos a la cara mientras tropezaba en su retirada.

Desde donde estaban, Jude percibió un tufo que reconoció de inmediato: el hedor de un cuerpo que llevaba demasiado tiempo sin asearse, de heces, de orina y de alimentos en descomposición.

Con Uriah tras ella, se abrió paso a empujones por entre el grupo de hombres y mujeres que habían quedado petrificados ante la entrada. El que no había conseguido pasar del umbral tendió un brazo para cortarles el paso.

—No pasa nada —dijo el comandante Shultz desde lo alto de la escalera de tierra y piedra.

El agente bajó el brazo.

Jude, sin apartar la mirada de aquel vano tenebroso, dijo:

—Necesito luz.

Alguien le pasó una linterna. Jude la encendió con el pulgar de una mano y recorrió el habitáculo con el haz para evaluar enseguida la situación:

—Aquí no hay nadie. —Se agachó para entrar y tomó nota de las paredes de bloques de cemento, el suelo de tierra y el techo bajo de madera. Y de más cosas: el colchón del suelo, la linterna, el cubo sin tapa que hacía las veces de inodoro, los envoltorios de comida basura que crujían a sus pies…

Apuntó con la luz a una de las paredes, cubierta de arriba abajo de libros, todos del mismo tamaño, apilados con el lomo hacia fuera.

Uriah, a su lado, se puso unos guantes negros de látex y le ofreció otro par. Tomó la linterna de su mano y, mientras Jude se colocaba los guantes, con no poca torpeza por culpa del brazo herido, sacó con cuidado el volumen más alto de uno de los montones. Lo abrió y dijo sorprendido:

—Es un diario.

Jude recorrió el lugar con la vista.

—Creo que todo son diarios.

—Aquí hay una firma. —El tono de Uriah era casi inaudible—. Octavia.

Jude reparó en que sobre la cama había otro libro. Lo recogió con la mano enguantada y lo abrió por la última entrada.

Uriah iluminó la página con la linterna y los dos leyeron las palabras de Octavia:

Ayer oí algo que sonaba a fuegos artificiales. ¿No será Cuatro de Julio?

—Oyó los disparos. —Jude levantó la mirada hacia Uriah—. Lo que significa que hoy todavía estaba viva.

# Capítulo 60

Uriah guardó silencio, probablemente mientras trataba de encontrar sentido a todo aquello.

—Adam no pudo cambiarla de sitio —dijo Jude mientras, poco a poco, iba uniendo las piezas del rompecabezas—, porque Octavia seguía aquí cuando lo mataste.

Uriah alzó la vista del diario que tenía en la mano con gesto de perplejidad.

—Cuando nos hemos cruzado con mi padre en el camino, puede ser que no fuera solo en su coche. —Quizá había sabido siempre que Adam había estado raptando y matando a adolescentes—. Puede que por eso quisiera hacer las declaraciones en la cabaña. —Había empezado a hablar muy rápido—. Desde luego, no era el mejor lugar para ofrecer una rueda de prensa. Lo que quería era cubrirse las espaldas.

Uriah lo entendió de pronto.

—Hijo de puta. Tenía que volver aquí.

—Eso es. Quería sacarla antes de que la encontrásemos.

Uriah se había puesto ya en marcha subiendo los escalones. Fuera, entregó el diario a uno de los del equipo de la científica mientras ponía al corriente al comandante Shultz.

—Están hablando del gobernador. —Shultz miró a Jude con gesto incrédulo y receloso.

Otra vez, aquella mirada que tan bien conocía. Aquel hombre conocía su historia y debía de saber asimismo que no hacía mucho que la habían echado de homicidios. Cosas así no infundían mucha confianza.

—Si se equivocan, puedo darme por despedido —aseveró—. Y tengo mujer e hijos en los que pensar.

—Usted sabrá si prefiere poner en peligro su trabajo o la vida de otra persona —repuso Jude—. Yo, desde luego, lo tendría claro.

La experta de la científica los interrumpió entonces para decir:

—Tenéis que ver esto. —Sostuvo en alto el diario que le había dado Uriah, abierto de par en par, mientras apuntaba con un dedo envuelto en látex una zona concreta del texto.

Todos se inclinaron hacia delante para leer en silencio:

¡Oh, Dios mío! Es muy viejo. Mucho. Más que mi padre. ¡Y me da igual! ¿Estaré enferma? Ni siquiera me importa que mi secuestrador, el tío que me ha estado follando todo este tiempo, sea el gobernador de Minesota. ¡Qué chulo! ¿No? Creo que ahora lo quiero todavía más.

No era Adam, sino su padre.

Jude recordó la conversación que había tenido la víspera con su hermano, quien se había jactado de la muerte de Lola Holt y de Ian Caldwell, pero no había confesado ser el autor de los demás crímenes. Daba la impresión de que hubiese estado en lo cierto al sospechar desde muy pronto de su padre. Ojalá se hubiera equivocado.

El conocimiento de su culpa le provocó una sensación indescriptible. Se había confirmado al fin cuanto llevaba tanto tiempo sospechando. Durante las horas que siguieron a la confesión de Adam la había asaltado una profunda decepción consigo misma por los años que había tirado por la borda pensando que su padre era un mal hombre. A aquello lo había seguido de inmediato la conciencia de que podía soslayar el pasado y, quizá, mantener con él una relación paternofilial normal. Hasta se había imaginado cenando con él, hablando, compartiendo anécdotas, ofreciendo ayuda y recibiéndola… Lo habitual en una familia.

Shultz dio una serie de órdenes con voz firme por el micro que llevaba al hombro.

—Vamos a necesitar una orden de búsqueda y captura —dijo—. ¿Contra quién? Contra el gobernador de Minesota. —Pausa—. Sí, eso es. El gobernador.

Se hicieron más llamadas y quedaron avisadas las patrullas de todo el estado.

—Manténganos al tanto —dijo Uriah antes de echar a correr con Jude hacia su vehículo.

—Necesitas un arma. —El inspector abrió el maletero y abrió un estuche negro y plano, donde Jude vio una Glock 17 parecida a la que le habían confiscado. La sacó junto con una caja de balas. Uriah cerró el maletero y los dos se metieron en el coche sin identificativos.

Dentro, se pusieron los cinturones de seguridad mientras la orden de búsqueda y captura que acababan de emitir aparecía en la pantalla del terminal de datos móviles.

—Nunca lo vamos a alcanzar —dijo Jude—. Nos lleva quince minutos de ventaja.

El coche salió con un bote del camino de tierra y dio en la angosta carretera asfaltada que avanzaba en paralelo a la principal mientras Jude seguía pendiente del ordenador por si aparecían más noticias.

Minutos después de emitirse la orden, les llegó un informe. Habían visto el Cadillac negro en la ruta 10 en sentido sur, hacia Mineápolis.

Tomaron dicha vía. Jude puso las luces, aunque sin señales acústicas, y Uriah pisó el acelerador hasta ponerse a ciento cuarenta y cinco.

—La policía estatal lo sigue sin hacer ruido —dijo con los ojos en la pantalla—. Hay también un helicóptero que han mandado desde Saint Cloud.

Sin apartar la mirada de la carretera, Uriah sacó el teléfono del bolsillo y se lo tendió.

—Llama al comandante. Dile que no lo pierdan de vista, pero que no lo persigan. Sin luces ni sirenas.

Jude transmitió las instrucciones de Uriah.

—No podemos poner en peligro a Octavia —añadió—. Podría estar en el coche, así que habrá que contenerse, no vayamos a asustarlo. Otra cosa, comandante: me gustaría estar presente durante la detención. Quizá conmigo quiera hablar.

—Le daremos tiempo para que se acerque, pero si nos ve, si acelera, no tendremos más remedio que recurrir a la maniobra de intervención. Mientras, como hay mucho tráfico por los vehículos que vuelven a casa después del fin de semana, vamos a poner coches patrulla por delante del gobernador por ver si podemos hacer más lento el tránsito.

Colgaron.

Treinta minutos después llamó el comandante para informar de que iban a poner las sirenas.

—El helicóptero no lo pierde de vista y nos estamos preparando para cerrar la carretera. —Le dio la referencia del lugar en que se iba a producir la aprehensión.

Jude transmitió el dato a Uriah, que no había reducido la velocidad desde que habían tomado la ruta 10. Cinco minutos después, oyeron sirenas a lo lejos y la velocidad del tráfico disminuyó con rapidez.

La carretera tenía dos carriles y un arcén amplio de gravilla. Algunos conductores los vieron acercarse por el retrovisor y se apartaron haciendo saltar el polvo. De más adelante les llegaba el destello de las luces y sobre sus cabezas batían el aire las aspas del helicóptero. Jude encendió la sirena y aumentó el número de vehículos que reaccionaba apartándose a izquierda y derecha para cederles el paso.

Otros cinco minutos más tarde estaban detenidos todos los coches, civiles y policiales. Al quedar sin espacio alguno para maniobrar, Uriah y Jude salieron del suyo y corrieron hacia las luces.

Rodeado por coches policiales y con un helicóptero sobrevolándolo, vieron un Cadillac negro. La puerta del conductor se abrió de golpe para dejar salir al gobernador. Ni rastro de Octavia.

¿Se habría deshecho de ella? ¿Estaría en el maletero? ¿Estaría muerta?

Jude sacó el arma y liberó el brazo del cabestrillo. Obviando el dolor, se agarró la mano con que empuñaba la pistola y caminó con decisión hacia él, apuntándole al pecho y muy dispuesta a disparar.

—Jude —le advirtió Uriah, que la siguió para contenerla cuando tenía que haber permanecido parapetado tras un vehículo.

—Quédate atrás —dijo ella.

—No dispares. Podría ser el único que supiera dónde está la chica.

Jude oía a su lado los pasos de Uriah y no ignoraba que había desenfundado también. En ningún momento había apartado los ojos del gobernador.

—¡Arriba las manos! —le gritó.

Su padre hizo caso omiso de la orden y se dirigió a la parte de atrás de su vehículo, abrió el maletero y sacó de él a una joven a la que puso un arma en la sien.

Tenían que haberse abalanzado contra él.

—Es ella —dijo Jude—. Octavia.

Estaba desnuda, sin más ropa que una camiseta blanca sucia. Tenía la boca amordazada y los brazos atados a la espalda. Ni braguitas, ni sujetador, ni zapatos. No estaba esquelética, pero sí tenía muy delgados los brazos y las piernas, además de la barriga hinchada de quien sufre desnutrición. Tenía el pelo largo y apelmazado y Jude alcanzaba a percibir el olor a cuerpo sin asear pese a la distancia.

El gobernador se puso a la muchacha frente al pecho y le rodeó el cuello con un brazo. Octavia entornó los ojos para protegerse del sol cegador.

—Que todo el mundo se esté quieto o la mato aquí mismo.

—¡Bajad la guardia! ¡Bajad la guardia! —gritó alguien.

Los oficiales retrocedieron. Menos Jude. Como Schilling ya no tenía nada que perder, si le dejaban irse con la chica, lo más seguro era que estuviese muerta antes de una hora.

Jude sintió un hilo de sangre de la herida correrle hasta la axila y bajarle por el estómago hasta la cinturilla del vaquero, pero no sintió dolor. Miró a Octavia a los ojos y pudo leer lo que decían. Ella también había vivido aquella actitud. Ni rastro de miedo. El miedo hacía mucho que había desaparecido.

Con la cabeza, le hizo una señal casi imperceptible hacia la derecha.

Octavia lo entendió. *La había entendido.* Se estaban leyendo mutuamente.

La muchacha se agachó y Jude apretó el gatillo y alcanzó a Phillip Schilling entre las cejas. Él se desplomó como una piedra y el arma repiqueteó en el asfalto.

No se permitió pensar en lo que acababa de hacer. Una hija que asesina a su propio padre. Lo archivó para más tarde. Ya tendría tiempo de llorar, no a su padre ni a su hermano, sino todo aquello que nunca había podido ser.

Se metió el arma en el cinturón y se dirigió al hombre que yacía en el suelo y a la joven, que seguía de pie a su lado. Un agente se acercó con una manta. Jude tendió el brazo y él se la entregó.

Octavia parecía ajena a cuanto la rodeaba. No apartaba la vista del cuerpo sin vida que tenía a los pies. Jude pronunció su nombre con voz tranquila. Le quitó la mordaza y le liberó las muñecas. Los ojos de la cría se desprendieron del cadáver para aferrarse a los de Jude.

—¿Tienes frío? —le preguntó abriendo la manta.

La joven dio la sensación de estar preguntándose lo mismo, incapaz de decidir si sentía frío o no. Jude se la puso con dulzura sobre los hombros antes de sacar el teléfono de Uriah de un bolsillo.

—Está usted sangrando —dijo Octavia con voz neutra.

Jude miró las gotas de sangre que le habían caído en la bota. Se sintió mareada y no sabía cuánto tiempo iba a poder permanecer de pie. Pulsó el teclado del teléfono y, tras una rápida búsqueda en la Red, encontró el número que buscaba, lo introdujo y se llevó el aparato a la oreja. Cuando contestaron, dijo:

—Tengo aquí a alguien con quien creo que querrá hablar.

Entregó el móvil a Octavia.

—Es tu madre.

El rostro de la joven perdió toda inexpresividad a medida que levantaba torpemente el teléfono para ponérselo en la oreja.

—¿Mamá? —dijo con voz temblorosa y vacilante.

¡Qué rápido y qué lento avanzaba la vida! Octavia había pasado más de tres años en cautividad. Aquel mismo día había escrito en su diario como siempre, sin esperar nada y, desde luego, sin saber que horas después iba a cambiar todo.

Jude observó el helicóptero del centro médico del condado de Hennepin aterrizar en la mediana de hierba y sintió una mano en la espalda. Alzó la mirada y vio moverse la boca de Uriah mientras señalaba al aparato. Desde el interior les hacía señas un médico para que acudieran con la chica. Necesitó unos instantes para darse cuenta de que quería atenderlas a ambas, a Octavia y a ella.

A las dos heridas.

Uriah la guio hasta allí mientras un agente recogía el teléfono de Octavia para hablar por él. Lo más probable era que estuviera informando a Ava de adónde se dirigían.

Las ayudaron a subir y las sujetaron con cinturón a sendas camillas mientras el personal sanitario se inclinaba sobre ellas para atenderlas. En determinado momento, Jude miró por la ventanilla y vio alejarse el suelo. Allí estaba Uriah, observando el despegue mientras el aire le pegaba la ropa al cuerpo y agitaba su cabello en torno a su cabeza.

Mientras uno de los médicos le colocaba una vía en el dorso de la mano, Jude miró al otro lado del pasillo para asegurarse de que Octavia se encontraba bien. Entonces, dejó escapar un suspiro y cerró los ojos.

# CAPÍTULO 61

—Te digo que va a funcionar —aseveró Uriah.

Jude lo miró con aire escéptico.

—Lo dudo.

—Ten un poco de fe.

Estaban en la azotea de su apartamento con los ojos puestos en el gato que los observaba desde el árbol; ella, sentada con la espalda apoyada en una bomba de aire acondicionado y él, tumbado boca abajo con el extremo de una cuerda muy larga en la mano. El otro cabo estaba atado a un palo con el que habían apuntalado un cesto de la colada. Bajo este había una lata abierta de comida para gatos.

Will Sebastian ya no trabajaba de encargado del bloque. Había reconocido que entraba en el apartamento de Jude mientras ella dormía. El nuevo era una persona sencilla y, con un poco de suerte, inofensiva. Grant Vang también había reconocido haber encubierto el rastro del secuestro de Jude, además de organizar dicho rapto y poner pistas falsas para que los investigadores concluyesen que había sido fruto de una obsesión y dieran el caso por cerrado. ¿El móvil? Dinero y, quizá, la esperanza de ascender en un futuro a jefe de policía. Con todo, Jude sospechaba que, además, no la había perdonado nunca por haber rechazado su proposición de mantener con ella una relación seria. Hasta se preguntó si no habría elegido a Salazar por la reputación de crueldad extrema que poseía, aunque abrigaba la esperanza de que no fuese así.

—Esto lo has sacado de los dibujos animados, ¿no? —preguntó ella.

—Y lo he hecho otras veces. No tienes ni idea de la de gatos que he cazado así.

—Yo sigo pensando que es mejor usar una trampa comercial. Puedo pedir una de alguna organización contra el maltrato animal.

—¿De verdad quieres perderte esto?

—¿Con el calor que hace? Si hasta la tela asfáltica está pegajosa.

—Es una aventura.

—Cuando le caiga el cesto encima, si es que le cae, se va a poner hecho una furia, lo va a volcar, va a salir corriendo y no lo vamos a volver a ver en la vida.

—No lo va a volcar, porque tú vas a saltar encima para evitarlo. El secreto está en estar preparados, en poner los cinco sentidos en esto.

—Si conseguimos atraparlo, voy a sentirme mal.

—Pero ¿no decías que te sentías mal por verlo tan canijo?

—También.

—Estamos haciendo lo correcto. Es un gato joven. Lo más seguro es que tenga un diente malo o a lo mejor un absceso que le haya provocado una pelea callejera. Así podremos llevarlo al veterinario.

—¿Y después...?

—En el bloque admiten gatos, ¿no?

—Yo no estoy preparada para eso.

Uriah, apoyado en sus codos y con la cintura doblada mientras mantenía floja la cuerda, la miró.

—Te va a venir bien.

Había pasado una semana desde el rescate de Octavia Germaine. La joven había declarado desde la cama del hospital y había revelado que había asistido con otras menores a las fiestas que se organizaban en la mansión del gobernador, celebraciones en las que no faltaban las drogas y que debían de servir para elegir posibles víctimas para Phillip Schilling.

En ellas, se obligaba a las participantes a firmar declaraciones de confidencialidad de aspecto oficial por las que se comprometían a no desvelar lo que ocurría en la mansión. En su mayoría se sentían honradas por formar parte de aquello. Un club secreto. Parecía tan emocionante, tan de adultos... Sin embargo, cuando salió a la luz lo de los Schilling, las jóvenes optaron por salir a la luz y quedó resuelto el misterio de Delilah Masters. La noche de su muerte, Delilah había sufrido un ataque de pánico. Había intentado salir de la mansión desnuda y dando gritos. Adam Schilling la había atrapado y la había arrastrado hasta la piscina, donde la había mantenido bajo agua hasta acallarla para siempre. La pobre Lola Holt había estado entre las que lo habían visto todo. Adam tuvo que suponer que el truco de las piedras en los bolsillos, que ya había salido bien con Katherine Nelson, funcionaría también con ella.

Durante la segunda batida que se efectuó en la finca del gobernador aparecieron los cadáveres de las cuatro víctimas de la Polaroid, todas en fosas poco profundas. Una de ellas era la hija de una de las integrantes del grupo de madres de desaparecidas al que pertenecía Ava y otra, Hope DeMars, una cría de trece años de la que no se había tenido noticia desde poco antes de la muerte de Natalie Schilling. Dos de los cadáveres seguían aún sin identificar. Cerca de la despensa subterránea se había exhumado un feto humano. ¿Qué horrores debía de haber tenido que soportar la pobre Octavia?

Junto con el registro de la cabaña y sus alrededores se había emprendido una investigación en el despacho del gobernador. Por desgracia, la muerte de su padre y de su hermano habían negado a Jude el conocimiento exacto de lo sucedido el día en que había muerto su madre. Cómo había llegado el colgante al interior del libro también era un misterio, aunque no parecía descabellado que lo hubiera escondido allí Natalie Schilling, sintiendo que su propia vida corría peligro después de descubrir la aberrante conducta de Phillip Schilling. La teoría que se manejaba era que había sido él quien había matado a la madre de Jude y había convencido a Adam, aún menor, para que confesara lo que se tomó por un accidente. Tal vez él había llegado incluso a creer, por lo menos al principio, que su muerte no había sido intencional. Fuera como fuese, lo cierto era que el hijo había seguido matando para su padre y encubriendo sus pervertidas obsesiones desde entonces. Aquel día en el que había asumido la culpa por la muerte de su madre en el bosque había puesto en marcha su oscura existencia.

—Me han llamado de Hollywood —dijo Jude a Uriah—. Quieren hacer una peli sobre mí.

—¿Y la vas a hacer?

Jude, sin apartar los ojos del gato, negó con un leve movimiento de cabeza.

—No, no me apetece revivirlo para el guion ni volver a revivirlo cuando salga la película.

—Si hubieses dicho que sí, ¿quién habría hecho tu papel?

Jude soltó una risita.

—Ni idea.

—Y, lo que es más importante, ¿quién habría hecho mi papel? Tendría que haber sido alguien rematadamente guapo.

Era algo que hacían con frecuencia. Bromear. Jude parecía estar recuperando su sentido del humor, quizá gracias a la ayuda de Uriah.

—No entiendo por qué no se limitó el gobernador a matar a Octavia en el sótano. Si lo hubiese hecho y se hubiera deshecho del último diario, le habríamos atribuido el crimen a Adam.

—Yo tengo la impresión de que a ella le tenía más afecto que a las demás. Fíjate en cuánto tiempo la retuvo. —Octavia hizo bien en convertirlo en el héroe de su propio relato. Él había leído los diarios y se había enamorado de ella a su vez. Y la desdichada lo echaba de menos tras su muerte. Jude lo había leído en sus ojos.

Sonó un golpe sordo cuando el gato se dejó caer del árbol a la azotea.

—Ahí viene —susurró Jude.

Estaba delgado y tenía hinchado un lado de la cara. El pelaje amarillo carecía de brillo y de color. Recorrió la azotea con aire furtivo y la panza baja. Quedó paralizado. Entonces, poco a poco, volvió a ponerse en marcha para acercarse centímetro a centímetro a la trampa. El hambre hacía valientes a los animales asilvestrados.

No iba a funcionar.

No iba a...

Uriah tiró de la cuerda y el cesto cayó sobre el gato.

Con el brazo inmovilizado por el cabestrillo, Jude saltó hacia la trampa para poner un pie sobre la base de la cesta de plástico vuelta hacia arriba y sujetarla con firmeza a fin de evitar que escapara el animal.

Uriah sacó un transportín blando que les había prestado la ancianita que se había mudado al piso de abajo y se puso unos guantes de cuero. Hizo un gesto a Jude, quien levantó la cesta mientras sostenía al gato por la nuca. Entre sacudidas de patas, pelo de animal despedido por los aires y maullidos, Uriah lo metió en el habitáculo y Jude cerró la cremallera de la puerta.

El inspector se enderezó y, lanzando los guantes como un jugador de *hockey* dispuesto a entablar una pelea, se desprendió con el dorso de la mano el pelo que se le había quedado adherido a la camiseta.

—Has nacido para esto.

—A lo mejor lleva demasiado tiempo de gato callejero.

Uriah miró el transportín, que no dejaba de dar vueltas sobre el suelo de la azotea.

—Va a necesitar un tiempo, pero ya verás como se acostumbra.

Hablaba como si ella tuviera planes de quedarse allí.

Había superado en gran medida sus problemas de autoestima, sobre todo después de descubrir que no se había equivocado con su padre. En adelante, en lugar de no hacer caso a sus instintos, los escucharía; de hecho, tendría que escribirles una carta de disculpa. Era una inspectora competente. Ya no le cabía duda alguna.

Uriah cruzó la azotea y levantó el transportín del suelo para mirar en su interior. Sin darse la vuelta, formuló la pregunta del millón:

—¿Cómo lo ves? ¿Vas a volver?

Se refería a homicidios. Su antiguo puesto seguía disponible, más aún después del arresto de Grant Vang. Ortega estaba entrevistando candidatos, aunque podía tardar un tiempo en dar con nuevas incorporaciones.

En el fondo, Jude sabía que iba a ser mejor hacer las maletas y mudarse a otra ciudad, empezar de cero en un lugar en el que cada esquina no le trajera recuerdos funestos. Sin embargo, no dejaba de sorprenderse pensando en su futuro en Mineápolis. Sí, la gente la miraba y hablaba de ella, pero eso no siempre era malo. Quería decir que conocían lo que le había pasado, que no tenía que dar explicaciones ni ocultarse. Había tenido experiencias muy negativas en aquella ciudad.

Decir «negativas» era emplear un término muy suave. Con todo, estaba empezando a tener la sensación de que había hecho amigos en los que podía confiar. Ava, la jefa Ortega, Uriah… Ava, además, tenía la esperanza de que fuera a verlas a Octavia y a ella varias veces al mes. Las dos habían conocido experiencias similares y les vendría bien compartir, si no su historia, sí cierto tiempo juntas. Solo por pasar el rato.

Uriah parecía estar a punto de decir algo y no ser capaz de decidir si debía. Al final dejó el transportín en el suelo y se resolvió:

—No vas a hacer nada malo, ¿verdad?

«… Como hacerte daño o suicidarte». Era tan fácil leerle el pensamiento… Jude entendió de pronto aquel empeño suyo en que acogiera al gato.

No podía responder aquella pregunta. Ahora que todo había acabado, que habían muerto Humphrey Salazar, su hermano y su padre, se había resuelto el asesinato de su madre y habían encontrado a Octavia; ahora que habían desaparecido su distracción y su afán de justicia y de verdad, ¿qué motivos tenía para vivir? ¿Qué tenía que pudiese borrar el horror de sus propios recuerdos?

—Hay tres cosas que he visto una sola vez en la vida —aseveró Uriah entornando los ojos para protegerse del sol—. Una niebla que me llegaba a la rodilla y que era tan espesa que hacía remolinos cuando daba un paso, un arcoíris que acababa en una calle, delante justo de mí, y un baile de conejos. ¿Has oído hablar alguna vez de los bailes de conejos?

—No.

—Ocurre a mitad de la noche. Cientos de conejos se reúnen en un claro para bailar o hacer algo parecido a la luz de la luna. No sabría describírtelo, pero es extraño y muy bonito. En ninguno de los tres casos fui consciente de que estaba viendo algo por primera y última vez. Lo que intento decirte es que esas cosas, esas sorpresas fortuitas e inusitadas que no tienen nada que ver con las decisiones que hayas tomado en tu vida, con tu pasado ni con tu futuro, pueden hacer que valga la pena seguir adelante.

Se oyó cerrar las puertas de un vehículo y llegaron a ellos desde la calle las voces de los nuevos vecinos. Jude había tomado probablemente una decisión inconsciente hacía varios días.

—Voy a volver a homicidios. —Se reincorporaría y, en lugar de tratar de obviar su talento para leer lo que le decían sin hablar los vivos y los muertos, se afanaría en desarrollarlo.

—¿Y el gato? —Traducción: «¿Voy a tener que preocuparme por ti?».

—Tendremos que buscar un cajón de arena si va a venirse a vivir conmigo.

Uriah sonrió y se quitó un pelo amarillo de la lengua.